AQUARIUS

AQUARIUS

AQUARIUS

AQUARIUS

每個人心中都有一座島嶼，
藉文字呼息而靜謐，
Island，我們心靈的岸。

是誰在深夜
說話
畢飛宇——著

【推薦序】

這世代　這五人

施戰軍（著名評論家、《人民文學》雜誌社主編）

一九四〇年代至一九六〇年代初期出生、大致在一九九〇年代以前就已成名的資深中文作家，兩岸互有所知的名單可以列出很長一串。近十多年來，臺灣在大陸作品較有讀者緣的作家幾乎都是「五〇後」，比如龍應台、張大春、朱天文、朱天心，這幾年又加入了「六〇後」駱以軍；大陸在臺灣有一定知名度的作家則以「五〇後」和一九六〇年代初期出生的「六〇後」居多：王安憶、莫言、畢飛宇、蘇童、余華等等。

大量已經躋身文壇主力陣營的「六〇後」、「七〇後」以及「八〇後」作家，他們的創作其實構成了最為活躍的文學現場。而令人遺憾的是，對這一最不該被遮蔽的部分，兩岸尚欠缺彼此瞭解——「這世代」，在這裡就是特指兩岸在互相知情的狀況尚屬碎金閃耀階段的這一部分，「這世代」書系，便是意在實現兩岸優秀青年文學作品的互訪探親團隊的交流通航。

這五人，均為當今大陸最具實力和影響力的「這世代」標誌性作家。

徐則臣年齡最小，北大研究生畢業。少年老成，人生輾轉，書寫人世體驗，參透城鄉遷變。江蘇故鄉的「花街」和京城漂泊者兩個題材系列作品，串起古蒼而鮮活的成長敘事，一路奔襲，堅實地奠定了他在大陸小說界的地位。

盛可以有一般女性作家並不具備的洞穿生活和情愛本質的銳氣，因為有溫煦的嚮往，而勇於逼視冰冷，內心的抉擇常使筆下的人物懷持自由較真的倔強個性，寧願「揀盡寒枝不肯棲」，也不「教人立盡梧桐影」。對自我與世相的嚴苛省察，讓其凌厲敘事的基底，輝閃身心尊嚴的光芒。

文學專業出身的李洱，對鄉村中國的權利結構和知識分子心理隱祕有著的究根探底的強烈興趣，他以百科全書式的資質儲備和出眾的想像力，撥開層層謎團，破解內在疑難，考掘「玩笑」的儼存，警策歷史的輪迴，以貌似輕逸的言表撬開巨型話語的石門。

專注，氣定，憐愛筆下每一個文字，牽戀塵世人情，巴望現世安穩，為有攪擾而鬱結，為有阻礙而傷悲——如果現代以來的中文女作家可以這樣數來：張愛玲，蕭紅，林海音……再如果在這個序列可以容納今日活躍的作家，我願意加上魏微。世代到達了魏微這裡，暖老溫貧、生死契闊、靈犀會通的念想之下，痛失之感已經越發沉鬱頓挫，原宥之心、體恤之意必須更加醇厚柔韌。我們細讀她慢慢寫來的句段構成的任何一篇小說，會為獲得踏實而慶幸，也為作別故事而悃然。

畢飛宇在長、中、短篇小說寫作方面的精湛技法和他在文本中浸透的人性關切，讓他持續擁有著大陸最優秀作家之一的顯著成就。畢飛宇在臺灣拿過開卷好書獎，在國際上也多次獲獎和多次受邀參加重要的文學活動，是大陸文學大獎的大滿貫得主。臺灣讀者會從他的這些作品中，更真切地領略他靈透的語風和大可訝異的出色才情。

感謝寶瓶將五位大陸作家的小說著作以「這世代——火文學」的名義盛裝推出。

感謝「這世代」推介方重慶出版集團所有參與書系策劃組稿的朋友，是他們還將大陸這五人和郝譽翔、甘耀明、鍾文音、紀大偉等臺灣作家朋友的著作組成的「這世代」書系簡體字版同步出版。

感謝未曾謀面的同行朋友吳婉茹女士一絲不苟的主持引薦。

這個書系的精神價值從籌劃之時已經誕生，隨著作品的傳播，意義定將無限張大。

目錄

【推薦序】這世代　這五人／施戰軍　009
祖宗　013
雨天的棉花糖　027
是誰在深夜說話　089
嬸娘的彌留之際　097
男人還剩下什麼　107
武松打虎　119
受傷的貓頭鷹　129
寫字　137
好的故事　147
蛐蛐，蛐蛐　189
地球上的王家莊　205
家事　215
相愛的日子　235

祖宗

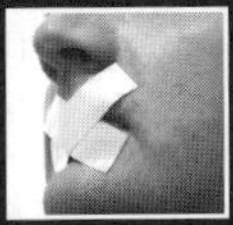

太祖母超越了生命意義靜立在時間的遠方。整整一個世紀的歷史落差流蕩在她生命的正面和背面。太祖母終年沉默。在太祖母綿軟的沉默世紀裡，我爺爺這一輩早已湮沒，只剩下她老人家站在家族的斷層帶上遙遠地俯視她的孫輩與重孫輩。太祖母的眼中佈滿白內障，白內障使她的俯視突破了人類的局限，彌散出宇宙的浩淼蒼茫，展示了與物質完全等值的亙古與深邃。太祖母至今綿延清朝末年的習慣與心態。太祖母不洗澡。太祖母的身上終年迴蕩著棺材與鐵釘的混雜氣味。太祖母不刷牙。太祖母不相信飛機。太祖母不看電視。太祖母聽不懂家園方言以外的任何語種，乃至電波傳送的普通話。

太祖母的每個清晨都用於梳洗。百年以來一日不變的清代髮式是她每天的開始儀式。然後太祖母就端坐在那裡，一言不發，持續幾個小時打量她第一眼所見的東西。她老人家的打量像哲學研究，卻又視而不見、似是而非，歷史結論一樣有一種含混與空闊的籠罩。每年冬天太祖母總是盤在陽光下面，陽光似乎也弄不透她，就在她身體背後放了一塊影子。——這是十多年前太祖母在我心中的木刻式構圖。十年前我隻身入京求學，離家的那個清晨我回眼看太祖母的小閣樓。太祖母早就起床，皺巴巴地站在小閣樓的窗口，歲月滄桑呈網狀褶皺蓋在她的面頰上面。太祖母的靜立姿態如一只古董瓷器，所有裂痕都昭示了考古意義。我知道她老人家看不見，卻對她招招手。我猜想這一去或許便是永訣，心中便無限酸楚。十年之後太祖母依舊古董瓷器一樣安放在窗口，這時候我已是我兒的父親了，處處可見十年風蝕。太祖母靜然不動，十年的意義只是古瓷表層的另一層灰土。

我是收到父親的加急電報攜妻兒返回家園的，我的家園安放在灰褐色小鎮的幽長巷底。走進我家要在小巷拐五個彎口同時跨越十一道門檻。這裡頭包括一個昏暗幽濕的過道，過道的上面便是一間木質閣樓，裡頭住著我的太祖母。

閣樓的空間因太祖母成了另一個宇宙，在家園的一角冥冥迷迷。太祖母不許人進去，很小的時候就聽太祖母說：「你們別想進去，除非我死了。」父親這時總要說：「好端端的說什麼死，我們不進去，誰也別想進。」

這一回返回家園我目睹了極大變化，家園的四周因拆遷而衰敗雜亂。拐過第三個彎口我就看見和我家共一堵西牆的鄰居業已搬遷，只在我家的西牆留下磚頭和木條的歷史痕跡，那些痕跡過於古老，反而成了現代意味很濃的平面構成。太祖母的閣樓孤立在一方，顯得蒼涼無助，使人聯想起峭壁上的懸葬木棺。

晚上太祖母被保姆攙下來吃飯，我走上去喊道，太奶奶。太祖母的眼睛杳遠地盯住我，好半天說，下午我聽到你的腳步了。我讓妻子給太祖母請安，妻抱著兒緊張地甚至說恐怖地站立在太祖母面前。我一時想不起我兒子該怎麼稱我的太祖母，我只好替我不會說話的兒喊一聲「老祖宗」。太祖母在我兒的面前站立良久，兩隻手在我兒的尿布裡哆嗦撫摩。後來太祖母笑了，她笑時臉上如旱地一般開了不規則罅隙，我知道太祖母一定摸到了我兒的小東西。太祖母縮回手．在指頭上蘸了些唾沫，摁在了我兒的眉心。我兒驚哭了一聲，太祖母對我兒文不對題地喊：老祖宗。我以為這是個錯誤，但我無法破譯這裡的宇宙玄機。

太祖母說：「他們到底還是走嘍。」我知道她是說舊時的隔壁鄰居。「祖上爺告訴我，我們做鄰居有日子嘍。」太祖母說。太祖母說話時一口完整無缺的牙發出古化石一樣的光澤。「砌這房子時，崇禎皇帝還沒有登基呢。」太祖母說完了就長歎一口氣。這個晚上再也沒有說一句話。她的長歎在我耳朵裡穿越了太祖母的沉默，彗星的靈光一樣一直倒曳到遠古的明代。

我看見了家園在時間之液中波動，被弧狀波浪拍打的岸一直是太祖母的牙。這真是匪夷所思。

父親送走太祖母後對我說：「趕了一天的路，早點歇了，有事明天說，——你們就睡我和你媽的床。」父親說完便打開了東廂房的木櫺門，我記得那裡頭一直停放著太祖母的棺材，父親每年都要上一層漆，黑中透紅。棺材幾十年來安靜地隨地球繞太陽公轉，與閣樓中的太祖母相互推諉、相互盼望，期待賦予對方以意義、以結局、以永恆的默契。「你睡哪兒？」我問父親。

「你太奶奶的棺材。」父親說。

妻緊張地望我一眼，極不踏實，欲言又止的樣。父親安靜地掩上門，隨後東廂房就黑得如一只放大的瞳孔。

剛上床妻就說：「怎麼睡在棺材裡頭？」我說：「這有什麼，都是一家人，生生死死都在一起的。」妻說：「再怎麼活人也不能和死人住一起。」我安慰妻說：「這是我們的家風，睡棺材也是常事，有時還爭著睡呢。早年我的一哥一姐夭折了，太祖母不許外葬，不就讓爹埋在床下了。」

妻突然坐起來，——哪兒？

就床下，我用腳搗搗床板，發出空洞的回音，就在這塊板的下面。

妻的眼裡滲出了綠光，她抓著我的小臂就說，你們家是怎麼弄的？

也不是我們家弄的，我說，家家都一樣。

妻抱緊了我的腰，我怕，妻說，我怕極了。

父親說，叫你回來是為你太奶奶。我說，太奶奶快不行了？父親很沉痛地搖頭說，那樣就好了，父親說，不怕外人笑罵，我現在是巴不得她老人家死掉。我說你怎麼這樣，怎麼說出這樣的話來。父親低了頭就不語。父親沉默的樣子像太祖母的另一個季節。

還有十來天你太奶奶就整一百歲了，父親說。太奶奶看來已成了父親的沉重木枷，父親抬起頭望著我。說，你看見她老人家的一口牙了？

我聽不懂父親的話。我弄不懂他的話裡有什麼意思。

父親拉拉我的西服袖口，悄聲說，人過了一百歲長牙，死了會成精的。

怎麼會呢？我說。

怎麼不會呢？父親說。

誰看見成精了？

誰看見不成精了？

怎麼會呢？我這麼自語，我的後背禁不住發麻排了凶猛的芒刺。我從父親的眼裡看見了妻子眼裡毛茸茸的綠光。妻子怕的是死，父親懼的卻是生。爆破聲不停地在我家四周晃動。若干朝代在TNT的濃烈香味裡化作齏粉與瓦礫。建築與瓦礫之間的相對靜止史書上稱之為朝代。每一幢建築的施工者總是盡其所能使它堅固，爾後人總是抱怨：你弄那麼堅固又有什麼意思？朝代就這樣，如建築與牙齒，長了又脫。TNT的氣味如佛國香煙，變更了體態呈現超度者的玄妙。

我的兒在天井裡蹣跚。他扶著我兒時常扶的紅木方杌子獨自嬉戲在天井的一隅。他專注地玩一根竹筷子，玩了快兩個小時了，流著口水哼著上帝才能聽懂的禮樂。太祖母一定是因為我的兒才沒有上樓去的，她站在天井的另一角落，打量我的兒，聽我兒的歌唱。太祖母走近了我的兒子，他們用非人類的語言心心相印地交談。他們的臉上迴盪起大自然賦予人類最本質的契合，日出日落一樣呼應，依靠各自的心率傳遞春夏秋冬，使人類對應出宇宙最美妙的精華。他們在談。沒有翻譯。如同風聽得懂樹葉的聲音，水猜得透波浪的走向。光看得見鏡子，瞳孔能包蘊瞳孔一樣。妻說，他們玩什麼，怎麼那麼開心？太祖母回過頭，對我說：「我死了，你從你兒的身上扯塊布下來。包上他的頭髮，縫在我的袖口上。」我說太奶奶說什麼死，您老還小呢。太祖母說：「別忘了。」我便說，好的。太祖母笑咪咪地說：「活在世上，不論多少年，就睜開眼、再閉上眼。要說到千年壽萬年壽，還是在陰間裡頭。一塊布，你記好了。千萬不要忘了。」

太祖母的百歲生日漸漸臨近。我的整個家園被一層恐怖籠罩著，彷彿拆遷的煙塵，無聲無息飄落在我家的桌面、瓷器的四周。

父親的十二個堂弟晚上聚集在我家。我坐在一邊，太祖母的牙齒在我的想像中發出冰塊的撞擊聲。他們悶頭抽菸。他們的心不在焉裡有一種歷史關頭的莊重氣氛。沒有人開口。在歷史的沉默關口最初的結論往往直接等於歷史的結果。這是我們的習慣性做法。這時候門外轟隆又響了一聲，這一聲提醒我返家的道路已把我送回了明代，這個想法增加了我心中的戰慄。

最終父親從煙霧裡抬起頭，父親堅定地說，拔。父親說完拔掉頭望了我一眼。這一眼使我感覺到我對歷史不堪重負。我對他笑了笑。我自己也弄不懂我笑什麼。許多重要的場合我總掛著一臉的蠢笑，內心空洞如風。我相信許多人都看到了我愚蠢的笑相。

一切全安穩下來後妻抱怨說，怎麼這麼亂？你們家怎麼這麼亂？孩子的手老是一驚一驚的。我說快好了，過兩天就好了，馬上就會穩定下來。妻又說，孩兒的鞋怎麼又不見了？我說怎麼會呢？誰要那麼小的鞋。妻說是不見了，那雙紅色的，我找了很久了。我有些不耐煩，說，丟了就丟了，明天再買不就得了。妻說真見鬼了，昨天丟了你的NIKE，今天又丟了孩子的，真是見鬼了。我說你囉嗦什麼？省兩句，讓母親聽到了又要生事。

給太祖母拔牙是我生命史上最獨特的一頁。一大早飄起小雨，那東西不完全是雨，只能說像雨像霧又像風。天空中分泌出很濃的歷史氛圍。陰謀在我的家園猝然即發。只有被盤算的太祖母在陰謀之外。我們全作好了準備，所有的人都默不作聲，有一種把握命運、參與歷史的使命衝動與犯罪快感。這是人類對待歷史的常識性態度。太祖母坐在窗前，安閒如夢，像史書上的無事季節。我們全埋伏在太祖母的四周，不動聲色，在地上投下我們的巨大陰影。

中午時分五叔來到我家，面色緊張，憂心忡忡。五叔喊出父親，站在屋簷下面對父親說，麻藥弄不到，醫院控制很嚴。父親的臉色難看極了，像千年古磚長了青苔。拔不拔？五叔說。父親沒開口，對太祖母的小閣樓低下頭，父親說，奶奶，讓您老遭罪了。

到處都潮濕濕的。久積的灰塵全膨脹了開來。很長時間之後我都擦不乾這段記憶中淺黑色的水跡。叔父們整個下午都在我家堂屋裡喝酒。這桌酒是為太祖母辦的，她老人家下樓也就格外地早。太祖母的臉上是笑，能見度很低，隔了一層不祥籠罩。她的表情時常夾著相當弄不清的成分。太祖母一入座叔父們就忙著敬酒。父親說：「奶奶，老壽星您就快一百歲了，奶奶您壽比南山福如東海。」太祖母笑笑：「不能再活了，」太祖母端著酒杯很開心地說，「再活不就成精了？」太祖母這麼說著自個乾了酒。叔父們的臉色就陰暗了下來，出現了惶恐神色，他們的酒杯在手裡顯得沉重而遲疑，幸好太祖母看不見。

我對以下的沉默時間失去了概念。可能是幾分鐘，也可能是太祖母的肩頭又上了一層塵埃，我一直弄不清楚。在這個沉默的盡頭父親和他的十二個兄弟離開了坐席，齊刷刷地跪在了太祖母的面前。太祖母有些合不攏嘴，每一顆牙都在笑。太祖母說，起來，小乖乖，都起來，早就不信這個啦！小乖乖們在地上黑糊糊地站了起來，三叔拿了繩子，七叔手執老虎鉗，九叔的手裡托著一只紅木托盤。過了一刻太祖母的牙齒全排在木盤裡了，牙根佈滿血絲，我覺得這些帶血的牙齒就是我的家族，歪歪斜斜排在紅木托盤裡頭，後來我兒一聲啼哭，那個念頭便隨風而去，不可追憶。我後來再也沒能想起我當時的念頭，只記得那種迅猛和生硬痛楚的心理感受，再後來我聞到了TNT的氣味，我就像被冰塊燙著了那樣被TNT的氣味狠咬了一口。

十叔說，大哥，這血怕是止不住了，要不要送醫院。父親說，不能去，醫生一看會全明白的。太祖母倒在地磚上，兩片嘴唇深深地凹陷下去，人的牙很怪，平時看不見，少了它人就面目全非。太祖母一百歲的血液在她的唇邊蜿蜒，比時間流逝得更加無序。太祖母臥在地上氣息喘啜。喉管裡發出的吱吱聲槳櫓一樣，她老人家的皮膚在慢慢褪色，與舊宣紙彷彿。九叔說，奶奶快不行了。五叔說，快灌水，你們都僵在這裡做什麼？七叔試了幾回，抬著頭只是晃，不行，灌不進。

這時候西廂房響起了我兒的啼哭，我衝進去對妻說，怎麼弄的？你怎麼孩子都帶不好？妻說孩兒要哭我有什麼辦法？你們吵吵鬧鬧都在幹些什麼？我說沒你的事，你不要多嘴，我不叫你你不要出來。妻一邊哄著兒子一邊說，走進你們家像進了十八層地獄，吸口氣都不順。我虎下臉來，說，你說完了沒有？

父親說，卸塊門板，地上太涼。幾個老頭七手八腳把太祖母抬上了門板。我走過去撥開太祖母的上眼瞼，白內障的背後瞳孔如同夜色一樣籠罩了太祖母生命的大地。我輕聲呼喚：老祖宗。老祖宗！太祖母的腦袋就從我的肘彎滑向了手口。

十三個孫子一同跪下去。他們的駝背使他們的跪顯得虔誠。

太祖母的屍體平放在棺材蓋上，這個棺材蓋至少有三十歲年紀。許多相識和不相識的人一同前來弔唁，他們穿過那個濕暗的通道，提著紙錢來吃一口很長的壽麵。我的十二個叔父連同我這輩的三十七個兄弟輪流為太祖母化錢。紙灰在我的家園四處飄拂，從我家經過的人身上一律飄動起紙錢裡栩栩如生的死亡氣息。甚至連老鼠都出洞了，趁人不備時緊張地逃竄。

我跪在太祖母的面前心中積滿麻木。作為太祖母的長房長孫的長子，我捕捉到父輩們眼裡寬鬆愉悅的神色。太祖母的牙被他們單獨埋在了不同的地方，這使她死後成精的可能不復存在。我不停地設想太祖母成精時的樣子，但我的想像力始終沒有突破「人」的常規款式，這讓我失望。好幾次紙錢的火舌舐痛了我的指尖。我知道陰間的錢是燙手的，正如陽間的錢是冰冷的，總不易於讓手接近。父親在煮麵條，他煮了一鍋又一鍋。全鎮的人都來了，他們究竟要看什麼誰也沒有把握。不少人把太祖母臉上的紙掀開，太祖母的嘴巴很可怕。死亡總是把死者嘴部最難看的瞬間固定下來，使死亡變得猙獰可感。人們就這樣來了又出去，每個人都差不多。他們跨過我家明代就橫臥在那裡的門檻，臨走時人們從明代跨出去，跨出的石巷又一直延續到明代。這個幻覺每個人從道義上說都應當有。TNT的劇烈爆炸也無能為力。

叔父們提前給太祖母收殮說明了他們心中的慌亂。棺材收容了我的太祖母。棺材如一部經典著作記錄了生死奧祕。父親對我們說，你們給太奶奶守三天的靈。父親說守靈時兩手撫著棺材，我一聽「守靈」心裡就咯噔一下，「靈」是什麼？在我的想像中「靈」比生命本身更加活蹦亂跳，這個想法教我不踏實，但我不能說出來，說出來便是滅頂之災。我兒子上衣上的那塊黃布早已成了一面旗幟，飄揚在我太祖母的靈光之前，太祖母依靠這面生龍活虎的旗幟在陰間霸道縱橫，大鬼小鬼對她奈何不得。父親說，太祖母可以逢凶化吉了。父親對陰間的事比對陽世更具城府，我們的先輩大多如斯。

驚人的事發生在午夜。在這個飄滿TNT氣味的藍色夜間，我的家園徹底陷入了生死困惑。遵照父親的旨意我們在守靈。太祖母的棺材停在堂屋，被兩只支架撐在半空。我睡在棺材的下面，豆油燈在棺材的前側疲憊地搖晃。許多白蠟燭在長香的繚繞中打著瞌睡。生麵條、饅頭以及正方體的豆腐、涼粉上佈滿鉛色紙灰。外面有打樁機的聲音，氣壯如牛又粗喘吁吁，我的古老家園顯得衰敗、充滿死氣。零點過後守靈的人差不多全睏了，幾個叔還在四仙桌旁支撐，眼堂裡閃著青色的光。他們在打麻將，每一張牌被他們放到桌面都棺材一樣沉重。

二條。

八萬。

跟。

我的耳朵裡響著他們的叫牌聲，夢如同傍晚的蝙蝠斜著身子神經質地飛竄。我不知道我睡著了沒有。我沒有把握。這些日子我睡下像醒著，醒時又像入眠，做的夢也大半真假參半難以界定。我聽見七叔說，最後一圈，打完了讓他們幾個來接，我隱隱約約聽見七叔這麼說。隨後是洗牌的聲音，像夏雨落在太湖石的背脊上。聽這些聲音我相當恍惚，但接下來的聲音我聽得真切。在神的預示下我聽到了那種尖銳聲響，無限古怪從天的邊緣而來。我撐起上身，我的頭頂差點撞到棺材的底部。我聞著棺材板的古怪氣味聽到了指甲在木板上爬動的聲音。我甩一甩腦袋，這時候屋裡全靜下來，他們顯然也聽到了什麼。我們相互打量的眼神裡有一種綠幽幽的驚恐。我們終於聽清聲音是棺材裡發出來的，棺材如一只低音音響渲染了太祖母的指甲對棺材的批判與不適。我的兩隻手就鬆下去了。幾個叔父一齊盯著我，他們的目光過於炯炯接近了生物極限。棺材裡指甲的摳動無力卻又喪心病狂，如銜在貓嘴裡的鼠，無望熱烈地尖叫，充滿死亡激情。太祖母在一片黑暗中一定睜開了她長滿白內障的眼睛，同時張大了無牙嘴巴。太祖母渴望光與空間。太祖母的三寸金蓮憋足了力氣，咚咚就是兩下。這兩句總結性的批判在我們的後背扯開了一道縫隙，八百里冷風直往裡頭颼。

五叔說，打開，快打開。其實五叔的表達沒有這麼完整，他的舌頭鹹肉一樣硬。

三叔最初沒有開口。三叔後來說，怎麼指甲沒有鉸掉？我們就一同記起了太祖母的灰色尖指甲。這個危險的物質成了未來鄉間傳說中最驚心動魄的部分。

然後我們屏緊了呼吸，整個生命投入了諦聽。聲音越來越弱，間歇也越來越長。最後一切和棺材一樣平靜了。直到今天我仍然認為太祖母左手的食指一定蹺著，她老人家當初不肯摳下來有她的道理。這實際上是常識，但我們一家等待了很久。

出殯後太祖母的後裔們跨完了火把。火把在曠野裡築成生死之間一道牆。不確切。跨過火把你就又一次逾越了生死屏障。火苗在每個人的胯下賣力工作，青紫色的煙飛上天去，變更多種圖形，彷彿古人留給我們的讖語，難以辨別。我只知道那些話一半寫在羊皮上，一半寫在半空。

到家時走進過道我們情不自禁止步。我說，到小閣樓上看看去。父親說，其他人站著，就我們倆上去。挪開門，上個世紀的冷風披著長髮長了長長的指甲就抓了過來。小樓上空空蕩蕩。一張床一張梳妝檯而已。父親和我無限茫然，好奇心就向著現實做自由落體。

父親說，鞋，你兒的小紅鞋。我走上前，我兒的紅色鞋口在床下正對著床板。我又看見了我的破「NIKE」。在我的NIKE後面，按時間順序排列的是一雙草綠色解放鞋、鬆緊口單布鞋、兩片瓦、木屐……我注意到這些螺旋狀排列的鞋子正以輕鬆的腳的表情面面相覷，自信而又揶揄。我的錯覺就在這個時候產生了，我看見我的家族排著長長的隊伍螺旋狀款款而至。他們用我的家園方言和家族遺傳神態向我招呼。像時間一樣沒有牙齒，長了厚厚的白內障。

父親說，怎麼回事，這是怎麼回事？

我剛想向父親問這樣的話。聽見父親的聲音我接下來又沉默了。

雨天的棉花糖

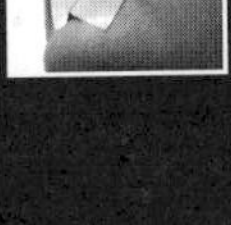

如果我不能做
我想做的事情
那麼我的工作就是
不做我不想做的
事情
這不是同一回事
但這是我能做的最好的
事情
……

——尼基・喬萬里《雨天的棉花糖》

一

七月三日，那個狗舌頭一樣炎熱的午後，紅豆嚥下了最後一口氣。紅豆死在家裡的木床上。陽光從北向的窗子裡穿照進來，陳舊的方木櫺窗格斜映在白牆上，次第放大成多種不規則的幾何圖形。死亡在這個時刻急遽地降臨。紅豆平靜地睜開眼睛，紅豆的目光在房間裡的所有地方轉了一圈，而後安然地閉好。我站在紅豆的床前。我聽見紅豆的喉嚨裡發出很古怪的聲響，類似於秋季枯葉在風中的相互摩擦。隨後紅豆左手的指頭向外張了一下，幅度很小，這時紅豆就死掉了。紅豆的生命是從他的手指尖上跑走的，他死去的指頭指著那把蛇皮蒙成的二胡，紅豆生前靠那把二胡反覆搓揉他心中的往事。

紅豆的母親、姐姐站在我的身邊。她們沒有號哭。周圍顯示出盛夏應有的安靜。他的父親不在身旁。等待紅豆的死亡我們已經等得太久了。我向外走了兩步，一屁股坐進舊籐椅中，舊籐椅的吱呀聲翻起了無限哀怨。我的腦子裡空洞如風，紅豆活著時長什麼樣，我怎麼也弄不清了。我只能借助於屍體勾勒出紅豆活著時的大概輪廓。他的手指在我的印象裡頑固地堅持死亡的姿勢，指責也可以說渴望那把二胡。

紅豆死的時候二十八歲。紅豆死在一個男人的生命走到第二十八年的這個關頭。紅豆死時窗外是夏季，狗的舌頭一樣蒼茫炎熱。

少年紅豆女孩子一樣如花似玉。所有老師都喜歡這個愛臉紅、愛忸怩的假丫頭片子。紅豆曾為此苦悶。紅豆的苦悶絕對不是男孩的驕傲受到了傷害的那種。恰恰相反。紅豆非常喜歡或者說非常希望做一個乾淨的女孩，安安穩穩嬌嬌羞羞地長成姑娘。他拒絕了他的父親為他特製的木質手槍、彈弓，以及一切具有原始意味的進攻性武器。姐姐亞男留著兩隻羊角辮為他成功地扮演了哥哥，而紅豆則臉蛋紅紅的、嘴唇紅紅地做起了妹妹。但紅豆清醒地知道自己不是妹妹，他長著女孩子萬萬長不得的東西。那時我們剛剛踩進青春期，身體的地形越長越複雜。有機會總要比試襠部初生的雜草，這算得上青春期的男子性心理的第一次稱雄。紅豆當時的模樣猶如昨日。紅豆雙手捂緊褲帶滿臉通紅，望著我不停地說，不，我不。我說算了，大龍，算了吧。大龍這傢伙硬是把紅豆給扒了。扒開之後我們狂笑不已，紅豆的關鍵部位如古老的玉門關一樣春風不度。大龍指著紅豆的不毛之地說：「上甘嶺！」紅豆傷心地哭了。

生命這東西有時真的開不得玩笑。我堅信兒時的某些細節將是未來生命的隱含性徵兆。一個人的綽號有時帶有極其刻毒的隱喻性質。小女孩一樣的紅豆背上了「上甘嶺」這個硝煙瀰漫的綽號，最終真的走上了戰場，戰爭這東西照理和紅豆扯不上邊的，戰爭應該屬於熱衷於光榮與夢想的男人，不屬於紅豆。從小和我一起同唱「長大要當解放軍」的，不少成了明星、老闆或大師。愛臉紅、愛歌唱、愛無窮無盡揉兩根二胡弦的紅豆，最終恰恰扛上了武器。這真的不可理喻，只能說是命。

紅豆參軍的那年我已經進了大學。我整天坐在圖書館裡對付數不清的新鮮玩意。那年月的漢語語彙經歷了一個戰國時代，「主義」和「問題」螞蟻一樣繁殖問題與主義。「只要你一個小時不看書，」我的一位前輩同學在演講會上伸出一個指頭告誡說，「歷史的車輪將從你的脊椎上隆駛過。把你輾成一張煎餅！」

圖書館通往食堂的梧桐樹蔭下我得到了紅豆當兵的消息。這條筆直的大道使圖書館與食堂產生了妙不可言的透視效果。班裡的收發員拿著紅豆的信件對我神祕地咴眼。這個身高不足一米六的小子極其熱衷旁人的隱私，為了收集第一手資料，他拚死拚活從一個與黑人兄弟談戀愛的女生手裡爭取到了信箱鑰匙。收發員走到我的面前，說，請客。我接過信。認出了紅豆聽話安分的女性筆跡。後來全班都知道了，我交了一個女朋友，名字起得情意纏綿。紅豆用還沒有漲價的八分錢郵件告訴我，他當兵去了。聽上去詩情畫意。

紅豆熟悉大米的腸胃還沒來得及適應饅頭與麵條，就在一個下雨的子夜靜悄悄地鑽進了南下的列車。他走進了熱帶雨林。他聽到了槍聲，真實的槍聲。在槍聲裡頭生命像夏天裡的雪糕，紅豆在一個夜間對我說，看不見有人碰你，你自己就會慢慢化掉。你總覺得你的背後有一支槍口如獨眼瞎一樣緊盯著你，掐你的生辰八字。

紅豆的部隊在濕漉漉的瘴氣世界裡不算很長。我一直沒有紅豆的消息。戰爭結束後戰鬥英雄們來到了我們學校，我突然想起紅豆的確有一陣子不給我來信了。英模們的報告結束後我決定到後臺打聽紅豆。宣傳部穿中山裝的一位幹事用巴掌擋住了我：「英雄們有傷，不能簽名。」我說我不是求簽名，是打聽一個人。穿中山裝的幹事換出了另一隻巴掌：「英雄們很虛弱，不能接待。」我看見我們的英模們由我們的校領導攙扶著走下階梯，心中充滿了對他們的敬意。但我沒能打聽到紅豆。回寢室的路上已是黃昏，說不出的不祥感覺如黃昏時分的昆蟲，在夕陽餘暉中吃力地飄動並且閃爍。

噩耗傳來已是接近春節的那個雪天。紛揚的雪花與設想中的死亡氣息完全吻合。紅豆家的老式小瓦屋頂斑斑駁駁地積了一些雪，民政廳的幾位領導在雪中從巷口的那端走向紅豆家的舊式瓦房。他們證實了紅豆犧牲的消息。紅豆的母親側過臉讓來人又說了一遍，隨後坍倒了下去。紅豆的父親莊重地用左手從領導手中接過一堆紅色與金色的東西，他的右手被美國人的炮彈留在了一九五二年的朝鮮。紅豆父親接過紅色與金色的東西時，覺得今天與一九五二年只有一隻斷臂一樣長。一伸手就能從這頭摸到那頭。民政廳的領導把紅豆的骨灰放在日立牌黑白電視機前，說：「烈士的遺體已經難以辨認了，不過，根據烈士戰友的分析，除了是烈士，不可能是別的人。」民政廳領導所說的烈士也就是紅豆。紅豆的名字現在就是烈士了。

二

我們都在努力，試圖從記憶中抹去紅豆。那個漂亮的愛臉紅的小夥子正在黑框的玻璃後面，用女性氣很濃的眉眼以四十五度的視角微笑著審視人間。紅豆的母親把紅豆那把二胡擱在遺像的左側。紅豆的母親每天都要用乾淨的白布擦拭一塵不染的鏡框玻璃。玻璃明亮得如紅豆十八歲那年的目光一樣清澈剔透。但那把二胡紅豆的母親從來不碰，兩根琴弦因日積的粉塵顯得臃腫。紅豆的母親說，這孩子的魂全在那兩根弦上了，碰不得，一碰就是聲音。

小學五年級紅豆買回了這把二胡。紅豆的父親相當生氣甚至是相當絕望：紅豆用十七元人民幣買回了這把需要坐著玩的東西。這位光榮的殘廢軍人盼望龍門出虎子，他的兒子能夠威風八面。紅豆令他絕望。紅豆卻從一個算命的瞎老頭那裡得到了二胡演奏的啟蒙。蛇皮裡沙啞的聲音讓紅豆癡迷，一聽到目光就呆了。紅豆不認識樂譜。樂譜完全是視覺世界裡的阿拉伯數字，不是流動好聽的音符。紅豆依靠瘦長指尖的耐心撫摩使琴弦動了惻隱之心。胡琴把所有的心思全都傾訴給紅豆了。兩根琴弦很聽紅豆的話，就像紅豆聽所有人的話一樣。紅豆放學後拿一張竹凳放在巷口，一巷子都塞滿橫秋老氣。不滿一年紅豆學會了許多電影插曲。紅豆的音樂記憶與生俱來，他母親把它與紅豆一同生下來了。紅豆聽完了樂曲就回家到胡琴上尋找，多難的曲子紅豆都能找到，多貴重的曲子胡琴也總是願意給他。看完了「英雄兒女」，紅豆開始迷戀那些英雄讚歌，那些無限抒情的曲子成了紅豆每日練習的壓臺戲。巷子裡的人們很快聽出來了，任何一首歌曲都能被紅豆弄出傷心來，優美得走了調樣。即使是革命歌曲也總是要哀婉淒迷的。那一回學校演出，紅豆正在彩排〈英雄讚歌〉，校長走了過來。校長說，停。校長指著紅豆說：「你傷心什麼？」紅豆怯生生地抬起頭，兩眼汪了兩朵淚：「王成叔叔死了。」「不是死了，是犧牲！」校長拿了一根鼓槌，「要拉得勇敢、自豪，要拉得有力量！是犧牲。不是死！」在鼓槌的威脅下紅豆的演出果然一反常態，變得雄壯豪邁。但回到小巷口不久紅豆就又把自己還給自己了。老太太們聽著紅豆的琴聲時常背著紅豆的母親議論：「這孩子，命不那麼硬。」話裡頭有了擔憂。

紅豆這孩子現在什麼也不是了。只是一把灰。放在一只精製的木盒子裡。那把灰被人們稱作烈士。

畢業之後我令人陶醉地從高等學府返回故里，走進了機關大院。我對我的父母說，過些年我就會做官的。我一點也不臉紅，一點也不。讀書而做官本來就是中國歷史的發展脈絡。我既不是智者也不是仁者，我不做官誰做？我不做官做什麼？我們不能讓歷史從我們這代人身上斷了香火。我心安理得地走進了機關大院宣傳部，端坐在淡黃色「機宣0748」號辦公桌前，等待微笑與恭維話登門拜訪。

這一天風和日麗。風和太陽都像婚後第十七天的新娘，美麗而又疲憊。天上地下都是平安無事的樣子。我坐在辦公室裡盼望出點什麼事，但一切都很正常，正常安靜得讓人沮喪。我泡了茶，開始起草部長讓我起草的講演報告。

事情發生在我寫到「取得了偉大勝利」之後。這個我記得相當清楚。一般說，講演報告中不能缺少「偉大勝利」這樣營養豐富的詞彙，但在這樣的大補過後必須是一個減肥過程。減肥是困難的。這是常識。不能太膩了，卻又不能傷了筋骨。我點上了一根菸，「取得了偉大勝利」之後時常令我大傷腦筋。

這時候走進來了一個人。逕直走到我的「機宣0748」號辦公桌前。左手的指關節敲擊我的辦公桌面。我很不情願地抬起頭。是一個男人。滿臉胡茬。我打量這個沒帶微笑與恭維話的陌生男人，只一秒鐘，我手上的菸就掉下來了。我掛下了下巴腦袋裡頭轟地就一下。「你不用怕，」他說，「很對不起，我是紅豆。」我笨拙地站起身，我認出了那雙韭菜葉子一樣寬的雙眼皮和那種永遠都是二十攝氏度的眼神。這種眼神習慣於後退與尋求諒解。「實在對不起，紅豆。」我說，我感覺到我說「紅豆」時有一種特別異樣的感覺，不像漢語。紅豆對我笑笑：「我沒有死，我還活著。」紅豆這樣說。他的樣子很怪，笑容短促而又渺茫，好像費了吃奶的勁才從玻璃鏡框中掙脫出來。我握過他的手，他的手也像玻璃那樣冰冷，是另一個世界的陰涼。

三

我告訴弦清，紅豆他回來了。弦清放下手裡的塑膠葡萄，不高興地說，你胡說什麼。弦清在馬尾的尾部創造性地燙了幾道波浪，興高采烈地籌辦我們的婚事。我說我不是胡說，是真的。弦清轉過身研究了我好大一會兒，才說，是真的？我說是真的。弦清沒有出現我期待的大喜過望。不是說紅豆犧牲了嗎？弦清說。沒有，我對她說，還活著，蝦子一樣活蹦亂跳！弦清用小拇指漫不經心地捋頭髮，手指在耳墜那裡停住。紅豆他又回來了？弦清這樣自語。她的冷淡讓我失望。女人一到結婚的前沿就變得愚蠢和殘酷，就只知道買塑膠水果和變更髮型。

我請來了「上甘嶺」時的幾位朋友，為紅豆接風。朋友這東西就這樣，鬧了一大圈，到後來又回到了兒時的一圈中來了。弦清把天井掃得很乾淨，灑了水。說是吃晚飯，下午兩點多鐘人就齊全了。我買了很多菜，我自己也弄不清為什麼要買那麼多，就好像賭了天大的怨氣，就好像明天不活了。花錢時我有一種說不出的仇恨與痛快。今晚得把紅豆灌醉。我進了機關從來沒醉過。不敢醉。今晚誰要不醉我讓他鑽褲襠。

幾位朋友帶來的女士或小姐在弦清的調度下忙菜。我們五六個乾坐了一會兒，後來紅豆很寂寥地打開了九英寸黑白電視。一個呆頭呆腦的男人講述會計。別的頻道清一色是雪花。隨著紅豆手腕的轉動，民政廳的同志就迎著雪花向紅豆的舊式瓦房款款而至了。令人心碎的瞬間在紅豆的手指間切換，紅豆當然渾然不知。我發了一圈香菸。我注意到他們幾個今天約好了似的不提紅豆。紅豆的臉上一直掛著很多餘的客套性微笑。這使他看上去很累。我不知道他對我為什麼要這樣。我拿出兩副紙牌，關上電視，說，打牌，這東西有什麼看頭。

紅豆說，你們玩，我玩不好。大家讓了一回，後來他們幾個玩起了八十分。利用這個美好的時刻我和紅豆坐在一角談起了過去的一些時光。人生中美好的時光總是由懷舊開始。紅豆夾著菸，夾菸的樣子很笨拙，菸在手上彷彿是長錯了位置的手指頭。紅豆的記憶力好得驚人。許多過去的時光能被他十分細膩地抓回來，紅豆的存在使你堅信生活這東西從來就不會「過去」。紅豆的歸來讓我覺得生活一下子美好如初，如青春期的新鮮感覺桃紅柳綠地漫山遍野。好極了。真他媽想哭。

我很快注意到紅豆的講述時常在「曹美琴」周圍閃閃爍爍。他不只一次地提及曹美琴，說起時又彷彿是淡忘了，總是說成「那個曹什麼什麼的」。紅豆能叫出所有人的名字，對這個漂亮風騷的文娛委員反而陌生。紅豆在我面前這麼躲藏讓我覺著生分、難過。紅豆那時候一定經歷過無限傷痛的單戀，如烈日下的芭蕉吃力地瘋狂與妖嬈，卻從來錯過了花季，年復一年地枯萎而不能表達。紅豆歷來就是這樣的男人，愛上一回便災難一次。曹美琴是我們班第一個勇敢地挺著兩個小乳頭走路的女生。這個小騷貨把她的鳳眼均勻地播給每一個和她對視的男人，包括我們的校長和班主任。我和曹美琴有過一次驚心動魄的見面。這次會晤發生在夢中。醒來時我驚奇地發現老子已經是男人了。曹美琴這刻早就成了老闆娘了，她的財富如她的腰圍一樣每況愈上。好幾次我想對紅豆說，「她結婚了」，看他茫然的樣子，又總是沒說。

弦清在天井裡喊，該殺雞了。我和紅豆走進天井。我從弦清手裡接過菜刀，遞給紅豆。「紅豆，玩一玩，你來殺。」弦清怨我胡鬧，怎麼能叫客人殺雞。我說沒什麼，紅豆便接過了刀。我去拿碗接雞血。

從廚房出來紅豆呆愣愣地站在天井中央。右手提刀，左手上卻淨是血。這傢伙當了幾年兵雞都殺不好。我回頭看了一眼，雞卻好好的，圓圓的眼睛一愣一愣地對我眨巴，而紅豆的手掌卻鮮血如注。「怎麼了，紅豆？」

紅豆盯著我。紅豆的目光幾秒鐘內徹底改變了形式與內容。紅豆的眼睛發出了類似於崩潰的死光，滾出了許多不規則幾何體，如兩支引而待發的卡賓槍口，發出藍幽幽的色澤。

「不……」紅豆怔怔地說。

「怎麼回事？」

「我不殺。」紅豆這樣說。菜刀響亮地墜地，在水泥地上砸出一道白色印跡。

這時的紅豆已經完全不對勁了。我撲上去抱緊了紅豆。

「我不殺。」紅豆在我懷抱裡掙扎。所有的眼睛都瞪大了，默不作聲地面面相覷。

「紅豆。」

「我不殺。」

「紅豆！」

「我不殺。我絕對不殺。」

四

夜裡下起了小雨。夏夜的小雨有一種與生俱來的感傷調子，像短暫的偷情，來也匆匆去也匆匆。我躺在床沿，猛吸下午剩下的半包香菸。弦清坐在草席上面，下巴擱在一條腿的膝蓋上。好半天弦清突然說：「我早就知道會是這樣。」

「你早就知道會是怎樣？」

「還能怎樣，就是這樣。」

「我問你到底是怎樣？」

「我不是說了，就是這樣。」

弦清不看我，由於下巴的固定她說話時頭部不住地向上躍動。這使她的回話多了一種機械與刻板。其實我們都明白我們不想說出的東西，為了迴避這份明白，我們不得不自欺欺人，即使面臨蜜月也只能是這樣。我們保持原樣坐著。一宿無話。

最先發現天井門口站著紅豆的是他的姐姐亞男。那是早晨七點鐘左右，亞男拿著牙缸牙刷站在天井角落的陰溝入口處刷牙。因為某種預感，亞男回過頭來。看見一個男人高高大大地堵在門口，一身褪色草綠軍裝沒有佩戴帽徽和領章，手裡提了一只印有花體「北京」字樣的黑色人造革皮包。男人盯著亞男，疲憊的眼神熱烈地翻湧澎湃。亞男瞪大了眼睛，下巴緩緩掛了下去，滿嘴泡沫毫無阻攔地向外流淌。「姐。」紅豆站在原地說。亞男手裡粉紅色牙刷落在地上摔成了兩截，隨後搪瓷牙缸哐噹一聲在天井裡滾了一個半圈。

姐，我是紅豆。

亞男的一聲尖叫是在對視了十秒鐘之後發出來的。她的雙手叉進頭髮捂緊了頭部，叫出來的聲音類似於某種走獸。亞男吼道，別過來。你別過來。

紅豆向我敘述這些細節時冷靜得有點怕人。紅豆說，後來我媽出來了，我媽抓住我的手只是上氣不接下氣。後來我媽說話了，我媽說出來的話這幾天來我一直沒有想通，媽說：「豆子，媽看你活著，心像是用刀穿了，比聽你去了時還疼豆子。」紅豆後來一直緘默，只盯著鞋尖不語。「我媽這話什麼意思？好像是巴不得我死掉。」紅豆茫然地抬起眼這樣問我。我聽了只是心堵，卻解釋不出。有些事完全屬於生死兩極世界，彼此徹底不能溝通。

紅豆沒有提及他的父親。我注意到紅豆甚至有意迴避他的父親。他沒有解釋。我沒有問。

紅豆不喜歡他父親。這是我知道的。雖然父親從朝鮮歸來後就成了英雄，紅豆的父親那隻不存在的手掌贏得了所有人的敬重。他的故事與回憶也總是與朝鮮半島的爆炸聲聯繫在一起。紅豆父親靠唯一的巴掌在學校與工會的講臺上威武地打著手勢。亞男眼裡的父親光芒萬丈，坐在同學們中間她的心中充滿自豪。「這是爸爸，是我的！」她見人就這樣說。「你爸真了不起。」老師和同學全這麼說的。沒有人在紅豆面前說這些。父親贏得滿堂掌聲與熱淚盈眶時紅豆總低著頭。紅豆看不見悲壯與英勇，看見的只是憑空高出的背部和空空蕩蕩的袖管。和父親一起去澡堂是紅豆最頭痛的事，望著父親，紅豆自卑而又難受，「真正的一把手」，有同學在背後稱紅豆的父親。紅豆如同聽到了「上甘嶺」一樣委屈傷心。

電話是紅豆打來的，聽上去鬱悶沮喪。我說了聲「是我」，那頭就沒有聲音了。耳機裡只有嘈雜的電流聲嗡嗡駛過。我想像不出電話那頭他的表情。「我想見你。」好半天後紅豆這麼說。「我想見你」，這是紅豆在沉默之後對我說的，我從來沒有聽過男人說這樣的話。

紅豆的天井裡是瓷器與石膏的碎片。這些珍貴的瓷片躲在牆角，如童年時代的兒子面對醉酒的父親。紅豆的父親又發了脾氣，他的脾氣必然伴有戰爭、爆炸與破碎。只有他能這樣。

紅豆把自己關在房子裡，低著頭吸菸。滿屋子都是煙靄。他沒有抬頭。按道理他聽得見我的腳步。他沒有抬頭。房子裡所有的東西彷彿像煙一樣飄忽不定，包括紅豆，藍幽幽地飄忽不定。

我搬過舊籐椅，坐在他的對面。他不看我。我不看他。

紅豆把玩手裡的香菸，並不吸。後來他終於說：「他都知道了。」「他」就是紅豆的父親，紅豆歷來不說「爸爸」或「父親」，紅豆的父親在紅豆的任何敘述中都是第三人稱單數，第三人稱單數是哲學的，正如第二人稱單數是抒情的一樣。

紅豆把目光移向了我。紅豆的面部向我轉移時我的心中緩緩開始緊張。我知道他要告訴我什麼。我不想知道。我不願意看到紅豆的眼光不像紅豆他自己。我低著頭，看他的襪子，他的腳趾在襪子裡不安地蠕動。我是給放回來的，他這樣說。

我完完全全聽懂了他的話。我是給放回來的，過了一會兒他這樣重複，語調和語速幾乎一樣。聽到第四遍時我反而弄不清紅豆告訴我的到底是什麼事。我的腦袋成了一只饅頭，浸在了水裡，頭皮連同我的思想與感覺一起膨脹開來，浮腫得要離我而去。

他換了一根菸。他換菸的手指細長而又蒼白，墨藍色的血管感傷地蜿蜒在皮膚下面。有一種儒雅浪漫的調子，與他所敘述的戰爭極不協調。

「那是幾號我記不清了，」紅豆追憶說，「上了山我就記不清時間了，好像生活在時間外頭。」在山上的日子裡紅豆和別的所有人一樣，只能依靠白晝和黑夜來斷定光陰。日子變得特別的悠長，每一分每一秒都要用很大的力氣才能度過去。石洞的四壁堅硬而又潮濕，紅豆蜷著身體如一條蟲子蝸居於拐彎的石洞中間，腳一次又一次麻木了，像套上了碩大無比的棉鞋。

那個黑夜紅豆鑽出了山洞。他被時間弄得快發瘋了。他下了一百次決心，就是死也要死在外頭，站一站，再倒下去。他走出山洞。扶著槍，耐心地在感覺裡尋找腳與腿，困難地蠕動。血液開始倒流，他的腿脹得有鍋那麼粗，長滿針尖與麥芒。他喘著氣又跨出一步，就聽見「轟——」氣浪把他掀了下去。厚粗的棉鞋、棉帽、棉手套被迅速地扒光了，隨後什麼都沒有了。

醒來是在一個早晨。第二個還是第三個沒有把握。太陽剛剛升起，熱帶雨林飄動起冷藍色的霧，瀰漫鐵釘的鏽味。霧在樹幹與樹枝之間伸出鬼舌頭，懶洋洋地舔。其實那實在是鬼的魂，披頭散髮，栩栩如生。出征前連長說過，這不是霧，是瘴氣。紅豆躺在地上，陰森潮濕。半空的陽光與瘴氣相互攪拌，變幻形態與色彩，如幻覺裡的陰府，光怪陸離與猙獰豔麗昭示出死亡召喚。紅豆的心中恐怖升騰起來，遊絲那樣生動活潑。這時候響起了腳步聲，在聽覺裡慢慢向紅豆靠近。是人。是三個敵人。戎裝。紅豆的心裡反而平靜了。他們走近紅豆，又立在紅豆的身邊。袖口捲上去，手裡垂握著蘇式衝鋒槍。槍口對著地面。紅豆看見來人的下唇和顴骨很誇張地突出來，在半空俯視自己微笑。紅豆掙扎了幾下，向上探出頭，看見自己像粽子給裹緊了。一個外國兵單手伸出了槍，用槍管把紅豆的下巴撥向了自己，似乎對紅豆不滿意，笑完了之後便給紅豆的腦袋一腳。是皮鞋，紅豆暈厥前感受得到皮革的觸覺。

紅豆從此就被帶進了一個陌生的山溝，被換了一身衣裳，左胸有一塊淡藍色的卡其布，上面縫有白布剪成的阿拉伯數字：003289。紅豆看著這塊卡其布，不只一次對自己用漢語說，我是003289……

「我有過自殺的機會，」紅豆說，「可我怕。我怕死掉。」紅豆這樣說，滿臉愧色。

「你已經贏了紅豆，你活著。」我說。

紅豆不吭聲了。他的目光清澈了幾秒鐘，即刻又回復到迷茫。紅豆笑著對我說，不要你安慰我，大學生，我也二十來歲的人了。我沒有安慰你，我對紅豆說，你不欠別人什麼，你誰也不欠，你得到的生命本來就是你自己的，本來就這樣。紅豆看著我，只是輕輕地搖頭，你不懂，他說，你真的不懂。我是不懂，我說，可我知道，你比別人做得更多。紅豆的眼裡有許多潮濕的東西，眼光委屈而又怯弱。你不懂，紅豆說，弄懂一些事，有時靠大腦，有時直接要用性命。你不懂，你真的不懂。紅豆說完這句話就把目光移向了窗外。木欞格把天空分成均等的鮮藍色塊，天空的色彩清純寧和，沒有氣味和形狀。紅豆望著天上自由仁慈的嫩藍色，說，多好，窗格子外面的藍天多好。紅豆的父親又開始了猛灌燒酒。這個光榮的志願軍戰士在酩酊之中追憶起一個又一個至死不渝的英雄們。他又看見了他們視死如歸。紅豆的父親心中湧起了豪情萬丈。只有他們這一代人才理解視死如歸。他們用生命坦然地一次又一次解釋這個詞：走向死亡，就像回家一樣。

就像回家一樣。他的兒子也回家了。他沒有死，是真的回家。他為什麼不死？奶奶個毬！他為什麼還活著？他把酒壺砸在了地上，抬起胳膊指向了遠方：「三班長，加強火力，給我衝，殺！」

革命烈士三班長完全可以不死的。那次包圍其實已經成功了。美國佬的汽車被攔在了七號公路上，雙方對峙，相互射擊。美國佬看不見我們的人，他們龜縮著腦袋盲目放槍。三班長用中國英語重複那句話：投降，美國佬！美國佬不投降。他們趴在汽車底下就是放槍。三班長扔了三八槍操起了兩顆美式手榴彈，高叫了一聲，共產黨員，上！三班長滿身豪氣一身虎膽，高舉手榴彈呼嘯著下山。美國人馬上發現三班長了，他們一起向三班長射擊。三班長是站著犧牲的。打掃戰場時有人發現三班長趴在地上保持著衝鋒的姿勢。三班長用生命吸引了敵人。團長聽到這樣的彙報後背過身沉默良久，轉過身團長流著熱淚高聲說，我們的生命是黨的，黨什麼時候要，我們什麼時候給。團長這句話傳遍了三八線內外，戰士們舉起槍縱情高呼：敵人有鋼槍，我有熱胸膛；飛機大炮不可怕。赤手空拳揍扁它。美國佬幸好聽不懂漢語，要不然，少不了屁滾尿流。

五

下班的路上碰上了亞男。她顯然在等我。亞男的樣子很疲憊，失神的大眼四周有一綱淡黑色。亞男衝我無力地一笑，算是招呼。我停下車，和亞男一起站在路邊。亞男不停地向四處張望，好像怕遇上什麼熟人。我點了支菸，說，說吧，亞男。亞男的嘴唇張了幾下，眼圈卻紅了。我說，紅豆出事了？亞男搖搖頭。好半天才說，沒有。亞男的雙眼斜視著大街的拐角不停地眨巴。亞男說，你救救紅豆吧，他快要餓死了。亞男說完這話就把臉捂進了巴掌，她盡力克制的樣子使她看上去憔悴不堪。那些淚珠很快從她的指縫隙裡岔了出來。到底怎麼了？我說。亞男的臉側到牆那邊去，說，這麼多天，他一天就吃一個饅頭，他說他不配吃家裡的飯，一天就一個饅頭，走路都打晃了。亞男從上衣口袋裡掏出幾張鈔票，慌亂地塞在我手裡，說，求你了，我求你了。亞男離去的背影使大街充滿秋意。

點菜時紅豆的神情很木訥。我大聲說，兄弟我發財了，今天白撿了三千塊。紅豆恍恍惚惚地問，真的？我說當然是真的，要不我請你做什麼？我又不是冤大頭。紅豆臉上的樣子幸福起來，也漂亮活絡了起來。長得周正的人就這樣，心裡頭幸福了臉上就越發神采飛揚。紅豆臉上的幸福模樣在第一道菜上桌之後就飛走了。是魚。紅豆低著頭，全神貫注地望著魚。紅豆孩子那樣按捺不住臉上的饞樣，顯得無從下手。無論如何也是不該先點魚的，紅豆吃得很猛，他的慌張吃相窮凶極惡，讓人心碎。他的嗓子馬上給卡住了。卡住之後紅豆的臉給憋得通紅，直愣愣地望著我。紅豆走出去，弓下腰用手摳挖。他嘔吐時痙攣的腰背使他看上去像一隻剛出水的海蝦。霓虹燈光在他的身上變幻，有一種熱烈的傷心。過了一會兒紅豆進來了，雙眼的眼袋處掛著淚珠。紅豆高興地說，行了。這時候招待送上來麻辣豆腐，我說，你慢點。紅豆埋下頭，嘴裡發出凌亂無序的嗞嗞聲。紅豆歪著嘴巴毫無章法的咀嚼使我胸中的一樣東西被慢慢地咬碎了。我說，我買包菸。出了門我的眼淚就流下來了。抬起頭，滿天的星光浩瀚，無情無義。

進門時紅豆在打嗝。紅豆的脖子都直了。我說紅豆，明天我給你找份工作，兄弟我大小是個官了，明天就帶你去圖書館。紅豆只是打嗝，在打嗝的間歇清晰地說，不。我笑起來，說，累不死你，你的頭兒是我的一個朋友。紅豆說，我不。為什麼不？我說，工資不比我少。紅豆不開口。又猛吃了一氣，紅豆低聲說，我這樣的人怎麼能到那種地方工作。為什麼就不能，我說，你又不欠他的。紅豆愣神了，目光也晃動模糊起來。你不要安慰我，紅豆說，我不要你安慰我。

我料不到紅豆會這樣。紅豆他不該做這種事的。送他回家後我就悄悄走了。半路上不甘心，又回來勸他，他還是去圖書館上班的好。紅豆的屋子裡燈光很暗，類似於神經質的眼神，有一種極不尋常的癔態。我輕輕走過去，卻聽見了裡頭很吃力的聲音。紅豆身體弓在那兒，低著頭，褲子踩在地上，兩隻手在身前慌亂地忙弄。紅豆的嘴裡發出困難阻隔的呼吸，在期待中痛苦地戰慄。後來紅豆抬起頭，絕望地彎下腿。紅豆的身影躺在鏡子的深處，如已婚女人隨意丟棄的穢物。

半夜醒來時萬籟俱寂，菸頭在黑暗中吃力地閃爍，那種掙扎和猩紅色的悲傷讓我聯想起紅豆。這些日子紅豆的失神模樣頑固地佔據了我的傷感高地，使我的整個身心受控於那份隱痛。

說到底紅豆還是不該做男人的，如果他是女人，一切或許會簡單起來。上帝沒有讓紅豆做成女人，是他的失誤之一。上帝萬能，卻不寬容，這也許是創世紀的不幸，也是人類沉痛的萬苦之源。生命是討價還價不得的，無法交換與更改。說到底生命絕對不可能順應某種旨意降臨你。生命是你的。但你到底擁有怎樣的生命卻又由不得你。生命最初的意義或許只是一個極其被動的無奈，一個你無法預約、不可挽留、同時也不能迴避與驅走的不期而遇，你只要是你了，你就只能是你，就一輩子被「你」所箝制、所圈定、所追捕。交換或更改的方式只有一個：死亡。紅豆，你沒法不是你。不必祈禱或抱怨，紅豆，你只能忍耐你自己。

紅豆，那天你對我說，回來時我站在遺像前，怎麼看也不像我自己。我對你笑笑。我說當然不像，那時候你如花似玉呢。沉默了好久你終於說，我真希望這一切全是真的，一個我死掉了，另一個我又回來了。我笑笑拍了拍你的肩膀，就是沒有注意你說話的神情。我掐滅了菸頭，為我的粗疏而哀歎。人類總是與生活中最重要、最本質的東西失之交臂，那些東西又總是展示得那麼平淡。

遺像是我去照相館放大的。走向照相館時我的內心一片寒冷。馬路西側和房屋的簷口堆滿積雪，馬桶們和老太太們蹲在太陽底下懷舊。我和你的父親翻遍了你的遺物，沒能找到任何身著戎裝的相片。我一直納悶，你怎麼就是沒有一張英姿颯爽的軍人肖像呢。軍服與手握鋼槍無疑能展示出死亡者的悲壯，但我們就是找不到。最後你的父親失望地翻到了那張穿夾克衫的黑白相片。你的臉上掛滿稚氣，對著四十五度的左上方害羞而又英俊地憧憬未來。你媽端詳了你好大一會兒，說，天太冷，這件夾克太薄了。在照相館的櫃檯前，我後來接過了帶有上光機熱溫的遺像。你的憧憬被無比肅殺嚴厲的黑框關緊了。我的心一點一點地沉下去，手上的相片也一點一點變得冰涼，你的生命被無情的黑框摳走了。你的生命成了一張黑白相間的二維平面。

你媽時常對著遺像愣神，她老是說，這麼活生生的，怎麼能做遺像，他還活著呢。

而你終於看見了你的遺像。我不知道你拿起那張帶有黑框的自己時內心是怎樣一種湧動。只是在很久之後你對我說，那張相片不像你。後來那張相片在你父親醉酒之後破碎了，你的父親撕扯著你，帶著極濃的酒氣吼叫，你不是烈士。你活著幹什麼！他舉著唯一的拳頭說，你不是我的種，我沒你這個兒！

紅豆的房子裡又響起了二胡聲。那條深長的灰褐色長巷從頭到尾飄動起顫悠悠的琴聲。看不見二胡演奏者，那些與蛇皮一樣粗糙沙啞的聲音與鹹魚氣味和腐爛的韭菜氣味相混雜，構成了小巷不可變更的歷史性脈絡。琴聲不是曲子或旋律，是一個又一個單音的升降爬動，1234567l然後又是17654321。在漫長綿軟的琶音之後。紅豆開始演奏一些旋律，是他自己隨意拉出來的調子，婉約而又鬆散，多數帶有不確定的內心怨結。實際上不是那些聲音依賴於他，而是他必須依賴於那些聲音。他的揉弦越來越臻於完美，一絲一絲液體旋渦那樣百結愁腸。紅豆二胡裡那種沒有事故的抽象敘述和沒有情感的抽象抒發打動了所有駐足的人們。許多過路人會停下自行車，用一隻腳尖支在地面詢問，誰，誰拉這麼傷心的二胡？紅豆不知道這些，紅豆早就不關心二胡的演奏效果了。

六

我和弦清的婚禮如期舉行。按照我們民族的習慣，我一直想把婚禮安排在春節前後，借助滿天的劈里啪啦和遍地的碎紅碎綠，把婚禮弄得大雅大俗。弦清說，她的肚子天天在長，怕是等不到那麼遙遠的日子了。我說，要麼就結了吧。

我的蜜月是一個極其尷尬的蜜月。沒有一個新郎像我這樣無所事事。每到晚上弦清就會摸著腹部對我苦笑。為了分散注意力，弦清常和我說一些閒散話題。她近來喜歡談論紅豆，紅豆時常恭敬地喊她嫂子。紅豆喊弦清嫂子的一呼一答裡，他倆之間充滿了一種寧靜的幸福。我發現對新婚女子最好是喊她嫂子，「嫂子」會使年輕的女人更像女人，通體發出母性的奶質芬芳。

「我今天在大街上看到紅豆了，」弦清這麼說，「他在嬌嬌時裝店裡，好像是賣東西。」「你說什麼？」我問弦清，「紅豆在哪個時裝店？」「嬌嬌時裝店呀，這個我總不會看錯的。」弦清肯定地說。我沒有再開口，過了很久弦清捅了捅我的胳膊，「怎麼啦你？」「你知道那家時裝鋪子是誰開的？」我說，「是曹美琴。你聽我說過沒有？曹他娘的美琴。」

曹美琴的店鋪夾在兩幢舊樓房中間，從門口向空中看去，那兩幢樓房彷彿外國兵俯視被俘的紅豆。「嬌嬌」兩字用了圓角的兒童體絳紅色。不規則地斜放在門楣上方，對著大街撒嬌。千百惠的歌聲從裡頭飄出來，使小店籠罩了一種咖啡色的焦慮春情。

曹美琴的嘴巴長在她的口紅那兒。她的嘴唇又飽滿又肉感。曹美琴歪在「收銀臺」的左側，棕褐色的「摩爾」香菸在她的胖指頭之間顯得修長而又華麗。她吐煙時把嘴唇和口紅噘得很遠，多有一種渴望吻或暴力式的嫵媚。紅豆坐在內口和一個在少女舞蹈隊中笨手笨腳的男孩差不多，多餘而又不協調。每過一些時候紅豆就要找點話題和曹美琴搭訕幾句。曹美琴說，紅豆你喜不喜歡這兒？紅豆說，我喜歡，我就是喜歡逛大街，一家商店換了一家商店地亂跑。曹美琴笑笑，紅豆你還是那樣。紅豆想了想，也跟著笑起來，說，我還是哪樣？曹美琴摁滅香菸瞟了身邊的兩個女工，臉上欲說又止的樣子，使她富態的臉上多出了別樣的風情。這時候一對勾肩的戀人走進了小商店，紅豆馬上想站起來。曹美琴伸出手，摁在了紅豆的肩頭，你站起來做什麼？有她們呢，曹美琴說。紅豆的眼神被她的手指弄得慌亂不安起來，不停地打量那些玫瑰色指甲。紅豆注意到曹美琴的手指柔軟豐腴，發出蠟質光芒，有一種美麗淫蕩的雙重性質。老不幹活，這成什麼規矩了？紅豆紅了臉這樣說。她們會幹的，曹美琴說，再給她們加點薪水不就得了。你看看，我來了，就多花你的開銷。曹美琴故意生氣地說，你就看到錢，虧你還是個男人。紅豆望著曹美琴只是傻笑，心裡頭裝了一千隻幸福的小狐狸。曹美琴抿緊了嘴巴，用中指彈了彈紅豆的領口。紅豆僵了上身，十隻腳趾開始在襪子裡亂動。

曹美琴又點上「摩爾」，給了紅豆一根。紅豆拿在手上只是把玩。人吶，就這樣，曹美琴望著大街自語說，飛了一大圈又全回來了，你看看你們幾個。我不一樣，紅豆低聲說，我和他們幾個不一樣。什麼一樣不一樣，你瞧瞧你，把口袋放到打樁機裡，也壓不出二兩油來，還差一點把性命賠了，你真是，要是待在家裡，紅豆你少說也能賺二十萬。紅豆愣愣地說，你才說叫我不要只盯著錢的。曹美琴搖搖頭，笑起來，一臉憐愛的樣子，呆子，紅豆，你真的是個呆子。

高中一畢業我們這一窩鳥就散了。我們讀大學，這是天經地義的；紅豆考不上，這也是順理成章的。在高考最緊張的日子裡紅豆都沒能放得下那把二胡。高考對他只是個樣子，他的父親盼望著紅豆能夠進入軍事學院，成為能和麥克阿瑟平起平坐的五星將軍。初中時代紅豆就萌發了走進音樂學院的美夢，父親指著那把二胡說，做你的夢，這東西能拉一輩子？能當飯吃？紅豆有沒有打消他最初的念頭我不得而知，總之紅豆沒能拉成二胡，也沒能進入大學。

紅豆的待業時代整天在家裡抄寫樂譜。他靠自學領悟了七個阿拉伯數字標示的高低、長短和調式。這個時候的紅豆依然人見人愛，被他的母親視為明珠。左鄰右舍的大媽和阿姨們評價男孩依然取樣於紅豆的尺度，「你瞧他髒不拉嘰的，比不上人家紅豆的一半。」大家都這麼說。

秋季是梧桐樹葉紛飛的季節，也是戀愛、結婚、徵兵的季節。父親從外頭回來說，紅豆，徵兵了。紅豆半張著嘴巴望著他的父親，又把目光移向了他母親。「媽——」紅豆這樣說。紅豆的母親說，你瞧他，可是個當兵的料？紅豆的父親沙著嗓子說，部隊是革命的大熔爐，什麼樣的人都能百煉成鋼。當兵的人多著呢。紅豆媽說，咱家豆子還是個孩子，還沒有全發育好呢。那就更應該去，父親加大了音量說，是男人就該去當兵，三年的蘿蔔乾，回來時保證你的小東西長得像酒盅子一樣粗。紅豆聽了這話臉上的顏色就變了，紅豆就是聽不得父親這種粗魯的樣子，低著頭，臉上紅得十分厲害。這時候紅豆的妹妹剛剛放學回來，開了門就說，哥，人家都報名參軍了，你怎麼不去。父親說，誰說你哥不去了？妹妹說，我哥要穿上軍裝，一定更帥。紅豆虎著臉走上前來說，小丫頭家瘋瘋癲癲地瞎摻和什麼！

紅豆。打仗好不好玩？

不要和我說打仗好不好，我不想說打仗。

打仗到底是怎麼回事嘛？

打仗就是我殺掉你，要不就是你殺掉我。

死了多可惜。

死是責任。打仗就是讓軍人承擔這樣的責任。

誰讓你承擔了，他肯定是個渾蛋。

你不要瞎說。美琴，這不是玩笑的話。

打仗肯定和電影上一樣。

不一樣。電影上人老是死不掉，打仗時一槍就死了。打起仗來一顆子彈就是一條命。

紅豆，你打死過外國人沒有？

不要和我談打仗。你再不要問我打仗的事了。

問問嘛。

我記不清了。我不知道有沒有打死過人，我就曉得放槍，我不放槍別人就會對我放槍，我記不清了。

有女人嗎？

我不知道。打仗時就只有人。沒有男和女，老和少，貴和賤，美和醜，胖和瘦，上和下，沒有這些。打仗時就只剩下了人，你要我的命，再不就是我要你的命。

你怎麼老是命呀命的？

打仗就好比賭博。賭性命。打仗時一條命就是一張牌。紅桃3或黑桃A全是一張牌。一打仗就想起來命值錢，槍聲一響命又太不值錢。子彈可全是長眼睛的，在天上亂飛，尋找你的性命，找到了它就要拿走，就把你的屍體丟給你。

紅豆你瞧你說的，打仗要真這麼嚇人，還拍那麼多打仗的電影幹什麼。世界上就只有兩種人，一種人看，另一種人被看。看的人永遠不會被看，被看的人永遠不知道看。

你瞎說什麼嘛紅豆，我怎麼一句也聽不懂了嘛。

我的話全是廢話。最聽不懂的該是槍聲，槍聲……

紅豆你全把我弄糊塗了紅豆。

我說得太多了。我真的說得太多了。我也弄不懂怎麼每次和你在一起都說這麼多話，我從來不說這麼多的話的，我每次我就是幾次就……

你真是個乖孩子……

……你不要這樣……這樣不好。真的你不要這樣。

紅豆……嗯紅豆。

你不要這樣。你真的不要這樣。

七

熱帶雨林遠不只是空中看到的那種妖嬈。大色塊的綠顏色被潑灑得鋪天蓋地。瘴氣與潮濕如中國畫的空白，綿延流蕩。

紅豆半躺在坑道內。背部倚著石壁。不規整的石頭如腎虛者的睡眠，盜出一身又一身冷汗。貝雷帽倒放在左側。衝鋒槍被他抱在懷裡。槍口擱在了肩頭。光線昏沉又有氣味。紅豆閉著眼，坑道裡所有的人都用這種坐姿懷舊或茫然。紅豆的胃部一陣一陣的灼痛隱約地蜿蜒，那是大劑量的抗生素在胃裡燒的。為了抵禦雨林的瘴氣和傷口過早地感染或化膿，走上前線每個人都必須極限劑量地服用抗生素。坑道裡的空氣又厚又渾，有一種半透明的阻隔，紅豆昏然欲睡，但又難以入眠。衣服是脫不得的，脫下來就會被蚊蟲包圍，就會在皮膚上黑黑密密地壓上一層。紅豆奇怪人一走上戰場毛孔裡流出的怎麼就不是汗了，是油。這些油在皮膚上結了一層硬硬的殼，讓你懨懨欲睡又煩躁不安。紅豆聞到了自己的氣味。紅豆不喜歡自己身體的氣味。洗個澡，吸一口乾淨的空氣，再喝一口透明的白開水——只有上帝才能享受這樣的禮遇。

這裡是318高地。紅豆就曉得這裡是318高地。戰爭使一切都變得簡單成了阿拉伯數，像未被演奏的樂譜一樣枯燥。紅豆用了兩個黑夜才隨安徽籍的二排長來到坑道。在地圖上他看到過他的陣地，像一個大指紋。現在紅豆就在這只指紋底下，螞蟻一樣一動不動。

爬進坑道紅豆聞到一股極濃的尿臊。紅豆問二排長，這裡有人住過了？二排長說，有。他們哪裡去了？紅豆問。二排長說，下去了。要麼死了。紅豆注意到二排長沒有說「犧牲」或「光榮」了，而是說「死了」。覺得「死」咔嚓一聲又向自己跨了一步。死這個東西在戰場上特別感性，手一伸就能摸到。紅豆緊張地問，我們也會死嗎？二排長看了紅豆一眼，好半天才說，軍人不該問這樣的問題。

偶爾有槍聲在遠處響起，分不清是敵人的還是我們的。人類有多種語言，槍聲卻只有一種。

夜裡一批客人走進了紅豆他們的石洞。不是敵人。是蛇。

最先發現這種爬行動物的是一位南京籍戰士。大早他從地上起身時習慣地摁了摁上衣口袋。他的袋裡多了一樣東西，手感柔和而又綿軟。拍了一下，就動了。他把手伸進去，一把就抓住了，往外拖。拖著拖著他的眼睛就綠了，這位寫過血書的戰士捧著手就喊，蛇，蛇。大家全驚醒了。醒了之後大家四處尋找，看自己的身邊有沒有。越找越多，就像青春期的噩夢一樣，蛇一條又一條地找出來了。不知什麼時候牠們一點聲響都沒有地彎彎曲曲地爬進了石洞了；牠們臥在石頭的邊緣或腹部，你一動石頭牠衝著你吐芯子。牠們自信而又沉著，安靜地望著這批驚恐不安的年輕人。過了一刻就有人從鞋裡倒出蛇來了，然後就是水壺、帽子和子彈箱。那些蛇一尺來長，躺在所有的地方等待你的觸覺。

最後那位南京籍的戰士說，看看洞門後頭。二班長打了手電筒往黑暗的門後照去，順著柱形電光大夥看見數十上百條花蛇正擠成一個大肉團子，勾打連環首尾相接地擠動，牠們光滑柔和的棍形身體遊動時顯得張力飽滿，牠們曲折地扭壓，緩慢固執，傷心悲痛，發出輕輕的吱吱聲。一些蛇向別處爬去，另一些則又從別處爬來。牠們攪得淋漓而又黏稠，就看見無數小舌頭在這個大肉團的表層上來下去，進去出來。

二排長關了手電筒，每個人都感到身體上皮膚的面積收緊了。他們手把手、身體緊貼身體，弓著腰一動不動。他們不說話，儘量控制呼吸的聲音。小南京叫了一聲就要拉開槍栓，被二排長繳了，吃了一個嘴巴。

二排長，你斃了我，我不怕死。你斃了我！

住嘴。你這狗娘養的。

小南京的眼睛就怔在那裡，目光裡全是蛇的爬行曲線。

那些蛇終於走了，像牠們無聲無息的來，一條不剩。戰士們在蛇的光臨之後養成了一個習慣，坐下時先用槍托敲一敲，響了，才坐下去。

一切平靜如常。

那是紅豆當班的夜。紅豆恰恰是在他值班的那個夜裡睡著了的。上山以來紅豆第一次睡了一個涼涼爽爽的覺。他輕鬆幸福地睡著了。他夢見了家鄉，在家鄉的護城河游泳。天快亮時紅豆醒來了。他感到一個戰士的大腿壓在他的身上。他推了推，沒推動。但紅豆的手很快感到那條大腿特別地涼，手感也特別地粗糙，正緩緩慢慢地呈「之」字形向內蠕動。紅豆睜開眼，睜開眼後紅豆就大叫了一聲，二排長！紅豆自己都聽得出這一聲「二排長」不像自己發出來的。一條五米多長的巨蟒正懶懶散散地爬過他的身軀。紅豆的身體僵在那兒，紅豆聽見了一陣極猛烈的槍聲。槍聲在坑道裡有一種驚天動地的效果。紅豆的兩隻手絕望地往石頭裡摳，那條巨蟒的禿尾在紅豆的身上裹緊了，極有韌性地收縮。一位戰士用長刀砍下去，刀卻給彈了回來。這時候走上來幾個人一起推，巨蟒的尾巴重重地摔在了地上扭動。紅豆猛撲到了二排長的懷裡。我怕。紅豆張大了嘴巴哭著喊道，二排長我怕。坑道裡又是一陣槍聲，五米多長的巨蟒給打爛了，許多肉片飛離了身體，黏在石頭上抽動。

戰士們又擠成了一團。他們分開時滿臉是羞愧。他們望著二排長，這個坑道裡的最高指揮官。我也怕，二排長終於說，我能夠面對死亡，卻不能忍住恐怖，我怕，我也怕……

這麼說著光線慢慢明亮了。大家向洞口望去，兩團黑糊糊的東西圓墊子一樣墊在洞口，二排長爬過去，圓墊子活動了，伸出了兩隻巨大的腦袋。對著二排長叉出一寸多長的蛇芯子。二排長跳過來，大聲說，打打打，機槍給我狠狠地打。

紅豆躺在坑道裡反覆回憶起父親。這個頑固的念頭像父親一樣剛愎。整個童年與少年，有關戰爭的內涵是父親帶了酒意的自豪與懷念。戰爭是父親的初戀。戰爭在父親的眼裡嫵媚動人。他們的生命是怎樣演繹戰爭的，在紅豆看來是個謎。紅豆是從聲光組合裡瞭解戰爭的，他在電影裡對號入座地尋找過父親，找來找去父親始終在家裡講述「在朝鮮」。父親喜歡打仗，電影上父親那一輩永遠拿生命不當事，在死亡與恐懼面前神采飛揚興高采烈。他們沒有眼淚，沒有膽怯，沒有感傷，也沒有後退。只要能勝利，能凱旋，能完成那一份光榮與夢想，死可以含笑九泉，而貪生則活得和豬一樣髒。人……是個什麼，人怎麼這一刻是這樣，那一刻又是那樣。

「我不是人，」紅豆輕聲對自己說，「要麼他就不是。」紅豆很突兀地高聲說。「我不是人，要麼他就不是。」二排長回過頭，問：「你在說誰呢？」紅豆安穩下來，一連一個星期再也沒開口。

八

紅豆好久不來了。弦清幾次問我，紅豆近來怎麼樣了，我說挺好。說這樣的話我並沒有太多的把握。上午我騎車出去辦事，曾拐到嬌嬌時裝店，兩個小丫頭在裡頭張羅。我說，老闆呢？小丫頭說不在。那麼紅豆呢？小丫頭還是說不在。我說他們哪裡去了，兩個丫頭相望了一回，說，我們哪裡知道。小女孩們的相對一望有時具有極隱晦的性質。

紅豆的青春年華昏睡了多年之後在一個午後啟碇萌動。他的生命以飛翔的姿態翩然閃爍。這個午後有極柔和的橘黃色陽光，陽光從曹美琴所喜愛的乳色百葉窗中間斜插進來，在床頭上方疊映出窗的平面構成。經過漫長的試探、啟蒙、心照不宣之後，曹美琴終於和紅豆平躺在她的席夢思上了。紅豆不停地打量百葉窗，說，擰緊吧，這麼多的陽光。曹美琴拍了拍紅豆的腮，說，呆子，外面太亮，看不見房間裡的。紅豆不作聲了，回過頭來盯著曹美琴，一下子就掉到她的瞳孔裡去了。兩人的對視使呼吸變得急促而又失去了邏輯性。紅豆手忙腳亂起來，腦子裡一片空白。

不行，紅豆說，不行，我要化了。

紅豆的身體開始了一場慘痛的戰爭，最痛苦最殘酷的幸福與愉悅刺進了他的每一個角落與指尖。

這是怎麼了，紅豆說，我這是怎麼了，我怎麼像觸了電了。

曹美琴沒有動。這個老到的女人瞭解初次的男人，他們總是渴望跳過最艱難的開墾與跋涉，以期直接到達勝利與輝煌。曹美琴吮著紅豆的食指尖說，還是第一次吧。

我從沒有做過這種事，紅豆幸福地低著頭說，我第一次做這種事。

你怕不怕？

怕。我怕。

你怕什麼呆子。我又不是母老虎你怕什麼。我是喜歡你才讓你這樣的。

紅豆感動得要哭了。紅豆想說什麼，卻什麼都說不出了。紅豆又一次提起了自己的生命全部傾注給了她……

紅豆……曹美琴閉著眼睛，頭部在蓬勃的長髮中間來回轉動，紅豆你瘋了……紅豆你真的瘋了……

紅豆的胃就是在這樣飄香的日子裡發病的。他坐在牆角裡捂著胃部用生動的目光望著我。這些疼痛的日子是不是他一生中最幸福的時光無人知曉。我所能知道的只是他愛著曹美琴，這個相當關鍵。大部分男人在二十歲之後都能學會把他一切放在心底，紅豆這一點相當糟糕。他的黑白分明的眼睛是他靈魂的閉路電視，一和你對視就向你做現場直播，他轉播時那些黑白就成了彩色的了，就把這個世界弄得紅裝素裹了。

活著多好，紅豆這樣說。紅豆說話時歪著嘴巴，他的手向胃部摁得更深了。「人是什麼？人就是身體。身體多好。」

我和紅豆安靜地坐著。聽他偶爾來一句沒頭沒腦的話。天氣開始變涼了，外面的風和外面的樹都流露出了蒼老的氣息。我給了紅豆一支菸，紅豆說他不想抽，我便不停地抽那包用公款購買的紅塔山。這樣的香煙我怕是抽不到了，我已經得罪了管票子的顧太太了。三天前就得罪了。我走進會計室大門時顧太太正在數錢，她的胖手每撚動一次她的胖下唇就哆嗦一次。顧太太看見我後便向前起來，放下了手裡的活，拽住我的衣袖把我拖進了隔壁。

你有個同學去打仗了？

打過了。他在家裡。

做了漢奸了吧？

別瞎說，現在哪裡有漢奸。

是這樣，做了叛徒了，是吧？

怎麼會呢。

嘖，你呀你，還瞞我。我老頭子在民政局，親口對我說，他給抓了。

這是哪兒對哪兒。

什麼哪兒對哪兒。抓了還不就是叛徒，還不就是漢奸。

誰他媽的這麼說。誰他媽的說胡話。

這還用誰說。這個道理誰不懂。中國人都懂。

我操。

咋這麼說話呢，你操誰？

……

「嫂子什麼時候生？」紅豆靜了一刻突然這樣問，「嫂子怎麼懷得這麼快？」「當然懷得快，」我說，「要不怎麼是嫂子呢，嫂子總得有嫂子樣子吧。」「嫂子生了孩子讓我來起名字，是丫頭呢，就用個紅字，是小子呢，就用個豆字。」「算了吧，紅豆，」我說，「孩子不成了你的了，你那個『紅』『豆』還是分給你孩子吧。」「我給你說真的。」紅豆的眼神突然充滿抑鬱，蒙上了一層淡藍色的霧。「我怎麼能要孩子。你的孩子就是我的了。」「怎麼會這樣呢。」我笑了笑，笑完了我突然覺得這笑聲太假，「你會有自己的孩子的。」「我怎麼能要孩子呢，我這種人怎麼能要孩子。算了。你不答應就算了。」紅豆這樣嘟囔。「你會有的，你結了婚想沒有都要煩死人。你一不小心就會有的。」紅豆的嘴角淺淺地拉了兩下，說，不說這個了。我們不說這個。我的胃疼得太厲害了。

九

紅豆的父親從紅豆生還的那天起開始風蝕。越來越深刻的變化顯現於他的發愣之中。他時常站立於碎瓦片之間，如古代的聖賢先哲巡視破碎裂痕中間的考古意義。孤獨感如他皮膚上的褶皺一樣越來越深了。他曾經奢望他的後代能在他千古之後重新燭照他的雄壯當年。他真的這麼想過。槍聲和炮聲是不該淡忘的。首先忘記的恰恰是他的兒子。好幾次，他甚至想追問老婆，紅豆這個王八羔子到底是不是「他的」。但他終於從紅豆清晰起來的面側輪廓否定了自己的虛證。紅豆顴骨那一把太像他了。如他水中的影子，只是在輕乍起之後輕柔地波動了起來。紅豆父親的叱吒身軀緩慢地走向委頓，他肩部的傾斜坡度變得陡峭。一場戰爭塑就了他，另一場戰爭卻又消釋了他。

坑道裡燠熱得讓人暈厥。每一次呼吸都是一次希望又是一次絕望。你的肺葉永遠都打不開來，如初戀中固執的女子老是不停地對你說不。他們不打仗，整日整日地聽見自己說不，我不。戰爭並不意味著打仗。打仗只是戰爭的一個部分。所有的忍耐、接受、焦慮、恐怖，都成為打仗的附屬物，吸附在戰爭的隱體下面。

坑道裡沒有打仗，但坑道裡籠罩了戰爭。坑道裡的戰士至今沒有打過一次仗。他們接受的命令就是「待命」。「命令」和「待命」才是戰爭。戰爭中似乎唯一重要的只剩下命令，生命退位到了命令的載體、命令的生物形式與意動狀態。生命存放在你的軀體內，有命令你就用它去執行，沒有命令你就讓它繼續等待。

呼吸越來越難以忍受。紅豆感到呼出來的氣都像大便一樣乾結。

黎明時分紅豆聽見有人在喊：「我要出去，你讓我出去！」這個時候許多人都在半昏迷的睡眠之中。人們沒有聽得清是誰在叫喊，就聽見有人站在了洞外，站在洞外用槍對著天空猛烈地掃射，用漢語詛咒。

遠處也響起了槍聲。是一排槍聲。許多彈頭在洞口的岩石上擊起火光，反彈出去拖著悠揚的金屬尾音。然後一個身軀便倒下了，紅豆在昏暗的光線中看見身軀底下蜿蜒出黑色液體，越淌越粗越淌越長宛如一條遊動大蟒。

不再呼吸的南京籍戰士被搶回了坑道。搶回來時已經是一具「烈士」。戰爭中生命不是一回事，屍體卻是值大錢的。對屍體任何一方都會像禿鷲，在天上盤旋，投下移動的陰影，等待機會使屍體屬於自己。為了這具南京籍戰士的遺體，敵人卻又丟下了三具。短暫的戰鬥使坑道付出了很大代價，幾乎每個人都輕重不等地受了槍傷。

紅豆沒有受傷。令人不可思議的是紅豆沒有受傷。紅豆只是在左臂讓彈片劃開了一寸多長的口子。戰爭彷彿就是與人體過意不去，每一次都讓你毀滅，讓你殘缺。戰爭是另一種意義上的男女做愛，以驚心動魄開始，以身心俱空收場。

事情的發展表明，或者說後來的事蹟表明，紅豆沒有受傷才有了他多年之後的鬆散歲月。命運使紅豆在戰爭裡頭往深處越爬越遠。

二排長坐在紅豆面前的子彈箱子上。他扔掉那只短得燙手的煙頭，說，紅豆，只能是你去了。

哪兒？

那兒。二排長指了指蒼莽的霧中，說，9號洞，那個戰士犧牲了。

我一個人？

你一個人。

洞裡頭死過人？

每一塊地方都死過人。

這是命令對不對？我一定得去對不對？

是命令。我是你的長官。長官的話就是命令。

再和我說說話。好不好？

好。

給我一只小鏡子，好不好。我的丟了。

我沒有鏡子。打仗時人不能照鏡子。這種時候人不能看自己。忘掉自己。

我……有點怕。

你不要不好意思。人人都怕。什麼是了不起，了不起就是心裡害怕卻硬去做。偉人就是這種人。你手裡有槍。槍裡有子彈。子彈裡頭有火藥。那是我們的祖先發明的。你怕誰你就殺掉誰。

我知道。

你不要出洞，你就很安全。千萬別出來。

我知道。

你一出來就有眼睛瞄準你。到處都有槍口望著你。

我知道。

不能射擊老鼠，也不能射擊蟒蛇。千萬不要殺生。除了殺人。

我知道。

好了。向我敬個禮，你可以走了。

紅豆本能地提著槍，準備起立。二排長把他摁住了，指了指頭上的坑道頂。

紅豆就坐著向二排長側手舉右掌。二排長回了一個軍禮，標準肅穆的軍禮，斬釘截鐵而又意韻深長。

十

日子美好如常。弦清的肚子按部就班地發展。沒有什麼好抱怨的。我日復一日地做一些極重要而又彷彿沒有「屁用」的事情。「屁用」這兩個字必須用上引號，我轉引了弦清的話。「屁用」這一說法從漢語意義上考證一番是極尷尬的。明明是說「用」，而一「屁」便沒用了。漢語習慣於用生理意義上的東西表示肯定或否定。

每個晚上總要看電視，看看電視裡各國領袖們參加各種會議，為世界人民的幸福與和平而微笑，而乾杯。當然，每天都有戰爭，感覺上又茫然又遙遠與我們生活比鄰若天涯。沒有人振奮與同情。戰爭彷彿是少不得的，歌舞昇平裡總要一些點綴。這也是人類通往神聖的方式與途徑。電視裡的戰爭都是具有「美學意義」的，正如大街上肝腦塗地的車禍，總是有人看的，只要死者不是自己，正如一個孩子掉進老虎的籠子在虎齒之間掙扎，也是有人看的，只是千萬別是自己的孩子。看完了就有了傳說，有了童話，有了神奇，就有了藝術。就有了「美」。

無聊的日子裡我多次拿起該死的鋼筆，提起鋼筆我就情不自禁地，也可以說不由自主地往紅豆的身上聯想。這個卑鄙的念頭令我興奮而神往。我的想像力如亞力牌啤酒泡在紅豆的那邊升騰橫溢。我終於弄清了為什麼一次又一次聽他講那場戰爭。人一不小心就讓自己騙走了。我就是這樣的。

在許多夜裡我都作那種啟示錄式的遐想，如乞丐，如猶大，如聖徒先知、施洗者約翰。我的手放在弦清的腹部，靠手感、靠播種者的直覺傾聽自己小生命的律動。我作這種撫摩時腦子裡想著那塊綠色雨林，雨林下面的雷場和生與死。我的許多偉大思想就是在手掌下面的律動中萌生的，我一次又一次看見上帝的下巴與指尖，看見魔鬼的峭厲牙齒與瞳孔，看見行腳僧人的腳趾，那些腳趾在草鞋裡對前方的泥路微笑，在溪水中和上帝的指尖嬉戲。上帝給僧人們洗腳，僧人們吻上帝的下巴。我想寫一部創世紀式的巨著，書名都想好了：《腳趾與下巴一起歌唱》。後來想得太遠了，我就收住，一覺醒來又是一個「屁用」的日子，紅彤彤地像日出一樣美好。那些思想及下巴和腳趾們就沒有了，不可追憶。飄。隨風而去。

但那些跳動節奏依舊，在掌心的下面。我撫摩另一個我。我呼喚我與熱愛我。生命彷彿在這種延動中不朽，如鐳的輻射，時間一樣無動於衷。

我想不起哪天弦清懷上我的孩子了。弦清說那天我喝了好多酒。我記不清我做了什麼。弦清說一定就是那天懷上的。

問題是為什麼你要懷孕。一次衝動就一個生命。孩子，你只是你爸爸酒後衝動的排泄物。

這個念頭讓我憤怒而又絕望。

「你為什麼要懷孕！」我這麼大聲說。我原來只是這麼想的，卻真的這樣對弦清叫出了聲來。

「真對不起，」弦清臥進我的懷裡。「你忍一忍吧。」弦清很溫順地說。

「我不是說這個，」我掀掉了緞面被子，「我問你為什麼要懷孕。」

弦清望著我。她的樣子吃驚而又怪誕：「我為什麼要懷，你說我為什麼要懷？」

「是我在問你！」

「你說的是些什麼話？你怎麼能說這樣的話？我為什麼要懷，你懷疑這孩子不是你的是不是？」

「你給我打掉。」

「你瘋了。」

「我沒瘋。你打不打？」

「我不打。你神經出了毛病？我又不是你的兩畝地，想播就播，想除就除。」

「你打不打？」

「我不打。你真以為孩子是你的？孩子不是我的，也不是你的，孩子是孩子自己的。他會長到你今天這種樣子，比你高，比你壯，比你帥氣，比你聰明！」

弦清在說完了「我不打」。聲音就變了，聲音就充血變得聲嘶力竭。她的淚水洶湧出來，她說完這幾句話用的是哭訴。弦清如一隻母狗豎起了後背上的鬃毛。弦清說完了就開始穿衣服。

「你哪兒去？」

「我回去。我到我娘那裡去。」

這個黑夜糟糕透頂。除了黑色，幾乎一無所有。天空明明是空的，就是堆滿了該死的混帳的黑色。黑色真他奶奶的該死。天一亮丈母娘如我的預料走來了，「好你個小子。你膽子可真的不小。」丈母娘進門就這樣說。

「我不是那個意思。」

「你不是那個意思？什麼意思？你們男人！弦清沒成親就懷了你的種，你如今對她又不放心了。孩子不能打，打了更說不清。我說的。生下來你自己看看是不是你的種。走了。你不要送。」丈母娘雷厲風行。人做了長輩就學會了言簡意賅。

一批又一批新鮮時裝在嬌嬌時裝店裡進來又出去。它們懸掛在空中被各種彩燈照得如新娘新郎。紅豆終日恍惚在這樣的強烈色彩裡，把一疊又一疊工農兵的微笑轉送給曹美琴。

紅豆醒來時陽光已經照到被角。紅豆從噩夢中驚醒，後背黏了整塊冷汗。曹美琴睡在另一側，半張臉埋在枕頭裡，頭髮蓬鬆開來，腦袋似乎特別地碩大。曹美琴的一條腿擱在紅豆的腹部。紅豆的噩夢一定起因於這條粗重的腿。紅豆推了推她的腿。曹美琴蠕動了幾下。曹美琴像一條巨蟒的感覺就是在這個觸目瞬間注入紅豆的內心的。他凝視著曹美琴，她的眼和嘴邊都突然間出現了蟒的相似處。紅豆的身體不由自主地往內收縮，曹美琴這時恰巧醒來。曹美琴睜開枕頭外側的一隻眼睛說，紅豆你幹嘛？紅豆說我要起床了。起床幹嘛？曹美琴鬆懶地說，他一個星期才回來。我們說好的，你陪我睡一天。紅豆說我到店裡去。曹美琴閉著眼說你不要去，你睡回來。紅豆提著褲子不動，看了一眼鏡子，紅豆的模樣在鏡子裡特別地難看。紅豆有些失望地把頭回過去，「紅豆你過來。」紅豆便過去了。曹美琴一把將紅豆重新拖進被窩。紅豆聞到被窩裡洋溢著內分泌的複雜氣味。曹美琴說，我就喜歡在大清早，你來，你再來。紅豆說你怎麼這樣，怎麼這麼喜歡做這種事。曹美琴說什麼喜不喜歡，人都活死了，就剩這麼一點樂趣，只有做這種事我才是活的。紅豆便不吱聲，任隨曹美琴動作。照道理紅豆是不該在這種時候想起那條蟒蛇的，但紅豆就是在這個節骨眼上被那條巨蟒嚇倒了的。紅豆叫：「二排長！」整個身子就像皮球給戳了個洞，氣全放光了。這時候曹美琴的上齒咬著下唇正在專心地尋覓，感覺到紅豆的整個身體抽動了一下，就聽他叫，二排長！隨即他的一切就沒脾氣了。軟了。曹美琴睜開眼，絕望而不連貫地說，紅豆你幹什麼？紅豆你存的什麼壞心思？曹美琴坐到了一邊，胳膊擁著兩個圓肩頭，一個勁地瑟瑟發抖，好半天才調整過來。曹美琴拿起一件蘋果色的上衣甩到了鏡子上，拉著臉走進衛生間打開了熱水器。紅豆跟過去，光背倚在門框上，看著曹美琴裸露的身子在水簾和霧氣裡向上升騰。沖完了澡曹美琴拿著一把黃色塑膠梳子插在頭上，繞過了紅豆，說：

沒用！要不給外國人抓了過去。

紅豆站在那裡。感覺身上有一樣東西一點一點墜陷下去。紅豆說，我就是沒用，我怎麼就是沒用。

紅豆的父親從酒店回家時發現那扇木櫺門半開著。他伸進頭去看見紅豆把身子蜷在一床棉絮裡。棉絮散發出一股閒散久擱的氣味，紅豆閉眼張嘴，嘴巴像面部的一口浮井。

你回來做什麼？紅豆的父親大著嗓門說。

紅豆撐起身來，掀開了上半身的棉絮，上衣上黏了許多白色顆粒。紅豆眯著眼，說，我回來睡覺。

睡覺？你睡什麼覺？大白天睡什麼覺？老鼠才在白天裡睡覺。

我只是想睡覺。

你看你半死不活的，哪裡還有人樣！你就知道大白天和老鼠一起睡覺。

我想做一隻老鼠，紅豆說，是別人把我生成一個人了。

你說什麼？渾小子你敢對我說這樣的話？你放屁把膽子放掉了。美國佬都給我們打趴下了你跟我說這樣的話。美國佬今天也神氣起來了，有本事讓他衝著我來。中國人死都不怕還怕什麼！

我要睡覺。

弦清終於又回來了。我陪她的父親喝了一瓶竹葉青，弦清就披著我剛買的山羊皮夾克回來了。她的腹部把羊皮上衣弄成了白的一片亂，她自己看著也覺得不好意思。人的身體要出了問題衣服越新越美越難看。弦清回過頭來說脫了吧，等生了再穿。我說穿著，挺好的，不是挺漂亮的嘛！

走進家門弦清極其幸福，她疲憊地坐進沙發，兩條腿伸到前面去，像京戲臺上的判官。孩子真的是你的，她說。我坐在扶手上擁她入懷，就說對不起，我誠心誠意地說，對不起你。弦清聽了這話止不住啜泣，她哭得傷心委屈又甜蜜自豪。女人一生中有這樣哭泣的機會並不多。我就這麼擁著弦清，腦子裡很空，颳起了方向不定的風。孩子是我的，這不挺好嗎。孩子不是性衝動的排泄物還能是什麼？書上不全這麼說的？

生活又平平靜靜，這不是很好嗎。

十一

紅豆拉完了曲子就開始愣神。許多風瘦瘦長長地在天井牆上舞蹈。屋簷口一排整齊的乳形滴漏倒掛在那裡。悠久而又抑鬱。紅豆望著乳形滴漏想起了曹美琴的乳房，心中泛起極濃的不知所措。那種渴望而又焦躁無味的心緒如西部民歌中的半個月亮，爬上來，在藍藍的背景上空曠無比地爬上來，暈暈黃黃地爬上來，就半個，殘缺不全地爬上來了。

紅豆停止了二胡演奏，追憶他第一次與曹美琴接吻。吻住美曹琴的下唇時他的手就自然地撫在了她的乳房上面。這樣的感受讓他幸福與感傷。只有兒童被哺育時才這樣。一隻手摸著乳房吸吮，另一隻手神聖地搭在另一只乳房上面。紅豆堅信男人接吻時的心態不是男人的，是男嬰的。紅豆後來開始吻她的乳峰，乳峰像抽象意義上的母親，不是媽媽。紅豆禁不住流了淚水，說，這才是我的家，曹美琴用一隻指頭封住了紅豆的嘴，讓他別出聲。紅豆就不動了。心裡只是重複，這才是我的家。我什麼也不怕了。

紅豆放下了二胡就往嬌嬌時裝店裡跑了。他要抱他的曹美琴吻他的曹美琴。馬路拐彎的地方他看見了一隻老鼠臥在了水泥地上，這隻可憐的老鼠早就讓汽車輪子壓扁了，像畫在地上，二維地在地面只剩下老鼠的抽象意味。紅豆站住了。紅豆站在馬路的拐彎處，自語說，這是老鼠。那隻老鼠如一張紙，兒童畫一樣貼在了地表。

紅豆在時裝店的門口沒有找到曹美琴。一個中學生模樣的小夥子問紅豆說，先生您買什麼。紅豆看看這個中學生，臉上的樣子說變就變掉了。紅豆盯住了中學生。中學生很慌張地向後退了兩步，對身邊的兩個女夥計解釋說，我不認識這個人，我真的不認識。

紅豆到我家時是夜間十點。電視上正是「晚間新聞」的片頭。寧和的音樂中一只透明的地球正藍藍地滾動過來放到電視的中間。紅豆倚在我的房門框上，身上帶進來很寒的秋意，紅豆失神地說，給我倒點酒。

紅豆坐在沙發裡臉上的樣子像青春期的某個糟糕片刻。他的小拇指一直在不安地折動。我點了根菸，在我點菸的工夫他隨意拿起了我的工作手冊和鋼筆。我們都不說話。他懶懶地在軟質封面筆記本上隨手抹些什麼。這時候弦清也披上上衣坐了過來，她的手上打著件毛線褲，粉紅色的，褲腿只有我的巴掌那麼長。紅豆抬起頭，看看毛衣，又看看弦清，很累地笑了笑。弦清望著紅豆，也笑了笑。三個人就這麼坐著，一直到十二點鐘。紅豆後來就放下手裡的小本子，面色微酡，說，你們睡，我回去了。弦清探過頭指著紅豆畫下的古怪圖案只是說，什麼？紅豆你畫的是些什麼？紅豆指著滿頁的，說：

這是山洞。

第二頁像毛衣編織：

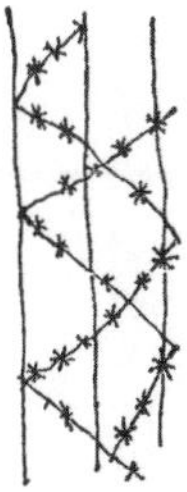

這個呢？弦清問。

這是雷區。

這個，這個是什麼？

墳。

你畫這麼多墳做什麼。嚇人。

嚇人什麼，墳是泥土的乳房。我們的家。

紅豆的二胡聲出現了某種幾何形狀，標準的正方那樣經不起抗擊。紅豆拉二胡把二胡的靈魂給拉出來了，整夜在沒有路燈的巷子裡瞪著碧眼遊蕩，尾巴一樣蛇形地跟蹤人跡，追探人們的聽覺。紅豆整日抱住他的二胡在時間裡顫悠，太陽被他拉亮了又拉黑了，月亮被他拉彎了又拉圓了。後來紅豆的指尖揉出了血跡。紅豆的媽說：「祖宗，你別拉了。」紅豆說，我不能不拉，曲子全關在琴裡頭，我不拉他們就出不來，他們在喊救命。他們在說，紅豆，你救救我——你聽見沒有，媽，你聽聽，他們在喊你奶奶。

紅豆的媽用手掌捂住了紅豆的指頭，豆子，紅豆媽這麼說，你別拉了，媽求你，媽給你跪下了，你一氣拉了兩天半了祖宗。

紅豆就停住了，眼睛散了光，說，媽我不拉了，媽你給我把琴拿下來，紅豆的母親用了很大的氣力才把馬尾弓從紅豆的手上掰開，紅豆的手卻伸不直，依舊保持了那種指形做有節奏的顫動。

媽，我餓了。

我給你做。

媽，我要喝奶。

紅豆媽釘在了那裡。不動。臉上的皺紋全掛了下來。

媽，紅豆抬起頭說，屋簷上掛了一排奶子。我要喝奶。

紅豆的媽聽了這話一屁股坐在了天井的地磚上。冬季就是在這樣的時刻來臨的。

天冷得相當快。梧桐樹葉如喪家的狗跟著風走走停停。許多人的臉被醃在冬季的風裡，上了一層霜。優美的植物相繼死去，只剩下根與水泥同一種色彩。人們說冷。人們抱怨鬼天氣。人們在冬天說夏天好，就像在夏天說冬天好。

咖啡屋裡擠了許多人。不因為咖啡，因為空調。咖啡屋裡沒有自然光，用了雜色彩燈及茶色鏡子的反射。人就像置身於想像裡。在那裡接吻、吸菸、做生意。聲音都很低、如咖啡的色質。

紅豆坐在我的對面。左側是一堵鏡子牆，把小咖啡屋拉得極有縱深感。我們坐在中間，一半實，一半虛。我們斷斷續續地說話，斷斷續續地喝雀巢。雀巢像我們的政治一樣，有越來越高的透明度。紅豆新理了髮，頭髮吹得很高。這樣的造型使他顯得陌生，不像紅豆他自己。屋子裡的色調與音樂柔化了紅豆。使紅豆越發渴望傾訴。紅豆說了很多的話，沒有邏輯，時空也相當混雜，完全是現代派的敘述方式，他的眼睛依舊很大，只是失去了水分，顯得滯鈍。雙眼皮的兩道褶皺拉得也很鬆弛，看人時就有了似是而非的無精打采。後來紅豆說，我的胃又疼了，就不再說話。臉上的樣子一直在疼。我說我送你回去。紅豆笑笑。在哪裡都疼。我說那就別喝咖啡了，我給你買杯蓮子湯。紅豆說好。

我轉回的時候紅豆坐在那裡不動。他的臉轉了過去，對著鏡子。他在正視鏡子裡的自己。我注意到身後的窗子正打開了一扇，窗上面也有一面鏡子，這兩面鏡子把紅豆拉得相當長，許多紅豆就在咖啡屋裡無限地延伸了下去，從我這裡直到宇宙的角落沒有盡頭和歸宿。我看得見紅豆咖啡色的目光，他的目光已經走到宇宙的外面去了。我捏著蓮子湯的票根，說紅豆。

紅豆把臉移向我，眼睛卻沒有離開鏡子。紅豆指著鏡子對我說：「你快看，那是紅豆。」我看見紅豆的靈魂從他的眼睛裡飛到鏡子的那頭去了。我站在那裡，不敢動了。

這時候服務小姐走過來，說，先生，您的蓮子湯。

「那是紅豆。」紅豆說，「你看見沒有。那是紅豆。」

我說我們回家。

「你抓住他——那是紅豆。他是一隻雞。你把他殺掉。」

我衝上去轉動他的腦袋。他的腦袋很輕但目光卻越來越頑固。

「你逮住他，」紅豆說。「殺了他我就可以回家了。你殺掉他，你快去。」

紅豆已經完全不對勁了。許多毛孔在我身上冰冷地豎立著。我想我已經瘋了。我拿起了一只凳子，砸向了茶色鏡子牆。哐噹一聲，世界就變得可怕地安靜下去，黯淡下去。世界就只剩下了半個，許多人站起來，看我們。紅豆的臉因玻璃的飛濺而流血不止。

我說，我殺掉他了。

紅豆將信將疑地伸出手，摸了摸牆與破鏡片。紅豆推開我。你騙我，紅豆說，你在騙我。紅豆像個姑娘似的站起來，走，我們回家。

很晚我才回到家裡。弦清彷彿有什麼預感，她站在臥室門口，望著我不語。我站在堂屋門下面，和她對視了好大一會兒，我說，出事了。

會怎麼樣？

我不知道。

空間變得十分地無情無義。我害怕這種目光之間的縱深距離。

寒夜在燈光的外面。月光乾乾涼涼的，又亮又清又冷，又冷又清又亮。有月光的夜裡窗戶上的玻璃都乾淨透明。內外都亮了就透明了。內暗外亮也不壞，可以成為一個視點，觀察、看。最糟的是內亮而外黑。這樣的玻璃就成了鏡子，就成了審視自己的判席。就成了絞架。人的靈魂不能被點亮，點亮了就是災難。人不能自己看自己，看見了便危險萬分。要命的是紅豆恰恰選擇了這樣一個位置。在鏡子與鏡子之間。

大清早我終於入睡了。一夜的似睡非睡使我頭部腫脹得要開裂。做夢了沒有，我沒有把握。但我聽見了亞男的聲音，紅豆的姐姐在我的夢中大聲地叫：「快，快，紅豆出事了。」

睜開眼我就看見了亞男。她失態地把我從被子裡拖了起來。她的身上有一股極濃的血腥味。

她的衣袖和前襟濺滿了紫紅色的血污。

「他用刀子捅了自己了，肚子還有脖子。」

為什麼？許多人都愛你，母親和亞男，弦清還有我。許多人。

我要殺掉他……

你殺誰？

紅豆。我要殺了他。

你殺了紅豆你是誰？誰又是你紅豆？

你不懂……殺了他我就是我了。我就可以到屋簷上去，老鼠和蛇，還有乳房二胡。你懂不懂？

我不懂紅豆。

我殺了他你就懂了。

你就是紅豆，紅豆就是你自己。你殺了紅豆就是殺自己。

我只能殺自己，我怎麼能殺別人，我殺誰？

你殺了紅豆你自己就沒有了。

殺了才有。不殺就沒有。你不懂。你不要管我，我還要殺。

十二

在冬季這個傷口難以癒合的漫長歲月裡，紅豆躺在醫院的白色之中，頑固地堅持殺掉紅豆的宏偉夢想。他的身上插進了許多管子。那些乾淨、透明的液體像時間的秒針，一滴又一滴耐心地撫慰紅豆。這些液體的清冽光芒無數次感動過紅豆。他望著這些液滴，一連幾個小時。爾後紅豆的淚就流出來，是他生命裡的男性汁液。

失血過多的紅豆終於被看出了血色，在沒有人照看的時刻他又有氣力能夠完成自己的夢了。紅豆下了床能夠走動後就忙著自殺。他偷了一把水果刀。夜裡三點鐘他走在寧靜的白色過道，過道很長，有一種走向陰間的猙獰透視。世界瀰漫著以酒精為主體的混雜氣味。他走向廁所。紅豆決定在廁所裡捉住紅豆，然後把紅豆殺死在大便池裡。然後把刀還給病友。然後回家。然後對母親說，我回來了。然後對他說，我和你一樣回家了。然後放下包到曹美琴那裡去說，美琴和我上床。

紅豆的回家夢想沒有能夠實現。他走錯了門。他沒有敏銳地發現便池和便座的不同處，就站在了女廁所裡常見的鏡子面前。夜如鏡子一樣寧靜。三點鐘換崗的女護士習慣性地在上崗之前處理一下私事，她推開衛生間，看見裡頭站著一個男人。女護士倒吸了一口氣手裡的搪瓷盆就掉下來了，在死寂的病房裡發出了喪心病狂的聲音。盆裡的小玩意在白色馬賽克上側著身子往角落裡飛竄。紅豆大吃了一驚，拿刀的手就提了上來，眼睛在鏡子裡頭和小護士對視。紅豆看見小護士的下巴只是往下掛，卻是沒有聲音。紅豆提著刀目光呆滯地轉過身來，紅豆剛想說你回去吧，就聽見小護士終於叫出來了。小護士叫的是殺人。殺人了！

許多人從病房和值班室裡衝出來了。大部分病人的臉上忍著疼痛。紅豆站在門口，不高興地對大家說，這關你們什麼事。

當天夜裡紅豆就被送走了，上車之前紅豆給慌裡慌張地打了一針。紅豆隱約地記得自己明明給抬上的是汽車，過了一刻就覺得是火車了。向南，無盡無止地向南。紅豆想睜開眼看看窗外，連長虎著臉說，不許看，這是命令，紅豆便把眼睛閉上了，閉得很緊，很累。身子底下就哐啷哐啷哐啷。

大家都爭著要到最前線去。每個人的眼睛都陌生了，生出一股殺氣。大家舉著槍高呼震耳的口號，連長看了紅豆一眼，紅豆就舉起手高叫：我要到最艱苦的地方去。紅豆反覆高喊這句話，直到再也喊不出來。大家後來開始寫血書，連長又看了紅豆一眼，紅豆就咬破了食指，寫下了自己的名字。紅豆說，連長，怎麼這一回咬得一點也不疼？連長說，當然不疼，這點疼算什麼？我們連不許有一個怕死鬼！

知道紅豆的下落已經是來年春光明媚的日子了。我一直沒有紅豆的消息，在這個問題上老志願軍戰士說了謊，這位殘疾老人告訴我。紅豆到南方去了，他的戰友在那裡開了一家很大的公司。紅豆不回來了。我望著長者的空袖管相信他的話。老者的謊言比真理更有力量。

那個晚上亞男來敲門。亞男瘦成這樣出乎我的意料。亞男見到我就撲到了我的懷裡，當著弦清的面。「你救救紅豆，」她的身子疾速地抽搐，「你一定要救救紅豆。」我被這個突如其來的事弄得很蒙，我說紅豆怎麼了？你告訴我怎麼了，他在廣東出了什麼事？亞男哇地一聲哭出了聲來，亞男說，他在瘋人院裡，他一直都關在瘋人院裡。

我茫然地抱著亞男。我就那樣茫然地抱著亞男，也不知道過了多久，當著弦清的面。我不知道這個世上發生了什麼，我很難受。我十分地難受。我太難受。我他媽的太難受。

紅豆坐在床沿。大劑量的鎮靜劑使他的體型虛胖浮腫。他的背後是窗戶，陽光照耀過來，窗外的花朵一朵一朵開得又大又肥。花朵的美麗也如同紅豆一樣身不由己，離不開那桿枝頭。紅豆的目光像煮熟的某種動物，看著一處地點。眼神沒有意義。我站在他的面前，他一直不知道我站在他的面前。他的頭髮鬍子都很蓬勃，好像所有生命全長到那些上面了。我的酸楚在胸中猛烈地翻湧，無聲靜息地翻湧。我站在那裡，不知道如何開始。

嗨。我終於說。

他沒有動。

紅豆。我說。

紅豆就抬起頭，望著我。紅豆望著我兩隻眼睛就慢慢地活了。兩隻眼睛就如同春天那樣釋放出許多汁液，有了許多返青的植物和風。紅豆張開了嘴巴，一隻手抓住我，很突然地抓住我。他的手沒有力量，卻讓我感覺到絕望和神經質的穿透力。我的整個感知就全給他抓住了，縮成了一團。

我瘋了沒有？你告訴我，我到底瘋了沒有？

你沒有，紅豆，你沒有瘋。

為什麼要關我在這兒，這兒全是瘋子他們全瘋了。我要回家去。你帶我回去。

我不能，紅豆。

我瘋了？這麼說，我真的瘋了？

你沒有。

你帶我回去。

我不能。

我到底有沒有瘋，你告訴我我是不是真的瘋了？

你沒有瘋。你沒有。

為什麼要關我在這兒？

我不知道。

我是瘋了。我肯定還是瘋了。

送藥的護士就是這樣的時候到來了。小護士們美麗的影子像魚一樣在病人之間搖晃。小護士推著不鏽鋼送藥車來到紅豆的面前，拿起一只樵木瓶蓋，瓶蓋裡裝滿了色彩斑斕的藥片。小護士說，您該吃藥了。紅豆把目光從我這裡移給了小護士，他的目光也變成了不鏽鋼的。我為什麼要吃？您不是天天都這麼吃的？小護士瞟了我一眼，笑著這麼說。你自己吃，紅豆說，你不吃就送給曹美琴，我不吃。紅豆，我說，吃吧。我不吃，紅豆的嗓門這時就大了，你們全是一夥的，你們通好的，我為什麼要聽你們？我不吃。紅豆從不鏽鋼藥車上拿起了一只搪瓷盤，呼地一下那些彩色的藥片就落英一樣繽紛。隨著紅豆的叫喊迅速走過來幾個長方體的白色男人，他們的頭上全是白布只有一雙眼睛閃閃發光。一陣爭鬥後他們熟稔地擒拿了紅豆，紅豆被他們摁在床板上，所有的關節都固定了，只有腹部在劇烈地向上挺動，每一次挺動喉嚨裡都要發出很有節奏的壓迫聲。我說紅豆，走過去便拉開那些男人。一根針管這時就插進了紅豆的肌膚，針劑明麗剔透像少女初戀時的眼淚。你們放開他，我大聲說，你們放開，他沒有瘋！過了好大一會兒一個男人才抬起頭來，他的聲音在口罩裡頭含糊不清：你是不是也想來一支鎮靜？這時的紅豆似乎被藥水說服了，張著嘴嘴裡流淌口水。他的眼沒閉，望著天花板。活的，但是一眨不眨。我用手在他的眼前搖擺了兩下還是沒眨。

我就這麼望著紅豆。時間昏迷過去了。

弦清在一個乾淨美麗的早晨分娩了我兒子。她的預產期超過了整整四天。我不知道我的兒子對這個世界猶豫什麼。我在產房的通道外面一支接一支地吸菸。我望著圓形告示牌上一支白色的香菸被紅色的×所覆蓋。我已經連續三夜沒睡了。是另一個剛剛當父親的男人陪我度過了前面的兩夜。我的舌尖很麻木，記不清說話了沒有。我覺得昏迷過去的時間一直沒有醒來。

第四個早晨我注意到太陽升起得很遲。我一直希望孩子的出生能選擇在日出這個偉大的時分，這一設想無限詩意情調。但這樣的早晨我沒有過多地奢望孩子與太陽之間的巧合，我焦慮地祈盼孩子能早點來到世上。

後來來了一位護士，這個瘦小的女護士在我的記憶中永遠天使一樣美麗。她拉開玻璃門，笑著對我說，你當爸爸了。我頭腦裡轟地一下太陽就跳出來了，我衝進去就聽見了極其憤怒極其委屈極其撒嬌極其抒情的一道哭聲，如金屬絲在蘋果色過道裡紛揚。這是我的兒。頃刻間我的胸中許多東西化開了，直往眼眶裡衝，不可遏止。我看見了血淋淋的小東西在護士的掌心裡握緊了拳頭詛咒什麼。我想衝上去對孩子說我是你爸爸。

小護士的下巴把我趕出去了。在這個四五米的甬道裡我體會到了千古悲傷。我傷心得不行了。出了玻璃門我蹲下去就用巴掌捂緊面龐了。那些該死的淚珠子從我的指縫中間洶湧而出。我不知道我為什麼會這樣。我真的不知道為什麼會是這樣。

這時候丈母娘從樓梯口拐角處出現了。見了我的模樣她臉上就不對了。生了？生了。弦清呢？挺好。團的還是長的？長的。順不順？順。那你哭什麼？我不知道，我就是要哭，我止不住。這麼說著我的傷心就又襲上來了。二五，好好的你哭什麼，丈母娘說，嚇我一大跳，你毛病。

生兒子是要發紅蛋的，規矩就這樣。規矩就是有道理沒道理你必須這樣。第一家當然是紅豆的母親。

二胡的音質沙啞，具有極鬆的穿透力。二胡的音色有一種美麗的憂傷。二胡的旋律有一種與生俱來的傾訴欲望。欲說又止，百結愁腸。

離紅豆家至少還有五十公尺我就聽見二胡聲了。我知道不可能是紅豆的，我甚至懷疑是不是幻聽。推開門我透過木櫺格看見紅豆端坐在家裡，他的大腿上擱著他的二胡。我不知道他是什麼時候出院的。他的臉很胖。宇宙一樣蒼茫。

紅豆看著我的腳。他的目光抬到我的腹部卻不再往上爬了。他不看我也不說話，拉了一小段我們兒時常聽的那些曲子。完了就放下胡琴，說，你來了。

你什麼時候回家的，紅豆？

有一陣子了。

為什麼不找我？

我在拉琴。我拉得很輕鬆，很快活。這把琴很聽話，又聰明。真是一把好琴。

我把三只紅雞蛋放在紅豆家的茶几上，紅豆媽看了一眼紅蛋又看了一眼紅豆，這個交替的目光是明瞭易懂的。紅豆媽笑笑說恭喜了。我也就對她笑笑，想說什麼，也想不大起來。紅豆媽走到我的面前，低聲說，紅豆他又不吃飯了，他總說飯裡頭有藥。紅豆看上去挺胖嘛，我說。天曉得，他媽說，不吃又不睡，他哪裡來的一身肉。他為什麼不睡？我哪裡知道，紅豆媽茫然說，我想是怕噩夢，他睡著了老是喊，蛇——哪裡來的蛇，真是造孽。他不吃也不睡，他就曉得拉琴。

這麼說著話我們聽見了廂房裡傳出了很古怪的聲音。那把二胡丟在了地磚上，琴弓和琴身構成了天象式的構圖。紅豆站在那裡，兩隻手垂得老老實實，蛇。紅豆站在一邊，指著地上的二胡說，蛇。我走上去剛想撿起二胡，紅豆就把我止住了。紅豆對著二胡上的蛇皮說，是蛇，二胡聲不是我拉出來的，是蛇在哭，你聽，是蛇在哭。

紅豆媽聽了這幾句一個踉蹌就又側在了門框上，紅豆媽望著二胡說，這回真的沒救了，又要去醫院了。

不！紅豆走上來就揪住了我。不，紅豆望著我，目光四分五裂，別把我送過去，我永遠待在洞裡，我聽你的命令，我這一輩子都在洞裡，你別送我去醫院。

十三

紅豆終於在渴望拉二胡與不停摔二胡之間黯淡消瘦下去。天氣漸漸變暖，變熱。空氣中積鬱了越來越濃的懷舊氣息。那是夏日千古以來不變的氣息。植物們該綠的綠，該紅的紅了。紅豆說，我要拉琴。紅豆說，蛇。紅豆說這兩句話的氣息越來越弱。他家的大門也越關越嚴。紅豆的父親不允許別人窺視他們家的不幸祕密。

越來越多的皮膚多餘地褶皺在紅豆身上。他的身上出現了許多膚斑，彷彿懷過孕的女人腹部留下的那種。許多不正常的氣味很幽黯地在落日時分飄拂，如一隻手從死亡的那邊涼颼颼地抓過來，與腐草和植物的腐爛氣味勾肩搭背。紅豆終於臥床了。紅豆說我要拉 琴紅豆說蛇 紅豆說不要送我出去紅豆說我就在洞裡。

紅豆的手與胳膊變得冰涼，與夏季的炎熱極不相稱。我弄不懂他身體的溫度哪裡去了。我抓住他的胳膊，我看見死亡一直在他的手邊遊絲一樣轉動。死亡在他的眼睛裡蒙上一層半透明的膜。鐵青色爬上了紅豆的腮部，半透明的眼在不確切地看，無力的手指在不確切地抓。不知道紅豆的目的是什麼，不知道他要做什麼。紅豆的父親在一個午後說：「他的膽已經嚇破了。他是起不來了。他的膽肯定是破了。」後來下起了雨，雨猛得生煙，雨腳如貓的爪子一樣四處蹦跳。那些雨把整個紅豆家的老式瓦房弄得一個勁地青灰。紅豆身上那些類似鐵釘和棺材的氣味就是在雨住之後和泥土的氣味一同瀰散出來的。許多多餘的皮在紅豆的骨頭上打滾。

紅豆沒有留下任何遺言。只是在他死前的一個星期，他說了一組阿拉伯數字，003289。這是六月二十六號的事。後來紅豆就再也沒有開過口。紅豆的媽問我，是不是誰的電話，我說不是。紅豆媽又問，到底是什麼，我說我不知道，可能沒什麼意思。紅豆媽想了想，也就不問了。紅豆後來就老是張嘴，他看著我們，嘴張得很大，嗓子裡發出一種聲音，像哪裡在漏氣。

七月三日，那個如狗舌頭一樣炎熱的午後，紅豆嚥下了最後一口氣。紅豆死在自己家裡的木床上。這一天天晴得生煙，陽光從北向的窗裡照射進來，陳舊的窗格方木櫺斜映在牆上，次第放大成多種不規則的幾何方格。後來紅豆平靜地睜開眼，紅豆的目光在房間裡的所有地方轉了一圈，而後安然地閉好。他的左手的指頭向外張了一下，這時的紅豆就死掉了。他死去的手指指著那把蛇皮蒙成的二胡，紅豆生前靠那把二胡反覆他心中的往事。

……

此刻誰在世界上某處走
無端端地在世界上走
在走向我
此刻誰在世界上某處死
無端端地在世界上死
在望著我

——里爾克〈嚴重的時刻〉

是誰在深夜說話

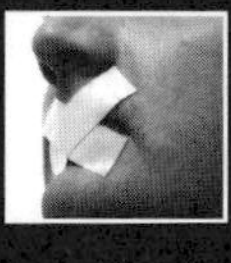

關於時間的研究最近有了眉目，我發現，時間在大部分情況下只呈現兩種局面：一，白晝；二，黑夜。時間大致上沒有超出這兩種範疇。但是，人類的生存習慣破壞了時間的恆常價值，白晝的主動意義越來越顯著了，黑夜只是作為陪襯與補充而存在。其實我們錯了。我想把上帝的話再重複一遍：你們錯了，黑夜才是世界的真性狀態。

基於上述錯誤，我們在白天工作，夜間休息。但是，優秀的人，不，也可以這麼說：接近上帝的人不採取這種活法。例子信手拈來，我們的哲學家，我們的妓女，他們就只在夜間勞作。白天裡他們馬馬虎虎，整天眯著一雙瞌睡眼。他們處置白晝就像我們對待低面值破紙幣，花出去多少就覺得賺回來多少。

我也是夜裡不睡的那種人。我的生命大部分行進在夜間。熬夜消耗了我的許多大好時光，反過來說也一樣，熬夜構成了我的許多大好時光。但我必須把話挑明了說，我熬夜並不能說明我也是優秀的那種人，不是的。我只是有病，失眠。你千萬別以為我能和哲學家、妓女平起平坐了，這點自知我還有。在夜間我偶爾跟在哲學家或妓女身後，狐假虎威，或虎假狐威，都一樣。

我住在南京城的舊城牆下面，失眠之夜我就在牆根下遊蕩。這裡是哲學家與妓女常出沒的地方。城牆下有許多樹，樹與樹不一樣，但每棵樹有每棵樹自己的哲學家，這一點至關重要。它決定了那麼多的樹在根子上是相通的。

稍通歷史的人都知道，南京的城牆始於明代。我在一本書上發現，那時候城牆下徘徊的可不是哲學家與妓女，而是月光與狐狸。這兩樣東西加在一起鬼氣森然，但鬼氣森然不是大明帝國的風格。大明帝國的南京紙醉燈迷，遍地金粉，秦淮河邊雲集了最傑出的哲學家和最傑出的妓女。幾乎所有的中國人都能對明代的妓女如數家珍，董小宛、柳如是、李香君……扳一扳指頭就是秦淮八豔。南京城今天的泱泱帝氣得力於明代，得力於秦淮河邊彩袖弄雨的驚豔一絕。

那一天夜裡有很好的月亮，由於月亮的暗示，我把自己想像成狐狸。我點了根菸，以動物的心態貼牆而行。我發現夜很好，真的好極了。月亮照在城牆上，城牆很破，坍塌了許多塊，但破得不失大氣，有臉有面，月光一照，像一張高清晰度的黑白相片。我行走在夜裡，我知道黑夜是沒有朝代的，所以我可以在明代散步。只走了兩步我就想哭泣，我懷念明代，明代的南京城感人至深。當然，南京現在比那時強多了，人人會說普通話（即官話），家裡的衛生間貼上了瓷磚，去年的十月一日還放了禮花。但作為一個夜間失眠的人，一個夢遊者，我的夢始發於明代。至少，在每天的黃昏過後，月亮總是從四百年前升起，籠罩了一圈極大的古典光暈。

我和鄰居的關係不好。我是說不好，也不一定就是說壞。我們處在一種「物我兩忘」的情境中。當然，對小雲我不能夠。小雲是我們樓上最著名的美人，從長相上說，她的眼角和走路的樣子都接近於狐狸。她的笑容相當迷人，往往只笑到一半，就收住了，另一半存放在目光的角度裡頭。許多夜裡我看見她行走在牆根邊沿，她走到哪裡哪裡的月亮就流光溢彩，哪裡的天空就會有一朵雨做的雲。事實上，她的行蹤和狐狸十分相似，走得好好的，然後在某一棵大樹下面滯留片刻，裙子的下襬一閃，她就沒了。我欣賞她身上的詭異風格。我曾經非常認真地準備向她求婚，我已經打聽到她是秦淮煙雨小學的音樂老師，甚至連她擅長吹簫我也打聽得清清楚楚。那幾天我整天想像小雲撫管弄簫的模樣，越想越陷入癡迷。她吹簫時的脖子應該傾得很長，下唇摁在簫管的頂部，十隻指頭參差婀娜，像白蠟燭，浸淫在半透明的光中。我必須坦白，我的想像夾雜了相當的色情內容，但這怨不得我，我都三十好幾的人了，至今都沒有挨過女人。你們都是飽漢，哪知餓漢饑；再說，我整天讀那些舊書，哪一本不鬧人？

我把我的想法告訴了劉大媽。這名字一聽就是居委會的主任。劉大媽聽完我的話推了我一把，笑著說：「書呆子，人家嫁給你？人家可是雞窩裡的金鳳凰！」好多人聽到了劉大媽的這句話，他們笑得很厲害。他們一邊笑一邊側過頭去往小雲家的門口看，小雲正在那裡洗頭，旁邊曬著她的紫裙子。她的動作又懶又散和她的眼神一樣有一股仿古氣息，像秦淮河裡四百年前的倒影。我傷心地望著小雲，傷心地瞇起了雙眼。我一瞇眼小雲和她的紫色裙子離我竟遠了，成了我和劉大媽討論婚姻大事的舊背景。我失神了。無端端地想起了一本書上的話：不是歷史滋養了現在，而是現在照亮了歷史。這話說得多好，小雲活生生地在那裡洗頭，她的長髮足以概括整個明代，足以說明任何問題。

江蘇省興化市第二建築隊終於駐紮在城牆邊了。有七支建築隊參加了南京市舊城牆的修理招標，興化市第二建築隊成了最後的勝利者。為了不影響市內交通，他們的修理工程選擇在每天夜晚。正像牌子上標明的那樣：晚上八時至凌晨四時。這是一個好的決定。修理城牆這樣的事應當

「歷史地」放在深夜。這再一次證實了我的研究成果。細心的讀者還記得我在小說的開頭所講的話，歷史大部分是在白天完成的，而修補歷史是另一碼事，只能在深夜。

一盞兩千瓦的太陽燈懸掛在城牆垛口。城牆因此而驚心動魄，城牆上的野草、傷痕、子彈坑因此而纖毫畢現。我就此改變了夜間散步的習慣，拿了一張小凳，通宵坐在攪拌機的旁邊。建築隊的隊長後來發現了我，他特地從城牆的斷裂處爬下來，向我彙報了工程的總體構思。我接過他的菸，不說話，直到最後我才點了點頭，對他說：「可以。」他的話說得很多，概括起來說，他決定把城牆修復到比明代「還完整」。他把這話重複了一遍，我看了他一眼，告訴他「可以」。我順便問了一句，明代的城牆到底什麼樣？他把手頭的過濾嘴扔到攪拌機的水泥漿裡去，大聲說：「修出來看，修起來是什麼樣明代就是什麼樣。」我拍了拍他的肩，這傢伙不錯，是個哲學家的料。我早就說過，我們的哲學家只在深夜工作。

但小雲到底出事了，她給「抓住了」。這三個字時常跟隨在美人身後，世俗生活因此險象環生又饒有情致。具體的細節我不清楚。事情也不複雜：一位原電工沿著牆根檢查電路，他看到了小雲的醜態種種。照道理說小雲應當能夠聽到動靜的，可她在那種時候就是忘乎所以。手電筒一下子把她抓住了，一隻狐狸在喇叭形光柱裡頭立馬原形畢露。她的眼睛到了這個份上居然還閉著。男人這一點比女的強。男人做任何事都能閉一隻眼睜一隻眼，所以男人歷來都能選擇最佳時機撒腿狂奔。我在第二天一早專程到現場勘探過，那裡有幾棵大樹，樹冠比城牆的垛口還高，樹與樹之間堆放的全是舊城磚。我就不明白，這地方有什麼好，能做什麼？不過，後來我肯定了一點，這種地方絕對不只是月光和狐狸出沒的地方，有一塊磚頭上還有出事當天的晚報。那塊磚頭被（屁股？）磨得都發亮了，字跡都沒有了。舊城磚上可是有字的，這個我很清楚。由誰出資，哪個窯匠生產，提調官是什麼人，全燒在磚頭背脊上。這些字就是磨平了，勞動人民的歷史功績就是這樣給抹殺的。我聽到出事的動靜衝進了工棚，音樂老師驚魂未定，沒有一點鳳凰的樣子，沒有一點仿古氣息。我的心情走了樣，好在心智尚未大亂。我走到小雲面前，扶她，她不動。我說：「跟我回家，孩子等你熱牛奶呢。」我至今不能相信我能這樣大智大勇，大智大勇對我來說僅僅是一次脫口而出。我挽起小雲，從建築工人們的身邊款款而出。兩千瓦太陽燈的熾白光芒照耀在深夜，它使一輪滿月黯然失色。建築隊長揪過那位電工大聲罵道：「操你媽，說過多少次了，只管修牆，別管別的，操你媽。我說過一百次了！」

英雄救美必然導致風流韻事，大部分書上都這樣。英雄在一頁紙的正面救出了美人，到了這頁紙的背面總免不去一些苟且之事。小雲來到我的房間，她不作任何鋪墊，爽直地脫，赤條條地往床上爬。她望著天花板，說：「你救了我，來吧。」我回頭望望一牆壁的書，想起了柳下惠。才過了幾秒鐘我就亂掉了。到了這種時候我才明白「亂」這個字的厲害。我上了床，因為是自己的床，所以輕車熟路，那種感覺是從城牆上往下跳的感覺，是舊城磚全部風化，以沙的姿態在風中流淌的那種感覺。我堅信我和小雲做得很認真，很投入，稱得上行雲流水。她的嘴唇不停扯動，聲音就像紙張慢慢撕裂。她就那樣一頁一頁地撕。後來我對她說：「嫁給我吧，小雲，你知道的，嫁給我吧。」後來小雲一把推開了我，坐起來穿衣。「還幹什麼吧，你？」小雲無精打采地說，「你救了我你就了不起啦？」

拆遷通知來得很突然。我從拆遷的通告裡知道了這樣一個基本事實：我們樓房底部的基礎部分是用舊城磚砌成的。這是一個易於讓人忽視的事實。拆遷通知說，舊城牆需要舊城磚，舊城磚屬於國家，屬於歷史，理當回歸國家，還給歷史。

拆除樓房當然也是在夜間進行的。那一天沒有月亮，建築工程隊在樓房的四個角落支起了四只兩千瓦太陽燈，整個工地一片通明。明亮的程度甚至超越了白晝。明亮使灰塵越發鬥亂。我站在城牆的頂部，親眼俯視了腳下的紛亂場景，塵埃被照耀得漫天紛飛，我從來沒有見過這樣華麗的頹敗景象。我想起了古人關於現存生活的高度概括：塵世。我站在舊城牆的頂部，明白了塵世的歷史是怎麼回事，俏皮一點說，就是拆東牆，補西牆。

興化市第二建築工程隊按期完成了城牆修復。看過新城牆的人都說，修得好，垛口齊齊整整，蜿蜿蜒蜒，凸凸凹凹，原先不就是這樣的嗎？有幾位原贊助商在電視上對記者說，比過去的還要好，新修的部分乾乾淨淨，比下面的舊牆漂亮多了，顏色在那兒呢，真是涇渭分明。不怕不識貨，就怕貨比貨嘛。

我住進了新樓，是一個兩居室的小套間。樣樣都好。我真正像一個大都市的現代人了。不好的只有一點，失眠之夜我的夢遊不簡捷了。我只好騎上自行車，花二十分鐘到原先的地方遊走。明眼人一眼就看出來了，我的散步另有所圖。我徘徊在小雲被「抓住了」的地方，懷念單騎闖營、虎口救美的英雄一幕。那些磚頭還在，撂在老地方，我成了舊城磚所做的夢，縈繞在它們四周。我夾著菸，坐在小雲曾經坐過的磚頭上。我突然想起來了，為了修城，我們的房子都拆了，現在城牆復好如初，磚頭們排列得合榫合縫、邏輯嚴密，甚至比明代還要完整，磚頭怎麼反而多出來了？這個發現嚇了我一大跳。從理論上說，歷史恢復了原樣怎麼也不該有盈餘的。歷史的遺留盈餘固然讓歷史的完整變得巍峨闊大，氣象森嚴，但細一想總免不了可疑與可怕，彷彿手臂砍斷過後又伸出了一隻手，眼睛瞎了之後另外睜開來一雙眼睛。我望著這些歷史遺留的磚頭，它們在月光下像一群狐狸，充滿了不確定性。

孀娘的彌留之際

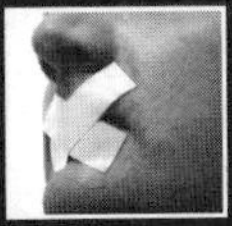

那種病在醫學上怎麼說，我至今不知道。民間習慣於稱作癡呆症。嬸娘死於這種病。她體面了一輩子，卻死得那麼髒。她的死法比死亡本身更教人揪心。父親說，嬸娘死的時候胳膊腿沒有一樣放得齊，連死的樣子都沒有。

送進敬老院之前嬸娘就有病兆了，記憶力越來越硬，黏不住東西。嬸娘在敬老院共住了三百二十九天，這些日子她沒有一天過得明晰，其實是她的彌留。她的病沒有皮肉苦，嬸娘沒有一句抱怨，沒有一聲呻吟。但她的樣子卻教所有活著的人心酸。她總是那樣笑。她當了一輩子聾啞教師，對那些失聰失語的孩子微笑了一輩子，笑得總是那樣和善慈愛。等她進了敬老院，她的笑容裡已經沒有什麼內容了，只是一種皮膚組織或皺紋走向。看見她老人家笑，我就忍不住難受。過於善良的人其實不宜在世上活，對親人來說，他們永遠是災難；溫良慈祥的人活不出什麼滋味來，一生只不過在為悲劇作鋪墊。

嬸娘沒有子嗣，一個人在世上寡居。退休之前她有過一群聾啞孩子，退休後也一度有我的叔父，但不久叔父就下世了。那麼多年來嬸娘一直拿我當兒子，只是不好說出口。叔父嚥氣的那一天我趕到醫院，嬸娘正握著叔父的手，靜靜和叔父說話。我不敢驚動她，一個人站在氧氣瓶旁邊。後來嬸娘看見我了，她抓住我的胳膊，對我說：「這世上我只有你一個親人了。」嬸娘的手上全是叔父屍體的溫度，還沒有還過陽來。嬸娘說話的時候臉上有一層青白顏色，類似於冰面上的那層白光。我說不出話，就那麼怔怔地望嬸娘。後來我們一起看叔父。叔父死於絕症，生前五大三粗。他的身軀讓他的生命耗盡了，留下來的屍骨瘦得只剩下一把。

嬸娘曾是一位好老師。那些可憐的家長都願意把孩子交給她。這樣的時候嬸娘總是很歡喜。家長們都說得出嬸娘的好。其實家長們不懂得嬸娘，嬸娘不是給孩子們當老師，是當媽媽。嬸娘胖胖的，雙眼皮雙得很寬，笑起來她的好心腸總能鑽到人的心裡去。孩子們都懂，人前人後用大拇指頭誇她。這種時候嬸娘的表情格外複雜，粗一看是幸福，細一看卻是憂傷。

嬸娘進敬老院之前已經發現自己病了。就在那年的開春她把自己送到了敬老院。嬸娘預料到往後的日子，不想麻煩我們，趁著腦子清爽，自己料理自己的後事了。

嬸娘走進敬老院不久就出現異態了。腦子一天比一天壞，和人說話越來越喜歡用手語了。嬸娘在她的教師生涯中說了一輩子手語，手語和她的呼吸與步行一樣，成了皮肉，忘不掉。好多事她記不得怎麼說，卻能夠脫手而出。她的手語在孤寂的日子裡越說越流暢。手語越流暢，日子也就更孤寂。沒有人聽得懂她的話，人們都說，那個瘋婆子又在裝神弄鬼了。

嬸娘在敬老院不討人喜歡。人們不喜歡裝神弄鬼的人。記憶力衰退後，嬸娘再也不關心自己是誰了。時間在她身上倒過來流，她越過越小了，做母親的欲望一天一天地抬頭，最後把她纏緊了，裹住了。嬸娘天生對人好，進了敬老院就爭著給別人做好事，後來越鬧越大，拿了自己當大夥的母親了。她整天拿著小塑膠盆、肥皂、小剪刀，逼著人家，要給人家洗手，剪指甲。她批評這個手髒，批評那個耳根不爽潔，鬧得人人都不喜歡她了。後來她又管到人家的作息時間上去，一清早拿著一只磚頭，挨戶挨戶地敲，叫大夥起來，活動活動。敬老院給她弄亂了，大家勸不住她，就把她關起來，反鎖在一間小屋子裡。嬸娘一心想著關心別人，這不是她的記憶，是母性的天質。她得了癡呆症，再也不會掩飾了，一心一意往別人那裡送母愛。但沒有人領她的情，她的愛也就無處落實，她就是這麼瘋掉的。

那些日子嬸娘惦記著我。我遠在南京，一點也不知道她已經那樣了。嬸娘整天在屋子裡，拿手語和自己一問一答。

她用手語問：你幾個孩子？

嬸娘說：「一個。」

她又用手語說：男的還是女的？

嬸娘高興地說：「男的。」

他在哪兒？

「南京。」

他怎麼不來看你？

嬸娘自己把自己問住了，她就追憶，想。想不起來，就不好意思，一個人笑。嬸娘笑著對自己的手指說：「記不得了，記性壞，一點也記不得了。」

那些日子我遠在南京，一閒下來我就會想起那個午後。那個午後嬸娘去取叔父的骨灰，我陪她去了。叔父的身材高大，高出嬸娘一個頭。當他變成骨灰之後，嬸娘能夠抱動他了。那一天趕上天陰，沒有一個人臉上有陽光，滿街的人都像行屍和走肉。嬸娘解開自己的上衣，把叔父裹在懷裡。嬸娘的下巴抵在骨灰盒上，樣子像抱著一個嬰孩。我怕她太傷心，說：「我來吧。」嬸娘不肯，搖了搖頭。嬸娘說：「等我過世，你要這樣接我回家。」嬸娘的話教我心堵，我把目光移向她的身後去，沒有太陽，地上也就沒有她的身影。嬸娘在殯儀館走了長長一段路，身後就是沒有身影相隨，嬸娘走過的地方空空蕩蕩，不留任何痕跡。這很像嬸娘她的一生。種豆不能得豆，種瓜不能得瓜，的確也是難免的事。我總覺得那一天不出太陽事出有因，其中隱含了某種徵兆。

接回叔父的那些日子我住在嬸娘家裡。每個晚上嬸娘都要對著叔父的骨灰發呆。我陪嬸娘，嬸娘陪叔父。嬸娘的記憶力真的太好了，連續三四天她向我追記叔父和她的婚姻歲月。叔父的靈魂這時候會從盒子裡爬出來，變成舉手投足，和他生病以前一樣逼真。偶爾說到高興的事，嬸娘就不語了，樣子格外憂戚。但嬸娘的這種狀況也只持續了四五天。人的一生真的太短，三四個晚上就能把人的一生說光了。這樣一來活下來的人越發難了。歲月之所以漫長，長就長在說剩下來的東西太纏人。那時我真的太年輕，過得粗，沒有幾天就回家去了。我對父親說：「看來好些了。」父親沒有說什麼，臉上有許多言外之意。現在看來，父親的緘默是一種大覺悟。對長者的言外之意，我們所有的人其實都無能為力。

就在這年的臘月嬸娘有了變化。年底我從南京趕回故里過春節，父親說，嬸娘大不如從前了。我去看她，她的眼神和手腳果真都慢，嬸娘慢慢地認出我來，一認出來就怪我瘦。嬸娘一個人寡居在家裡，她把自己各個時期的相片都放大了，掛在牆上。全是黑白照。老老少少一屋子。我說：「嬸娘，你掛這麼多相片做什麼？」嬸娘笑著說：「陪我。」時光真是無情，嬸娘在黑白相片裡一張一張往前老。能變的全給時光變掉了，只是一臉的和善慈祥還是舊樣子。人身上總有一些東西時光不願意改變，時光對它們肅然起敬，想方設法繞著它們走。父親說得不錯，孀娘真的大不如從前了，但我以為父親也是多慮。人總是越活越老，這也是沒有辦法的事。

大年初一我才知道事情嚴重了。中午父親請孀娘過來吃飯，我的母親為她做了雞塊燒板栗。但雞塊和板栗沒有為我的孀娘帶來「吉利」，在我的記憶中，這是孀娘一生中最後的午餐。午飯後天氣變壞了，孀娘不肯久坐，要回家。我起身送她，孀娘她不肯，孀娘她堅持自己回去。孀娘她從來不肯麻煩別人的。差不多在黃昏時分我出門租錄影帶，在路口我意外發現了我的孀娘。她站在電線桿底下。這時候下了小雪，孀娘的白髮像雪花那樣紛飛，能看見風的壞脾氣。我走到孀娘面前，說：「孀娘，你站在這裡做什麼？」孀娘看見我，只管笑，笑的時候有許多不好意思。我又問了一遍，孀娘說：「不認識了，我不認識回家的路了。」孀娘的這句話把滿巷子的雪花弄得分外寒冷，孀娘的亂髮在雪花中間無限蒼茫。她的生命快到盡頭了，過剩下來的日子只不過是她的彌留。我扶了孀娘送她回去，她走路的時候只有一隻腳留在陽間，另一隻腳已經踩到陰府裡去了。

孀娘只有一隻腳留在人間。她利用最後的迴光返照料理了自己。她把自己送進了敬老院，而叔父的骨灰在這段日子裡最終成了一個謎，誰也不知道被孀娘遺忘在什麼地方了。這很像某種讖語，生和死，說到底就是記憶與遺忘——當記憶不能再記住記憶的時候，遺忘也只能遺忘一切遺忘。這很教人傷心，甚至找不到傷心的由頭與藉口。叔父徹底湮滅了，生存與死亡裡頭都沒有他。他的一生把他自己的一生全弄丟了。

嬸娘在敬老院不久就被關起來了。在此之後嬸娘的生命就成了一個夢，睡在她自己的身體裡了。嬸娘的身體只是她生命的一只繭子，身不由己，己也不由身了。我在夏季得到嬸娘被鎖的消息，我專程趕回老家，隔著鐵窗我望著我的嬸娘，她坐在床沿，正和自己的手指頭說話。我找到院長，命令她打開。我說再不打開我把你眼珠子摳出來。

嬸娘坐在床沿迎接了我。她髒得沒形了，一舉一動伴隨著廁所的氣味，夏季把這股氣味放大了，使嬸娘很不體面。嬸娘微笑著拍拍床沿，讓我坐，床框上有一塊壓扁的大便，乾了，痂一樣結在木頭上。我用指甲摳掉一塊，坐在嬸娘身邊。我說：「嬸娘。」嬸娘望著我文不對題地說：「學生的作業本你發下去沒有？」我愣住了，望著我的嬸娘，只好說：「發了。」這兩個字說得我肝疼。嬸娘說：「還有幾天開學？」我不死心，我說：「嬸娘。我是誰？」嬸娘向左側過頭。又向右側過頭，嬸娘她認不出我來了。嬸娘她都認不出我來了。嬸娘很歉意地說：「上了歲數了，都記不清了。」

「我是小三子。」我說。我的聲音都變掉了，我自己聽得出來。

嬸娘沒有恍然大悟，也沒有大喜過望。嬸娘只是尷尬而又不好意思地笑，說：「上歲數了，記不清了。」我一把拉住她的手，用力一拽，拽皺了她的一把皮。我的心裡和她手上多餘的皮一樣，皺起來了，說不出的難受。我說：「你有兒子吧？」嬸娘想了想，說，「有。」「——在哪兒？」嬸娘說：「在南京。」我變得十分激動，大聲說：「就是我，就是我！」

嬸娘審視我，看了老大一會兒，又不好意思了，臉上浮上了一層大希望。嬸娘訕笑著說：

「你騙我。」嬸娘笑了笑，很堅決地說：

「你不是你。」

嬸娘把嘴就到我耳邊，神神叨叨地想說什麼，卻什麼也沒說。她打了一通手語，問我明不明白。我說我不明白。嬸娘說，小聲點，她的孩子在隔壁睡覺，剛斷了奶的。

我的腦袋僵在那兒，答應了。我想我也快瘋了。我想不出能為我的嬸娘做點什麼，嬸娘在遺忘、幻覺之中重新開始了她的生命。而我太具體了，我不能成為嬸娘的幻覺。這是一個錯誤，是上帝才犯得起、是上帝才犯得起來的錯誤，當事人無能為力，當事人只有掉過頭去，把一切留給上帝。可是我太難受。晚上我對父親說：「嬸娘怎麼連我都不認識了？」父親說：「她怎麼能認識你，她連她自己都不認識了，保健員給她梳頭，她對著鏡子給自己打招呼，讓自己進來坐坐，她那種樣子，怎麼能認得你。」

在那個夏日午後我花大價錢請了兩個女保健員，她們幫我的嬸娘沖洗了房間，並給嬸娘洗了一個熱水澡。嬸娘洗完澡由女保健員攙扶了過來，新浴後的嬸娘神清氣爽，至少看上去是這樣，像一個體面文雅的退休女教師了。許多孤寡老人圍過來看，他們凝視我的眼睛既不轉動又不眨巴，他們的目光除了「看」之外喪失了一切功能。他們走路的時候身體內部發出骨頭的碰撞聲。他們就那樣圍過來，他們一點意識不到自己的瞳孔裡有目光。

我再也想不到嬸娘會那樣，嬸娘讓我不知道怎麼做才好。嬸娘走到我的面前，撫摩我的頭。她的目光裡充盈了慈祥與母愛。嬸娘的撫摩讓我很窘。我不習慣這樣，我都三十歲的男人了。我看了看四周，全是孤寡的眼睛，不轉動也不眨巴。

嬸娘突然說：「乖，喝媽媽一口奶。」

嬸娘的手抬起來，要解她的前襟了。我慌忙摁住她的手，嬸娘卻無端起固執起來。「喝媽媽一口奶。」我不知道說什麼好。我的腦子裡空了。我說：「嬸娘。」

嬸娘沒有堅持。她望著我，沒有表情，甚至沒有憂戚與失望。我不知道我傷害了她沒有，看不出來。這個院子裡的人都這樣，目光和內心世界沒有一點關係。我疑心嬸娘已經認出我來了，這讓我惶恐，讓我萬分內疚。我倒是希望她就此把我忘了。老人的記憶似是而非，實在是下人的大不幸。我甚至不敢正視嬸娘的眼睛了，一無所有有時恰恰就是無所不知。

我只能匆匆逃脫。我悄悄離開了敬老院，悄悄離開了老家，當天夜裡我就趕往南京去了。一路上我很悲傷，生命之旅這樣漫長，至少有一半用作了逃跑。這個比例相對於動物來說，人類已經是相當進化的了。

回到南京後我給嬸娘的院長去了電話，我懇求她把我的嬸娘放出來。院長說：「不行的，這幾天她又多了一個毛病了，動不動就解開上衣，讓自己的乳房喝另一只乳房的奶水，——這教我怎麼放？」我想了想，把話筒放下了。我從父親那裡得到了嬸娘的死訊。嬸娘的死訊又突兀又順理成章。我得到消息時嬸娘的喪事已經完結了。父親說，他也沒有見到嬸娘的最後一面，就知道她死得又髒又亂。父親說這話時樣子很茫然，我們這個家族的人歷來看重人的死法。死法比活法更重要，死不僅是活的總結，也是活的實質。可嬸娘不知道怎麼弄的，死法和活法出現了這樣大的逆差，不知道是哪個環節出了毛病。

得到嬸娘的死訊後我反而記不得嬸娘生病的樣子了。我就記得她懷抱叔父從火葬場回家時的模樣。嬸娘對我說：「等我下世，你要這樣接我回家。」嬸娘的容貌猶如昨日。我該把嬸娘接回來了，我不能再欠嬸娘了，這是我完全可以做到的。我選擇了一個暖和的冬日趕回老家，沒想到到了家天竟陰了。我叫了一輛馬自達三輪車，穿著黑色呢大衣，一個人往火葬場去。我有些悲痛，但到底又有些輕鬆。我在內心安慰自己，似乎可以還去一筆大債了。我很方便地找到了嬸娘的骨灰，把她捂在胸口，用呢大衣裹好。我沿著冬青路往回走，天竟下起小雨了。這時候我不免想起我的叔父，不知道他現在安息在哪裡了。對逝者來說，無人知道的歸宿到底算不算歸宿，很讓活著的人傷神。天上下著小雨，我抱著嬸娘走上了大街，街上的人正用兩條腿行走，一個個有血有肉。我突然想起來，我到底要把嬸娘的骨灰安放到哪裡去？這個最要害的問題居然讓我忽略了。叔父的骨灰沒有了，合葬是不可能的；放在我家顯然也不合適；嬸娘她自己的老家早就沒有了；帶回南京似乎更不妥當。我站在十字路口，有些慌，看了看腳下，地上沒有我的身影，我突然就覺得自己行走在夢裡，沒有身影相隨，我的每一步彷彿都離開了今生今世。我抬起頭，無限茫然。道路四通八達，我的手卻無端地沉重起來。我想起了父親的話：「不幸的人從來就不會死去。」大街上紛亂如麻。只有冬雨下得格外認真，它們一絲不苟。

男人還剩下什麼

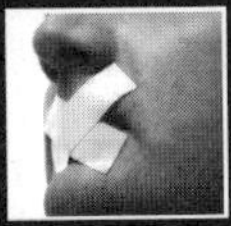

嚴格地說，我是被我的妻子清除出家門的。我在我家的客廳裡擁抱了一個女人，恰巧就讓我的妻子撞上了。事情在一秒鐘之內就鬧大了。我們激戰了數日，又冷戰了數日。我覺得事情差不多了，便厚顏無恥地對我的妻子說：「女兒才六歲半，我們還是往好處努力吧。」我的妻子，女兒的母親，市婦聯最出色的宣傳幹事，很迷人地對我笑了笑，然後突然把笑收住，大聲說：「休想！」

我只有離。應當說我和我妻子這些年過得還是不錯的，每天一個太陽，每夜一個月亮，樣樣都沒少。我們由介紹人介紹，相識、接吻、偷雞摸狗、結婚，挺好的。還有一個六歲半的女兒，我再也料不到阿來會在這個時候出現。阿來是我的大一同學，一個臉紅的次數多於微笑次數的內向女孩。我愛過她幾天，為她寫過一首詩。十四行。我用十四行漢字沒頭沒腦地拍植物與花朵的馬屁，植物與花朵沒有任何反應，阿來那邊當然也沒有什麼動靜。十幾年過去了，阿來變得落落大方，她用帶有廣東口音的普通話把十四行昏話全背出來了，她背一句我的心口就咯噔一次，一共咯噔了十四回。千不該，萬不該，我不該在咯噔到十四下的時候忘乎所以。我站了起來，一團復燃的火焰呼地一下就躥上了半空。我走上去，擁抱了阿來，——你知道這件事發生在哪兒？在我家客廳。

別的我就不多說了，再交代一個細節。我的妻子在這個節骨眼上回來了。剛剛躥上半空的那團火焰「呼」地一下就滅了。客廳裡一黑，我閉上眼。完了。

妻子把一幢樓都弄響了。我不想再狡辯什麼。像我們這些犯過生活錯誤的人，再狡辯就不厚道了。我的妻子以一種近乎瘋狂的口氣和形體動作對我說：「滾！給我滾！」我對我妻子的意見實在不敢苟同，我說：「我不想滾。」妻子聽了我的話便開始砸，客廳裡到處都是瓷器、玻璃與石膏的碎片。這一來我的血就熱了。時代不同了，男女都一樣，女同志能做到的事，我們男同志也一定能夠做到。我也砸。砸完了我們就面對面大口地喘氣。

妻子一定要離。她說她無法面對和忍受「這樣的男人」，無法面對和忍受破壞了「純潔性」的男人。我向我的妻子表示了不同看法。阿來為了表示歉意，南下之前特地找過我的妻子。阿來向我的妻子保證：我們絕對什麼也沒有幹！妻子點點頭，示意她過去，順手就給了她一個嘴巴。

事態發展到「嘴巴」往往是個臨界。「嘴巴」過後就會產生質變。我們的婚姻似箭在弦上，不離不行，我放棄了最後的努力，說：「離吧。我現在就簽字。」

離婚真是太容易了，就像照完了鏡子再背過身去。

有一點需要補充一下，關於我離婚的理由，親屬、朋友、鄰居、同事分別用了不同的說法。通俗的說法是「那小子」有了相好的，時髦一點的也有，說我找了個「情兒」，還有一種比較古典的，他——也就是我——遇上了韻事。當然，說外遇、豔遇的也有。還是我的同事們說得科學些：老章出了性醜聞。我比較喜歡這個概括，它使我的客廳事件一下子與世界接軌了。

最不能讓我接受的是我的鄰居。他們說，老章和一個「破鞋」在家裡「搞」，被他的老婆「堵」在了門口，一起被「捉住」了。性醜聞的傳播一旦具備了中國特色，你差不多就「死透了」。

我簽完字，找了幾件換洗衣服，匆匆離開了家。我在下樓的過程中聽見我前妻的尖銳叫喊：

「這輩子都不想再見到你！」

我臨時居住在辦公室裡。我知道這不是辦法，然而，我總得有一個地方過渡一下。我們的主任專門找到我，對我表示了特別的關心，主任再三關照，讓我當心身體，身邊沒有人照顧，「各方面」都要「好自為之」。主任的意思我懂，他怕我在辦公室裡亂「搞」，影響了年終的文明評比。我很鄭重地向主任點點頭，伸出雙手，握了握，保證說，兩個文明我會兩手一起抓的。

住在辦公室沒有什麼不好。唯一不適應的只是一些生理反應，我想剛離婚的男人多多少少會有一些不適應，一到晚上體內會平白無故地躥出一些火苗，藍花花的，舌頭一樣這兒舔一下，那兒舔一下。我曾經打算「親手解決」這些火苗，還是忍住了。我決定戒，就像戒菸那樣，往死裡忍。像我們這些犯過生活錯誤的人，對自己就不能心太軟。就應該狠。

但是我想女兒。從離婚的那一刻起我就對自己說了，把一切都忘掉，生活完全可能重新開始，重新來，我不允許與我的婚姻有關的一切內容走進我的回憶。我不許自己回憶，追憶似水年華是一種病，是病人所做的事，我不許自己生這種病。

我驚奇地發現，我的女兒，這個搗蛋的機靈鬼，她居然繞過了我的回憶撞到我的夢裡來了。

那一天的下半夜我突然在睡夢中醒來了。醒來的時候我記得我正在做夢的，然而，由於醒得過快，我一點也記不得我夢見的是什麼了，我起了床，在屋子裡回憶，找。我一定夢見了什麼很要緊的事，要不然悵然若失的感覺不可能這樣持久與強烈。這時候我聽見有人喊我，是我的女兒，在喊我爸爸。那時正是下半夜，夜靜得像我女兒的瞳孔。我知道我產生了幻聽。我打開門。過廊裡空無一人，全是水磨石地面的生硬反光。過廊長長的，像夢。我就在這個時候記起了剛才的夢，我夢見了我的女兒。離婚這麼久了，我一直覺得體內有一樣東西被摘去了，空著一大塊。現在我終於發現，空下的那一塊是我的女兒。這個發現讓我難受。

我關上門，頹然而坐。窗戶的外面是夜空。夜空放大了我的壞心情。我想抽菸，我戒了兩年了。我就想抽根菸。

第二天一早我就找到我的前妻。她披頭散髮。我對她說：「還我女兒！」

「你是誰？」

「我是她爸！」

「你敲錯門了。」

她說我敲錯門了。這個女人居然說我敲錯門了！我在這個家裡當了這麼多年的副家長，她居然說我敲錯門了！我一把就揪住了她的衣領，大聲說：「九〇年四月一號，我給你打了種，九一年一月十六，你生下了我女兒，還給我！」

我想我可能是太粗俗了，前妻便給了我一耳光。她抽耳光的功夫現在真是見長了。她的巴掌讓我平靜了下來。我深吸了一口氣，說：「我們談談。」

這次交談是有成果的。我終於獲得了一種權利，每個星期的星期五下午由我接我的女兒，再把我的女兒送給她的媽媽。前妻在我的面前攤開我們的離婚協議，上頭有我的簽名，當時我的心情糟透了，幾乎沒看，只想著快刀斬亂麻。快刀是斬下去了，沒想到又多出了一堆亂麻。前妻指了指協議書，抱起了胳膊，對我說：「女兒全權歸我，有法律做保證的。你如果敢在女兒面前說我一句壞話，我立即就收回你的權利。」

我說：「那是。」

前妻說：「你現在只要說一句話，下個星期五就可以接女兒了。」

「說什麼？」我警惕起來。

「阿來是個狐狸精。」前妻笑著說。

我把頭仰到天上去。我知道我沒有選擇。我瞭解她。我小聲說：「阿來是個狐狸精。」

「沒聽見。」

我大聲吼道：「阿來是個狐狸精！好了吧，滿意了吧？」

「握起拳頭做什麼？我可沒讓你握拳頭。」前妻說。

女兒正站在滑梯旁邊。一個人，不說一句話。我大老遠就看見我的女兒了，我是她的爸爸，但是，女兒事實上已經沒有爸爸了。我的女兒大老遠地望著我，自卑而又膽怯。

我走上去，蹲在她的身邊。才這麼幾天，我們父女就這麼生分了。女兒不和我親暱，目光又警惕又防範。我說：「嗨，我是爸爸！」女兒沒有動。我知道就這麼僵持下去肯定不是辦法，我拉過女兒的手，笑著說：「爸帶你上街。」

我們沿著廣州路往前走。廣州路南北向，所以我們的步行也只能是南北向，我們不說話，我給女兒買了開心果、果凍、魚片、牛肉乾、點心巧克力、臺灣香腸，女兒吃了一路。她用咀嚼替代了說話。我打算步行到新街口廣場帶女兒吃一頓肯德基，好好問一些問題，說一些話，然後，送她到她的母親那裡去。我一直在考慮如何與我的女兒對話。好好的父親與女兒，突然就陌生了，這種壞感覺真讓我難以言說。

一路上我們一直沒有說話。後來我們步行到了安琪兒麵包房。這由一對丹麥夫婦開設的麵包鋪子正被夕陽照得金黃，麵包們剛剛出爐，它們的顏色與夕陽交相輝映，有一種世俗之美，又有一種脫俗的溫馨。剛剛出爐的麵包香極了，稱得上熱烈。我的心情在麵包的面前出現了一些轉機，夕陽是這樣的美，麵包是這樣的香，我為什麼這樣悶悶不樂？我掏出錢包，立即給女兒買了兩只，大聲對女兒說：「吃，這是安徒生爺爺吃過的麵包。」

女兒咬了一口，並不咀嚼，只是望著我。我說：「吃吧，好吃。」女兒又咬了一口，嘴裡塞得鼓鼓的，對著我不停地眨巴眼睛，既嚥不下去又不敢吐掉，一副撐壞了的樣子。我知道女兒在這一路上吃壞了。我弄不懂自己為什麼要這樣，拚命給女兒買吃的，就好像除了買吃的就再也找不出別的什麼事了。我知道自己和大部分中國男人一樣，即使在表達父愛的時候，也是缺乏想像力的。我們在表達恨的時候是天才，而到了愛面前我們就如此平庸。

然而，再平庸我也是我女兒的父親。我是我女兒的父親，這是女兒出生的那個黎明上帝親口告訴我的。要說平庸，這個世界上最平庸的就是上帝，搗鼓出了男人，又搗鼓出了女人，然後，又由男人與女人搗鼓出下一代的男人和女人——你說說看，在這個世界我們如何能「詩意」地生存？如何能「有意義」地生存？我們還剩下什麼？最現成的例子就是我，除了女兒，我一無所有。而女兒就站在我的面前，一副吃壞了的樣子。我的心情一下又壞下去了，這麼多年來我還真是沒有想過怎麼去愛自己的孩子。這讓我沮喪。這讓我想抽自己的嘴巴。我從女兒的手上接過麵包，胡亂地往自己的嘴裡塞。我塞得太實在了，為了能夠咀嚼，我甚至像狗那樣閉起了眼睛。

吃完這個麵包我長長地歎了一口氣，夕陽還是那樣好，金黃之中泛出了一點嫩紅。我打發了去吃肯德基的念頭。我低下腦袋，望著我的女兒。女兒正茫然地望著馬路。馬路四通八達，我一點都看不出應當走哪一條。我說：「送你到你媽那邊去吧。」女兒說：「好。」

再一次見到女兒的時候我決定帶她去公園。公園依然是一個缺乏想像力的地方，幾棵樹，幾灣水，幾塊草地，煞有介事地組合在一起。這一天我把自己弄得很飽滿，穿了一套李寧牌運動服，還理了一個小平頭。看上去爽朗多了，我從包裡取出幾張報紙，攤在草地上，然後，我十分開心地拿出電子寵物。我要和我的女兒一起注視那只電子貓，看那只貓如何滿足我們的好奇心，如何開導我們的想像力。

女兒接過電子寵物之後並沒有打開它。女兒像一個成人一樣長久地凝視著我，冷不丁地說：「你是個不可靠的男人，是不是？」

這話是她的媽媽對她說的。這種混帳話一定是那個混帳女人對我的女兒說的。「我是你爸爸。」我說，「不要聽你媽胡說。」但是女兒望著我，目光清澈，又深不見底。她的清澈使我相信這樣一件事：她的瞳孔深處還有一個瞳孔。這一來女兒的目光中便多了一種病態的沉著，這種沉著足以抵消她的自卑與膽怯。我沒有準備，居然打了一個冷戰。

我跪在女兒的對面，拉過她，厲聲說：「你媽還對你說什麼了？」

女兒開始淚汪汪。女兒的淚汪汪讓做父親的感覺到疼，卻又說不出疼的來處。我輕聲說：「乖，告訴我，那個壞女人還說爸爸什麼了？」

女兒便哭。她的哭沒有聲音，只有淚水掉在報紙上，「叭」地一顆，「叭」地又一顆。

我說：「爸送你回去。」

女兒沒有開口，她點了點頭，她一點頭又是兩顆淚。「叭」一下，「叭」又一下。

當天晚上辦公室的電話鈴便響了。我正在泡康師傅速食麵，電話響得很突然。我想可能是阿來，她南下這麼久了，也該來一個電話慰問慰問了。我拿起了電話，卻沒有聲音。我說：「喂。誰？——你是誰？」

電話裡平靜地說：「壞女人。」

我側過頭，把手叉到頭髮裡去。我拚命地眨眼睛對著耳機認真地說：「我不是那個意思。」

「我不追究你的意思，我沒興趣。」電話裡說，「我只是通知你，我取消你一次見女兒的機會。——做錯了事就應當受到懲罰。」

我剛剛說「喂」，那頭的電話就掛了。對女人的告誡男人是不該忘記的。星期五下午我居然又站到女兒的幼稚園門口了。我拿著當天的晚報，站立在大鐵門的外側。後來下課的鈴聲響了，我看見了我的女兒，她沒有表情，在走向我。

大鐵門打開的時候孩子們蜂擁而出。他們用一種誇張的神態撲向一個又一個懷抱。我的女兒卻站住了，停在那兒。我注意到女兒的目光越過了我，正注意著大門口的遠處。

我回過頭，我的前妻扶著自行車的把手，十分嚴肅地站在玉蘭樹下。

我蹲下去，對女兒張開了雙臂，笑著對女兒說：「過來。」就在這時，我聽見我的前妻在我的身後乾咳了一聲。女兒望著我，而腳步卻向別處去了。我的前妻肯定認為女兒的腳步不夠迅捷，她用手拍了一下自行車的坐墊。這一來女兒的步伐果然加快了。這算什麼？你說這算什麼？我走上去，拉住自行車的後座。我的前妻回過頭，笑著說：「放開吧，在這種地方，給女兒積點德吧。」我的血一下子又熱了，我就想給她兩個耳光。我的前妻又笑，說：「這種地方，還是放開吧。放開，啊？」真是合情合理。我快瘋了。我他媽真快瘋了。我放開手，一下子不知道我的兩隻手從哪裡來的。

我撥通了前妻的電話，說：「我們能不能停止仇視？」

「不能。」

「看在我們做過夫妻的分上，別在孩子面前毀掉她的爸爸，能不能？」

「不能。」

「你到底要做什麼？」

那頭又掛了。

再一次見到女兒的時候我感到了某種不對勁。是哪兒不對勁，我一時又有點兒說不上來。女兒似乎是對我故意冷淡了，然而也不像，她才六歲大的人，她知道冷淡是什麼？

我們在一起看動物。這一次不是我領著女兒，相反，是女兒領著我。女兒相當專心，從一個鐵窗轉向另一個鐵窗。我只不過跟在後頭做保鏢罷了。女兒幾乎沒有看過我一眼，我顯然不如獅子老虎河馬猴子耐看。我是一個很家常的父親。不會給任何人意外，不會給任何人驚喜。你是知道的，我不可能像動物那樣有趣。

這是女兒愉快的黃昏。應當說，我的心情也不錯。我的心情像天上的那顆夕陽，無力，卻有些溫暖，另外，我的心情還像夕陽那樣表現出較為鬆散的局面。我決定利用這個黃昏和女兒好好聊聊，聊些什麼，我還不知道。但是，我要讓我的女兒知道，我愛她，她是我的女兒，任何事情都不能使我們分開，當然，我更希望看到女兒能夠對我表示某種親暱。那種稚嫩的和嬌小的依偎，那種無以復加的信賴，那種愛。我什麼都失去了。我只剩下了我的女兒。我不能失去她。

出乎我意料的是，女兒在看完動物之後隨即就回到孤寂裡去了。她不說話，側著腦袋，遠遠地打量長頸鹿。我知道她的小陰謀。她在迴避我。一定是她的母親教她的，我的女兒已經會迴避她的爸爸了。我嚴肅起來，對我的女兒說：「我們到那棵樹下談談。」

我們站在樹下，我一下子發現我居然不知道如何和我的女兒「談」話。我無從說起。我感覺我要說的話就像吹在我的臉上的風，不知道何處是頭。我想了想，說：「我們說的話不要告訴你媽媽，好不好？」

女兒對我的這句話不太滿意。她望著我，眨了一下眼睛。她那句氣得我七竅生煙的話就是在這個時候說出來的，她的話文不對題，前言不搭後語。女兒說：「你有沒有對別的女人耍流氓？」我愣了一下，大聲說：「胡說！」我走上去一步，高聲喊道：「不許問爸爸這種下流的問題！」

我的樣子一定嚇壞女兒了。她站到了樹的後面，緊抱著樹。過去她一遇威脅總是緊抱住我的大腿的。女兒淚眼汪汪的，依靠一棵樹防範著她的父親。我真想抽她的耳光，可又下不了手。我只有站在原地大口地呼吸。我一定氣糊塗了，我從一位遊客的手上搶過大哥大，立即叫通了我前妻的電話。

「你他媽聽好了，是我，」我說，「你對我女兒幹什麼了？」

妻在電話裡頭不說話。我知道她在微笑。我不由自主地又握緊了拳頭，當著所有動物的面我大聲說：「你對我女兒幹什麼了？」

「我嘛，」我的前妻說，「第一，宣傳；第二，統戰。你完了。你死透了。」

武松打虎

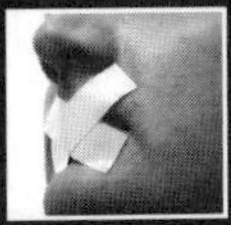

說書人說，武松跨進小酒店的門檻，大聲喊道：「店家，酒！」我們全聽出來了，打虎的故事離我們不遠了。喝酒是打虎的前奏，虎打得好不好看，全要看酒喝得好不好看。我們沒有喝過酒，可我們見過施家阿三撒酒瘋。阿三是村子裡最溫吞的男人，人見人欺的貨。但四兩酒下肚你就不認得阿三了。有酒撐腰，阿三一反常態，立馬豪氣逼人，所到之處雞飛狗跳，滿村子無風就是三尺浪。

酒壯膿包膽，更何況酒入英雄腸。所以，說書人在武松的酒桌上做足了書場。這頓酒喝得大起大落，大開大闔，處處是大模樣。武松這頓酒喝出了草莽氣、江湖氣、英雄氣。恣意曠放，痛快暢酣。你說三碗不過崗，爺爺我灌十八碗給你看。你要不拿酒來，我把你這鳥店子粉碎了。大英雄想做什麼，凡世休想擋得住。武松把十八只空碗撂在一邊，站起身，他一抬腿就地動山搖，十八只空碗搖搖晃晃。武松手提了哨棒，直往景陽崗去。

武松手提了哨棒，獨自往景陽崗走去。說書人在月光下拿起醒堂木，中止了月光下的打虎故事。說書人禿頂，滿頭滿腦的月亮反光，下巴上卻長了密匝匝的一把銀鬚。他有一口地道的揚州口音，「武松」兩個字念得浩氣跌宕，充滿了酒意，唱出來一樣：吳——松！他在每年秋天來到我們村，每年只說一齣書，就是武松打虎。他的書場擺在秋夜的打穀場上，打穀場月光如洗，打穀場的背後是一條河，河面的月光平整而又安靜。新稻草在場上垛成垛，稻草的氣味和月光一起籠罩在夜的四周，然後，說書人喝了酒登場。他穿著一身白，白鬍鬚在月光下面銀銀閃爍。月夜闃然無聲，揚州口音帶著五成酒意橫衝直撞，在秋月下面虎虎生風。

大英雄武松的事家喻戶曉了。我一直以為，武松故事的發明者是那個白鬍子說書藝人。很久之後我才知道，其實不是。最早傳播武松故事的是那個叫施耐庵的才子。施耐庵乃揚州府興化縣人氏，他的墓至今靜臥在興化縣大營鄉施家橋村。我說這些可不是廢話。我的老家就在大營鄉施家橋村。我在家鄉的打穀場上聽說書人演義武松，那時候施耐庵就安息在打穀場邊，他的墓離書場只有十幾步。

從空間上說，書場與墓地近在咫尺。但距離不能說明任何問題。事實上，我們不知道墓地裡埋的是誰。我們只關心現世。施耐庵躺在墓裡，他可聽不見幾百年之後的揚州口音。施耐庵的墓很大，看上去像一座小丘。我們時常聚集在墓頂上做打虎遊戲。施氏墳墓成了我們的景陽崗。

我們的遊戲很簡單。說穿了就是相撲擂臺。兩個好漢站在墓的頂部，把對手往下推。輸掉一個再上一個，最後的勝者就是當日武松。相對說來臭蟲的贏面大些。臭蟲有一身好力氣，臭蟲成了我們的常任武松。他和他的鐵匠父親一樣，口臭、腳臭、放屁臭，他們一家人一年到頭都臭氣烘烘。但是他有一身好力氣。他只能是武松。規則就是這樣的。

這一天秋高氣爽，村子裡的老老少少都很開心，真的像過節那樣。武松昨天晚上往景陽崗去了，今天晚上他要同大蟲擺陣廝打的，我們都很開心。白鬍子老頭打虎這一段說得絕好，他就靠一張嘴，能把武松和大蟲弄得歷歷在目，你可要聽好了，是歷歷在目，和看在眼裡一樣，逼真鮮活。這天黃昏我們一起到景陽崗，我們怎麼也沒有料到，今天的武松打虎會打成這樣。

鼻涕虎過來時臭蟲正站在墓頂。臭蟲今天又贏了，舉著兩隻胳膊朝我們揮舞。鼻涕虎是施家阿三的兒，一年四季鼻孔底下掛著兩根黃鼻涕，我們從來不和他玩的，贏了他也是一手髒。但鼻涕虎今天自己找上門來了，他放了兩條豬。鼻涕虎扔下手裡的趕豬棍，兀自往施耐庵的墓頂上去。臭蟲看到了鼻涕虎的目光。鼻涕虎虎視眈眈。臭蟲對突發事件顯然缺乏鎮定，大聲說：「你來幹什麼？下去！」鼻涕虎什麼也沒說，大叫一聲撲上去，一下子就將臭蟲掀下去了。鼻涕虎站在施耐庵的墳頭擤了一把鼻涕，然後扠著腰，弄出一副武松樣。我們不願意看到鼻涕虎當武松。他的一臉鼻涕哪一點像？我們一起沉默，很嚴重地關注臭蟲。這樣的關注使臭蟲沒有退路。臭蟲只能衝上去，他衝得太猛，收不住腳，自己把自己摔到墳墓的另一面去了。臭蟲的腦袋撞在了墓碑上。墓碑上有九個字：大文學家施耐庵之墓。臭蟲的額頭湧出鮮血了。他的血同樣有一股臭氣。

臭蟲捂著頭站起身，他一定會像個好漢那樣再衝上去的，他至少會說：「你等著。」當然，臭蟲可能什麼都不說，一聲不響地離開，那就更厲害了。鼻涕虎待在家裡一定會害怕的。但臭蟲的舉動一點都不像英雄。他竟哭了。拖著哭腔說：「鼻涕虎，你媽媽和隊長睡覺！」

這個黃昏全臭掉了。秋高氣爽卻臭氣烘烘。

這個傍晚說書人一直在喝酒。說書人登臺之前總是要喝酒的。但是，哪一場書喝多少，說書人很講究。說書人總是在打虎的這個節骨眼上喝得很多，把自己喝足了，喝開了，但不能醉。說書人說，武松的那身精氣神，凡人的嘴巴要想說出來，沒有酒拉一把，做不到。武松是誰？八百里英雄，有人硬要把武二爺打虎弄成除害，俗大了。大英雄本色，你真的讓他上山來打，他不一定肯，不一定敢，大英雄就這樣，潦潦草草，混混沌沌，莽莽撞撞，碰上了就碰上了。那隻大蟲是誰？也是個英雄。兩個英雄一見面，什麼也不為，這才有了千古絕唱。李逵同樣是殺虎，殺得急，報仇太切，味道上就差；武松打完了虎也殺過人，先是怒殺潘金蓮，後是醉打蔣門神，再後來大鬧飛雲浦血濺鴛鴦樓，弄來弄去總不如景陽崗上驚天動地。

說書人喝酒時施家阿三得到了兒子帶回的消息，阿三聽完鼻涕虎的話順手就給了兒子一個嘴巴。阿三低著頭不語了，拿著酒瓶悶悶地往裡灌。阿三知道老婆和隊長睡覺的事，但是，只要沒人挑明了，他可以裝得不知道。這不丟臉。現在別人就是不讓他裝，一點餘地都不給，你說這是什麼世道。阿三悶頭灌了幾大口，回來拿一雙紅眼找兒子：「你他媽的不去打虎哪會有這樣的事！」阿三操起燒火棍就往兒子的屁股上抽，鼻涕虎大呼小叫，活蹦亂跳。鄰居四嬸沒有過來拉勸，她站在天井的凳子上，細心地理絲瓜藤。四嬸慢悠悠地說：「阿三，這種事怎麼能怪兒子。這種事打自己的兒做什麼？」四嬸的話聽上去句句是理，調子裡頭還有語重心長。阿三弓著身子，靜了好半天，聽出門道來了。阿三把酒瓶喝得底朝天，帶著一身豪氣直往隊長家門口走，阿三站在院子外大聲吼道：

「憑什麼！憑什麼！隊長，你憑什麼！」

隊長從院子裡出來，叼著一根火柴枝。隊長一臉不高興。隊長說：「阿三，晚上還要聽書，今晚上打虎了，你瞎鬧什麼？」

隊長站在石階上，一隻手扠在腰間。隊長的老婆從院子裡跟出來，說：「什麼事？」

隊長說：「沒你的事，回去！管我的閒事，欠揍！」隊長對阿三說：「阿三，回去吧。」阿三站在石階下面矮了一大塊。阿三回過頭，身後圍了一幫閒人，阿三舞著兩隻瘦胳膊大聲吼道：「回去，回去！」

今天晚上打虎了。天上一輪滿月。這樣的月夜適合於餓虎下山，這樣的月夜更適合英雄獨行。月光無際無邊，月光構成的大背景浩氣綿延。武二郎的月夜正是今天的月夜，村子裡空了，打穀場上人頭攢動。我們都知道說書人快來了，那隻吊睛白額大蟲和武二郎沿著不同的道路往景陽崗去了。龍生雨，虎生風。我們全聽見了，虎虎生風。這陣雄渾浩蕩之風響了一千年了。

書案空在月光底下。說書藝人快來了。他即將站在書案面前讓武松與老虎會面，他的白鬍子使他的話句句有來頭。他的牙一定很好，每個字都咬得結結實實。白鬍子老頭打虎這一節說得脆亮，一定是他的酒喝到了好處。酒使他成了武松，也可以說，酒使他成了餓虎。他自己冷冷地與自己對視，武二郎和老虎的事靜靜開始了。你分不出勝負。說書人說到武松時氣壓河山，提到老虎卻又神采飛揚。他誰都不讓輸。武松和老虎交替著佔優，整個月夜被他的揚州話攪得渾濁了，處處是塵垢、斷枝，處處是草叢狼藉。最後，說書人的酒力湧上來了，完全靠著十八碗透瓶香，說書人大喝一聲。這一聲是武二郎的吆喝在千年之後的回聲。說書人提起了拳頭，這個造型是武二郎千年之後的月下身影，「噹噹噹」武松只顧打，打到了七十拳，那大蟲便不動了，口裡、鼻子裡、耳朵裡，都迸出鮮血來，更動彈不得，只剩口裡兀自氣喘。打穀場上所有人不敢呼吸，一起張大了嘴巴。說書人不語了，他的禿腦門上汗珠細密。說書人又開五指。一上一下捋自己的鬍鬚。爾後，他呼出一口氣。我們跟他一同呼出一口氣。月亮還是那個月亮，星星也還是那顆星星。武松站起身，搖搖晃晃。浩瀚的天體裡處處是武二爺的英雄氣。這股英雄氣重新滌蕩了秋夜，月夜纖塵不動，朗朗乾坤萬里無埃。

但是，說書人遲遲不來。武松手提了哨棒，遲遲不往景陽崗去。

我們等得太久了。去找的人都走過三趟了，回話都一樣，說空酒壺還在，就是不見人。人們坐在打穀場上開始焦急。阿三的鄰居四嬸站起了身，四處看了看，大聲說：「憑什麼，憑什麼，說書的，你憑什麼？」這句話，很有嚼頭，分量也足，每一隻耳朵都聽出意思了。打穀場靜下來。四嬸的臉在月光下一副天真樣，好像自己都不知道自己說了什麼。阿三老婆坐在人群裡，人們注意到她臉上的月光變色了，青了，爬過好幾條小青蛇。阿三的老婆很突然地尖叫說：「臭婊子。」阿三的老婆把指尖指向了四嬸，大聲說：「臭婊子！」四嬸很沉著。她知道隊長坐在哪兒，她把臉朝那個方向側過去，不解地小聲說：「誰是臭婊子？」打穀場一陣哄笑，猛虎就是在這陣哄笑中下山的。猛虎伸直了兩隻胳膊，朝四嬸撲將過來。四嬸一閃，閃在猛虎背後。那猛虎背後看人最難，吼一聲，卻似半天裡起個霹靂，四嬸一個愣神時，那猛虎早揪住了她的頭髮。原來那猛虎拿人，只是一撲、一吼、一揪。阿三的老婆揪緊了四嬸的頭髮，批了一個嘴巴，大喊道：「撕爛你這×嘴！」四嬸有些慌神則個，不住地說：「母老虎，騷老虎，母老虎，騷老虎。」打穀場全亂了。隊長的老婆卻從身後殺將上來，提起拳頭打在阿三老婆的背上，一邊打一邊說：「打，打，打，打死你這母老虎！」

隊長老婆的介入使事態複雜化了。這等於說，她默認了一件重要事實，一個潛在事實。隊長的臉虎下來了。人們退開去，留下一塊空，只把隊長留在中間。隊長的臉有點像吊睛白額。隊長一把拉開老婆，厲聲說：「說過多少次了，不要管閒事，不要干涉我的領導工作。──你們也別打了！」隊長老婆「呸」了一聲，說：「你也就是在外頭硬，到了家就軟成吊吊蟲了！」隊長給了老婆一耳光，命令說：「滾回去！」隊長的老婆立馬回敬了一句：「你滾回去！你滾到小婊子的洞裡去！」

說書藝人的光頭第二天一早浮出水面了。他淹死在打穀場邊的木橋下面。他的白鬍鬚在水面泛起波濤，許多小魚在他的指縫中間一上一下。普遍的看法是，他喝多了，過橋時掉進了河底。這個說法有疑點，這麼多人在打穀場上，他掉下去，不該聽不見的。他又不是一陣風。富於想像的解釋應運而生了，說，說書人肯定是喝多了，誤拿了自己當武松，過橋時看見了水中的滿月，以為是大蟲的前額，兀自迎了上去。這種說法當然解得通，但過於精巧，過於精巧離事體的真性總有點遠。

能肯定的只有兩點：一是他喝多了，有他的空酒壺為證；二，他死了，有他的屍體為證。這兩點又可以引發出一點，武松提了哨棒沒有上山，他沒有與大蟲相遇，也就是說，他沒有打虎。從這個意義上說，武松沒有打虎，武松其實也就不存在了，這個英雄傳說是一次虛設。至少可以這樣認為，武松在揚州府興化縣大營鄉施家橋村的小水溝裡已經淹死了。武松死於興化。死在施耐庵的故土。這是理所當然的。但故事沒有完。我現在坐在南京的書房，想起了當年的秋夜，當年施氏墓頂的遊戲。我們不知道武松與施耐庵的關係，這讓我喟然長歎。是那個說書藝人把武松的事從《水滸》這本書裡帶到了興化。他差一點讓英雄傳說成為事實。他為武松出臺做好了全部預備，然後，一撒手，把好山好水好酒好肉全留下了，丟給了滿世界的潑皮與小嘍囉。我只好從書架上抽出《水滸》來，抄下最關鍵的一段：

武松正走，看看酒湧上來，便把氈笠兒背在脊梁上，將哨棒綰在肋下，一步步上那崗子來。回頭看這日色時，漸漸地墜下去了。此時正是十月間天氣，日短夜長，容易得晚。武松自言自說道：「那得什麼大蟲？人自怕了，不敢上山。」武松走了一直，酒力發作，焦熱起來。一隻手提著哨棒，一隻手把胸膛前袒開，踉踉蹌蹌，直奔過亂樹林來。見一塊光大青石，把那哨棒倚在一邊，放翻身體。卻待要睡。只見發起一陣狂風來……

——《水滸》第二十三回

受傷的貓頭鷹

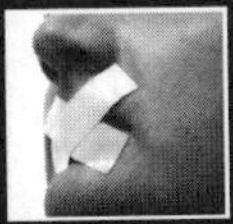

時值正午，那隻貓頭鷹出現在我們村的上空。磨房裡勞作的人們很快注意到地面移動的陰影了。磨房的四周曬滿粉絲，粉絲在正午陽光下發出半透明的銀光，整個村子都映得一片皎白。貓頭鷹的陰影盤旋在粉絲上，相當顯眼，格外引人注目。人們抬起頭，看到了貓頭鷹。沒有人認識這隻龐然大物，後來貓頭鷹俯衝下來了，棲息在一棵苦楝樹上。貓頭鷹的俯衝帶了一股侵略性，威嚴、陰森，但是無聲無息。人們放下手裡的活，十分清晰地看到了貓頭鷹：牠既是一隻會飛的貓，也是一隻張著獸面的鳥。看完了貓頭鷹人們就面面相覷，他們瞳孔的深處都出現了一塊大陰影，長了翅膀，以鳥的姿態滑翔並且盤旋。

第二天得知，這隻貓頭鷹受傷了。牠的左肩有多處鳥銃子槍傷。這隻貓頭鷹來到我們村時已經精疲力竭了。牠棲息在那株苦楝樹上，怎麼趕牠都不走。牠就那樣靜坐在苦楝樹的枝頭，睜大了貓眼，冷冷地打量，以貓的表情看著全村老少在恐懼中鼠竄。村裡人很快就受不了了。沒有人能夠承擔受傷者的沉默。後來村支書兼民兵排長取出了他的步槍。這位殘廢軍人只有一隻眼，他的另一隻眼睛留在了部隊。民兵排長在第二天上午端起了槍，他閉起那隻並不存在的眼睛，尋找「十環」那個中心，他用獨眼和準星作為兩個基本點，使中心與基本點構成了「三點一線」這個關係。這個關係建立的剎那他扣動了扳機。「叭」的一聲，貓頭鷹濺起了滿身羽毛。牠的羽毛噴湧飛揚，像自己為自己撒播的紙錢。人們看見了漫天紛飛的羽毛，反而忽略了地上的那攤血。血洶湧在磚頭的縫隙裡。血沿著縫隙四處流淌，使磚頭四周呈現出鮮紅勾勒。

這個秋季我們村的收成不錯，最豐收的首推紅薯。紅薯堆滿了打穀場，真的像一座山。那些日子裡小豬與母豬過上了好日子，牠們整天臥在豬圈裡，安閒地嚼那些紅薯。我們村養了很多豬，豬的數量差不多等同於人的數量。那些豬望著成堆的紅薯，臉上的表情一個個欣欣向榮。但我們村的頭頭腦腦們很傷腦筋，這樣多的紅薯怎麼說也是災難，民兵排長憂鬱地盯著紅薯，一隻眼看到的其實和兩隻眼看到的一樣多。村裡專門召開了諸葛亮會，會議做出了決議，把村裡的紅薯加工成粉絲。這個決議得到了村民的支援。人們把紅薯一筐一筐抬進磨房，去皮，磨碎，提取澱粉，然後製成白色粉絲。這是一個很現實的魔術，粉條就那麼從紅薯裡抽出來了，綿延不絕。打穀場的四周，巷頭巷尾乃至養豬場的旁邊都讓粉絲掛滿了。那些粉絲成了風景。村子裡銀光閃爍，到處洋溢著非人間氣息。大人孩子都快成魚了，在白色海藻間魚翔淺底。人們忙得很起勁，在白花花的世界裡彷彿趕上了百年不遇的喜喪。

貓頭鷹就在這樣的時刻出現了。牠那種不吉祥的樣子給人們帶來了災難方面的想像力。牠中止了人們對粉絲的激情，中止了粉絲構成的白色童話。人們對粉絲的剔透、光潔與晶瑩失去了興趣，說到底它只是紅薯，也可以稱之為山芋或地瓜。在這個只有麻雀、燕子、喜鵲、鵓鴣的村莊裡，貓頭鷹的出現絕對不是好兆頭，道理很簡單，沒有人見過牠。對沒有見過的東西多加警惕，多加防範，多加小心，總是不會錯。人們圍在苦楝樹下，靜靜地與貓頭鷹對視。貓頭鷹的表情像貓，牠絕對會給村子帶來厄運的，牠的表情在那兒。古人早就說了，來者不善，善者不來，說得很明白了。

整個傍晚村子裡沒有聲音。人們用眼睛四處打聽、詢問。在可能出現的大禍來臨之前，人們的眼睛活靈活現，能夠捕捉任何苗頭，再把它們播送出去。人們學會了這一做法，使眼睛成了宣傳工具，整個黃昏只有磨房的公驢大叫了幾聲，別的什麼也沒有發生。人們預感到夜裡要出事。人們最放心不下的正是這一點。天黑下來，人們早早關上了門窗，外面只有大片懸掛的粉絲和那隻貓頭鷹。現在他們也呈現出夜的顏色。

但夜裡人們並沒有睡。所有黑色的窗口都有一雙黑眼睛。人們在黑夜裡躡手躡腳，嚴密地注視貓頭鷹。貓頭鷹的瞳孔由白天裡的直線變成了圓，牠雙目炯炯，目光如電，放射出嚴厲駭人的綠光。貓頭鷹是白晝與黑夜的雙棲動物，牠靜坐在苦楝樹上，牠的目光無所不能無微不至，牠使人們的躡手躡腳最終成為掩耳盜鈴。村裡所有的人都看到了苦楝樹上的綠光，人們想像中的粉絲也一根根發綠了。這個夜無聲無息，充滿張力，洋溢著危險性，即使磨房裡的公驢也沒有再說什麼。

其實日子很平常。第二天一早人們發現，初升的太陽還是那樣鮮紅。朝霞滿天。朝霞映照在村裡的粉絲上，大片大片的粉絲被照得多彩絢爛，發出天上的光，但粉絲沒有能夠消解深夜的恐懼，人們走到磨房，悄悄議論起夜裡的事。

人們的談話當然從貓頭鷹眼裡的綠光開始。幾乎所有的人都看見那兩道綠光了。一個年輕的女人很不放心地問，不會出什麼事吧？男人們就一起沉默，一個中年男子回答說，誰知道呢？

那個女人隨即寬慰自己說，說不定也沒事的。中年男人還是說，不知道，誰知道呢？這樣的對話一正一反。加在一起等於什麼也沒說。一位老者似乎找到了事態的根由，他原就不贊成村裡做粉絲的。老者說，滿村子都白花花的，像死了祖宗八代，還能有什麼好。他的說法立即遭到了年輕人的反對，年輕人說，這不關粉絲的事。老者很不服氣，老者大聲反詰說，不關事，那東西怎麼飛到我們村裡來了？年輕人沒有說出話來。這時候有人調解說，不要吵了，眼下最關鍵的是想一想，下面的事怎麼弄。這句話得到了一位和事佬的支持。和事佬一開口就是諺語，諺語實際上也正是和事佬的專題格言。和事佬說，沒有不散的席，沒有不飛的鳥，別理牠，牠自己會飛走。但事態的要緊關頭和事佬的話受到了頂撞。頂撞者說，誰說那東西是鳥？誰敢保證那東西一定是鳥？

這句話使磨房的氣氛愈加緊張了。誰也不能保證那東西是鳥。誰也不能保證，事態的要緊關頭誰也不會擔保什麼。當然，在事態平穩之後。和事佬會這樣補充：我早就說過，那東西是鳥，牠不是鳥還能是什麼？然後，頂撞者會用另一句諺語表達自己對和事佬的敬意，頂撞者會說，不聽老人言，吃苦在眼前，真的是這樣。

但事態沒有平穩，貓頭鷹依然靜坐在苦楝樹上。太陽都已經升高了。太陽的樣子也像一張貓臉。

不久之後事態進一步惡化了。惡化的源頭是一隻老鼠。在紅薯與粉絲富足的村莊裡，田鼠從野外走進了村莊。田鼠的活動也從黑夜蔓延到了白晝。一隻巨大的田鼠公然走到磨房旁邊的巷口了，許多人看見了這隻田鼠。這隻田鼠氣宇軒昂，牠的從容步態完全背離了鼠類，像一隻貓。牠的樣子激怒了所有的人，但人們無可奈何。人們明白一個常識，所有的人對老鼠的追逐都將是一場徒勞。然而這時候人們聽到了哨音。是俯衝的哨音。人們抬起頭看見一雙碩健修長的翅膀從天而降，衝向那隻田鼠。人們看見了翅膀上張開的羽毛，灰色，帶了褐色斑點。那雙翅膀隨即又飛向高空，像一個閃電，迅雷不及掩耳。人們回過頭，貓頭鷹在原來的地方又坐穩了。牠的尖喙叼了一隻碩鼠。人們看見貓頭鷹把那隻肥碩的田鼠拋向了高處，隨後接住。人們看見貓頭鷹把那隻田鼠整吞下去了。沒有咀嚼。整個過程鮮活而又困厄，所有的眼睛目睹了這一實況。人們在苦楝樹下一起凝神屏息、心驚肉跳。

村民們知道事情鬧大了。一件應當由貓做的事情被貓頭鷹做了，事態的嚴峻就在這兒。事態的複雜和危險也在這兒。幾個人立即跑到支書兼民兵排長的家裡，通報了事態的最新變化。民兵排長正在吸旱菸，旱菸鍋和他的獨眼一樣若有所思。民兵排長吐出一口煙，鎮靜地說：

知道了。

人們看見他的獨眼和旱菸鍋一樣升起了一縷青煙。

有人說，怎麼辦？

民兵排長說，你們去磨房做工，不要亂。最要緊的是鎮定，不就是有個東西坐在那兒嗎？

敏銳的人立即看出了，民兵排長的獨眼不是旱菸鍋，是那只藍幽幽的步槍槍口。吸菸只是射擊前的預備儀式。

民兵排長趕走了那些膽小鬼。他放下旱菸鍋，從老婆馬桶的背後取出了那支老式步槍。民兵排長端著槍，從槍管裡擠出牛油，用擦管擦了又擦。民兵排長把槍管對準太陽，槍管亮堂堂的，新的一樣。許多美麗乾淨的螺紋一圈一圈轉出去，槍管被錯覺拉長了，一直延伸到天上去。民兵排長從床下拿出子彈，這是他退伍之前順帶回來的。民兵排長把銅殼子彈壓進去，想了想，真是殺雞用了牛刀。就這麼一點小事，他們就慌成這樣了。要不是擔心他們誤了上工做粉絲，民兵排長絕對不肯浪費這顆子彈的。民兵排長端著槍，走到了巷口。許多人看見民兵排長趴在牆角瞄準的樣子了。人們興高采烈，於驚恐之中企盼那聲槍響早點來臨。

民兵排長閉起了他的廢眼。然後，扣動扳機，槍聲響了。貓頭鷹的故事到此結束。

最早對槍聲做出反應的是那隻田鼠。貓頭鷹的身上被子彈穿了一個大窟窿。田鼠找到了這只窟窿。牠和貓頭鷹的血一同飛竄出來。人們看見一隻鮮紅的田鼠從貓頭鷹的屍體中逃出來了。牠慌不擇路，一路上留下了牠的鮮紅爪印。沒有一隻貓敢碰牠。事實上，沒有一隻貓能夠認出這隻鮮紅的田鼠到底是什麼。

槍聲同樣得到了磨房裡的驢以及豬圈裡群豬的注意。牠們被槍聲嚇壞了。槍聲給牠們帶來了負面激情，牠們大聲尖叫，四路奔跑，沒有人能夠擋得住。打穀場與村裡雪白的粉絲被牠們撞翻了。粉絲遍地狼藉。粉絲掛在牠們的身上，滿村子都有雪白的動物撒腿狂奔。粉絲頃刻間成了最紛亂的風景，粉絲有了生命，在道路上狂飛亂舞。槍聲給粉絲帶來了這樣的後遺症，或節節斷裂，或紛亂如麻。

寫字

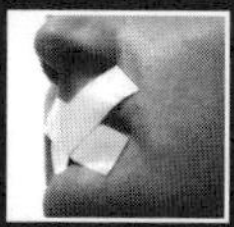

當父親的做決定往往是心血來潮的，這是父性的特徵之一。一清早父親把我叫到他的面前，用下巴命令我坐下來。父親說：「從今天起。你開始學寫字。」這個決定讓我吃驚。我在那個清早還不能用「當頭一棒」來概括我的心情，但是我已經感受到了，父親的決定給我當頭一棒。

我才七歲，離「上學」這種嚴肅正確的活法還有一段日子。更關鍵的是，現在剛剛是暑假，就是連學校裡的學生也都放空了。父親的決定在這個時刻顯得空前殘酷。他是學校裡僅有的兩個教師之一，而另一位教師恰恰就是我的母親。我坐在小凳子上，拿眼睛找我的母親，我的母親不看我，正往牙刷上敷撒鹽屑。她每天清晨都要用一把刷子塞到自己的口腔裡頭，刷出鮮血和許多空洞的聲音。母親不看我，只給我一塊背。我知道她和父親已經商量好了，有了默契，就像宰豬的兩個屠夫，一個拿刀，一個端盆。過去母親可不是這樣的。過去父親一對我瞪眼，我就把臉側到母親那邊去，而母親一定會用兩眼斜視我的父親。那樣的目光就像電影上的無聲手槍，靜悄悄地就把事情全辦掉了。

父親是教識字的老師，母親教的是識數。識字和識數構成了這所鄉村小學的全部內容與終極目標。村子裡的人都說，人為什麼要長兩隻眼，兩隻耳？說到底就是一隻用於識字，而另一隻用於識數。就是長兩隻手也是和寫字和數數聯繫在一起的。一句話，人體的生理構造完全是由識字、識數這兩件大事所決定的。如果一個人既不識字又不識數，這個人就不能算人。如果只通其一，他的人體肯定就只有一半。只能是這樣。這個道理不錯。我懂。關鍵是我才七歲，而剛剛又放了暑假。這段日子裡我忙於觀察我的南瓜，是我親手種的。它們長在圍牆的底下，一塊隱蔽的地方。我用我的小便哺育了它。即使在很遠的地方我也會把小便保留在體內到家之後幸福地奉獻給我的南瓜。可是我的南瓜長得很慢。就像我的個子，一連四五天都不見起色。我知道它們都在長，我的南瓜，我的個子。然而成長過於寓動於靜了，看上去沒有任何蛛絲馬跡。我渴望僅靠肉眼就能觀察到南瓜或個子的一次質的飛躍。這樣的好事從來就沒有發生過。成長實在是一種煩惱。

現在，一切都停下來了。成長現在放在了寫字之外，成了副業。我要跟父親學寫字了。父親在一張白紙上畫上了許多小方格，方格裡頭再畫上「米」字形虛線。我把許多筆劃組合成方塊塗抹在「米」字虛線附近，父親嚴肅無比地說：「這就是字。所有的字都要附在『米』字周圍，一離開就不成規矩了。」我在第一天上午學會了三個字：水、米、火。父親說：「水加上米，用火燒一燒，就成了飯。」但是父親留下了懸念，他沒有告訴我「飯」字的寫法。然而，水，米，火，這三個字構成了我對漢字及生活的基本認識。它們至關重要，是我們生活的偏旁部首。

學校總是有一塊操場的，而這塊操場在暑期裡頭就是我家的天井了。操場不算大，但是相對於天井來說它又顯得遼闊了。因為寫字，我整天被關在這個天井裡頭。我望著操場上的太陽光，它們銳利而又凶猛，泥土被曬得又白又亮，表層起了一層熱焰，像抽象的燃燒，沒有顏色。只有妖嬈的火苗，寫字的日子裡我被漢字與大太陽弄得很鬱悶，在父親午睡的時候我望著太陽光，能做的事情只有歎息和流汗。這兩件事都不要動手，不要動手的事做起來才格外累人。歎息和流汗使我的暑期分外寂寞。

這樣的時刻陪伴我的是我的南瓜。我喜歡我的南瓜。鄉村故事和鄉村傳說大部分纏繞在南瓜身上，被遺忘的南瓜往往會成精，在瓜熟蒂落時分，某種神祕的動物就會從藤蔓上分離出來，而另一種說法更迷人，當狐狸在遭受追捕時牠們會撲向南瓜藤，在千鈞一髮之際狐狸會十分奇妙地結到瓜藤上，變成瓜。這樣的事情我都沒有見過，但是，我嚮往南瓜身上的鬼狐氣息，牠們的故事總是像瓜藤一樣向前延展，螺旋狀，伸頭伸腦。基於這種心情。我主動向父親詢問了「南瓜」、「瓜藤」這一組漢字的寫法。但是父親拒絕了「狐狸」這兩個字。由於沒有「狐狸」這兩個漢字做約束，狐狸的樣子在我的想像裡頭越發活蹦亂跳了，水一樣的不能成形。

我的南瓜們長得很美好，它們就在圍牆的下面，貼牆而生，它們扁而圓，像蜷曲著身軀盤踞於葉片底下的狐狸，它們閉著眼，正在酣眠。在某一個月亮之夜，我的狐狸們一定會睜開眼睛的，然後，貼牆而行。

我的功課完成得相當順暢，在專制下面我才華橫溢，會寫的字越來越多。父親把我寫成的字貼在實物上，諸如「桌子」貼在桌子上，而「毛主席」貼在他老人家的石膏像上。有一點讓我非常驚奇，在專制下面，我越來越喜愛專制了。我主動要求寫字，以積極巴結的心情去迎合奉承專制。我甚至在下課的時候十分討好地說：「再寫幾個吧。」父親便拉下臉來，說：「按我說的做。我說什麼，你做什麼，說多少，做多少。」專制不領巴結的情，只有服從。這是專制的凌厲處，也是巴結的無用處。然而，我寫字的癮是吊上來了。在父親給我放風的時候，我拿起一把鋒利的小尖刀走上了操場。操場上熱浪滾滾。傍晚時分正是泥土散熱的時候，一股泥土的氣味籠罩了我，又綿軟又厚潤。我蹲在操場上，開始了書寫。我寫的不是字，而是句子。與父親的教導不一樣，我的自由書寫遠離了柴米油鹽醬醋茶，遠離了日常生活與基本生存，一上來我就不由自主地寫下了這樣的一行：

我是爸爸。

接下來就是批判。我用「壞」、「狗屁」、「死」和「他媽的」等詞彙向我的敵人進行了瘋狂攻擊。「打倒小剛壞吃狗屁」。我一定要用粉筆把這句狗屁不通的話寫到他家的土基牆上去。我的字越寫越大，越寫越放肆。我甚至用跑步這種方式來完成我的筆劃了。整個夏季空無一人，我站在空曠的操場上，一地的漢字淹沒了我。那些字大小不一，醜陋不堪，伴隨了土地的傷痕和新翻的泥土。但是我痛快。我望著滿地的瘋話，它們難於解讀，除了天空和我，誰都辨不清楚。我的心中充盈了夏日裡的成就感，充盈了夏日黃昏裡痛苦的喜悅。我是爸爸。

夜裡下了場雷暴雨。我聽到了。天空把雨水、神經質的電光和蠻橫的雷聲一起倒下來了。我聽到了，睡得很涼快。一大早起來父親便教了我幾個字：雷、閃、電。寫完字我去屋後看望了南瓜。它們被夜裡的雷雨弄得越發嬌媚了，那一只最大的格外綠，它的樣子最適合於秋後做種瓜。等它的顏色變成橘紅，它會像一隻躍起的紅狐狸，行將參與到所有狐仙的故事裡去。

這個上午令我最為愉快的是操場。一夜的暴雨把操場洗刷得又平整又熨貼，乾乾淨淨，發出寧和的光。所有的字都讓雨水沖走了。我守望著操場，捨不得從上面走。只要腳一踩上去泥土就會隨鞋底來，留下一塊傷疤。我在等太陽。太陽一出來操場就會曬硬的，到那時，平展熨貼的操場沒有負擔，可畫最新最美的圖畫，可寫最新最美的文字。

我決定在這一天從父親那裡把「狐狸」兩個字學過來，把我知道的狐狸的故事都寫下來，寫滿整個操場。我渴望在乾淨平展的操場上出現許多小狐狸，牠們是銀色的或火紅的，牠們竄來竄去，在乾淨的操場上留下許多細密的爪印。故事的開頭是我自己，我必須把自己寫到故事裡去。我在某一天夜裡遇到一位白鬍子老人，就在故事開始的那一天。老人給了我一把銀鑰匙，銀鑰匙通身晶亮。白鬍子老人說：「去，把那只最大的南瓜打開來。」我是用這把銀鑰匙打開我的南瓜的。鑰匙插進南瓜之後我的南瓜就像兩扇門那樣十分對稱地分開了。南瓜籽全掉了下來，它們在月光底下全部變成了銀狐狸，牠們的身姿無限柔滑。尾巴像沒有溫度的火苗，伴隨著月亮白花花地燃燒。這群狐狸四處奔跑，替我完成了識字與識數。牠們近乎魔術的手法了卻了我的全部心願。然後，天亮了，牠們一起回來，重新結到瓜蔓上去，一只南瓜引發的故事，最終以千萬只南瓜收場了，和種瓜得瓜一脈相通。

但是父親沒有告訴我「狐狸」的寫法，而操場也面目全非了。

操場的毀壞關係到一個人，王國強。這是一個長相非常凶惡的男人。一夜的雷暴雨沖壞了他們家的豬圈。為了修理豬舍，王國強，這個狗屁東西，居然把他家的老母豬和十六隻小豬崽趕到學校的操場上來了。我的光滑平整的操場表面被一群豬弄得滿目瘡痍。我自己都捨不得下腳，居然讓豬糟蹋了，這教我傷心。我對這群豬怒目而視，可牠們不理我。老母豬的步伐又從容又安閒，就差像人一樣把兩隻前爪背到後背上去了。而小豬崽更開心，牠們圍繞在老母豬周圍，不時到母豬的懷裡咬住乳頭拱幾口。

我回到家，對母親大聲說：「你看，操場全弄破了！」母親抬頭看了幾眼，說：「哪兒？操場怎麼會破掉？」

夏日裡的陽光說刺眼就刺眼了。太陽照在操場上，那些醜陋的、紛亂的豬爪印全讓太陽烤硬了，成了泥土表面的浮雕。這些豬爪印像用烙鐵烙在了我的心坎上，讓我感受到疼痛與褶皺，成為一種疤，撫不平了。

接下來父親教會了我下列漢字：豬，豬崽，踐踏，烙鐵，疤。

還是暴雨最終撫平了操場。夏日裡的暴雨一場連著一場，是暴雨與大太陽的交替完成了我們的暑期。某一天上午我驚奇地發現，操場又平復如初了，又恢復到當初可愛的樣子，可畫最新最美的圖畫，好寫最新最美的文字了。我拿了一支小鏟鍬，把一些坑凹補牢了。我做得格外認真，格外小心，我一定要在這個操場上上演一回狐狸的故事。

為了防止意外，我在小巷口等待王國強。只要他答應不把豬群放到操場上來，我承諾，我送給他一只中等的南瓜。我的南瓜再有幾天就長成了。它們由青變成了紅色，表面上生了一層橘紅色的粉屑。它們在那只大南瓜的帶領下靜臥在瓜藤的邊沿，時刻預備著啟動某一個故事。

王國強說：「小東西，你哪裡有南瓜？」

我說：「我有。我種的，就在屋後的角落裡頭。我每天往根裡頭撒尿呢。」

王國強的臉上全是大人的表情。他相信我的話，這個我看得出來。但是王國強說：「小東西，說謊不長牙的。」他這麼一說我就急，我說：「我帶你去看。」王國強笑笑說：「看什麼看？誰在乎你的南瓜。」

第二天是一個晴朗的天，一顆無限美好的太陽正準備向天空升起。我在起床之後四周轉了轉，八月底的清晨實在不錯，有了一絲秋天的涼意，我來到屋後，再看看我的南瓜，再過兩三天我真的要把它們摘下來了。

但是我的南瓜不見了。那些橘紅色的大南瓜和小南瓜沒有留下一顆。它們真的像一群火狐狸，說逃就逃光了，只給我留下藤蔓上的斷口。我傷心地注視那些斷口，這不是瓜熟蒂落的痕跡。南瓜在脫離藤蔓之際一定受到了蠻橫的扭掐與拉扯。那只最大的南瓜甚至連藤蔓都不見了。那些美妙的瓜藤與瓜葉在失去南瓜之後反而失去了依附，變得醜陋而衰老了。這樣的跡象使人覺得南瓜不是結在藤上的，而是相反，藤蔓是從瓜裡延伸出來的。瓜被偷了，它們便失去了根。

我的心情一下子就枯萎了，上面全是斷口。

父親在門口大聲喊道：「寫字了！」

一見到父親我的眼淚就下來了。我失聲說：「全跑了。」父親想不出什麼全跑了。沒有理我。

操場上灑滿了陽光。操場的表面是一種早晨的表情。

南瓜是讓王國強偷走的，這一點可以肯定。但是王國強在當天中午竟對我說：「小東西，南瓜呢？」他臉上的樣子真讓人噁心。這樣的人總是別人的災難。我沒有理他。但我心中的憤怒不可遏止。我拿起一條樹枝，回到操場上，沿著長方形的操場邊沿劃了一圈，寫了這樣一個古怪的字：

而後在兩個對角打一個深深的「×」。

王國強跟過來。他站在操場上。就站在自己的名字裡頭，他反而不認識自己的名字了。他的名字和操場一樣大，還打了「×」，這個太大的名字恰恰使他無法辨認了，還不如寫一行「打倒王國強吃狗屁」好。但是，剛才凶猛的行動消耗了我，我提著樹枝，不停地喘息。王國強恬不知恥地說：「寫什麼呢？」我丟下樹枝，傷心不已。我走回家，我要對父親說，寫字有什麼用？你給我把南瓜從他的嘴裡摳出來。父親剛好從家裡出來，他顯得怒氣沖沖。父親說：「哪裡去了？

寫字了！」

為了調動我的情緒，父親為我寫下了我渴望已久的兩個漢字「狐狸」。父親微笑著對我說：「跟我讀，hu li。」

這個世界哪裡還有狐狸？哪裡還有「hu li」這兩個字？所有的狐狸全都沿著我的童年逃光了。天不遂人願，這是失去狐狸的徵兆之一。父親說：「跟我讀，hu li。」

我讀道：「母豬。」父親說：「hu li。」我說：「母豬。」父親厲聲說：「再讀『母豬』就把手伸出來！」我主動伸出巴掌。這隻巴掌受到了父親的嚴厲痛擊。父親說：「小東西今天中邪了！」我忍住淚。忍住疼。我知道只要把這陣疼痛忍過去，我的童年就全部結束了。疼的感覺永遠是狐狸的逃逸姿勢。

好的故事

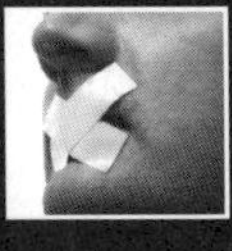

事出有因

溟池不過是一汪死水。籃球場那麼大，岸也不規則，叫溟池還是一九九四年的事。往年的池水一到夏天就臭，許多雜物在裡頭漂浮，水也成了淺綠色。學校好幾次下決心把這裡「動一動」，一預算事情就放下來了。工會的申主席早就說了，「動」過之後再種上荷花，可以恢復到校史上記錄的舊樣子。那時候溟池有過一個很風雅的名字，叫荷塘。荷塘時期的學校可不是現在的幼兒師範，而是民國年間聲名赫赫的「省二師」，即省立第二師範學校。那時候溟池裡頭長滿了荷花，一到夏天蓮葉就無窮碧，荷花就別樣紅，是暢談革命、憧憬社會主義的上好背景，要不怎麼會有「荷塘」這樣的好名字。工會的申主席一直緬懷舊時的紅紅綠綠，他始終想把溟池的重建也弄出「師範性」，使溟池洋溢出春風風人、夏雨雨人的古樸風韻來。

一九九四年四月二十一日，晴。東南風三到四級。最低溫度十一度。最高溫度二十六度。春光明媚，溟池的小桑樹底下憑空出現了一只避孕套。發現這只避孕套的是一位男同學。他立住腳，拽了拽身邊另一位男同學的衣袖，用下巴指給他看。兩個人便站住了，默不作聲地看。這種不動聲色的凝視具有極大的號召力，又過來幾個同學，三三兩兩，幾秒鐘的工夫就是一大片了，幼兒師範學校裡一下子就炸開了，春雷一聲震天響。

五分鐘過後教導主任趕到現場。雙手扒開一道人縫，擠到了桑樹底下。在兩只易開罐一堆瓜子殼和幾張衛生紙團旁邊。避孕套皺巴巴的，很蔫，散發出滄桑勞累的氣息，像剛剛挨了記過處分。教導主任總算處亂不驚，轉過身來向半空伸出了兩隻巴掌，大聲說：「散了，散了。」同學們就散了。學校從這一刻起籠罩了一層病態寧靜，金童玉女們的眼裡閃爍出異樣光芒，又驚恐又興奮。

當天下午開來了兩輛奧迪車，鋥亮漆黑。車子停在行政樓的旁邊，鑽出來一批領導，領導們神色嚴峻，每一張臉都憂心忡忡。辦公室主任迎上去，很悲痛的樣子。不說一句話，只是不停地眨巴眼睛，然後欠著身子做出許多手勢，表示「請」或「這邊來」。

同學們遠遠地看見領導在水坑四周信步巡視。穿夾克衫的矮胖領導是一位主要領導，依照人群與他的距離可以判斷出來。矮胖領導的夾克衫沒有繫鈕子，兩隻手背在腰後，兩襟的下襬全鼓出來了，矮胖領導看了一圈，一路上沒有人說話，都跟著他跑。矮胖領導後來立住腳，回過頭來，很嚴肅地說：「沒有嘛。」辦公室主任立即跨上去，彙報說：「處理了。我親自處理了。」辦公室主任覺得說「親自」有點不妥，馬上就重說了一遍，把「親自」換成了「親手」。領導點點頭，十分肯定地說：「好。」

現場辦公會就是在池邊的路面上召開的，領導說，這一次一定要動。再不動就動班子。領導強調說，對某些具體的事情，大家就不要再糾纏了，沒有好處。對已經過去的事，宜粗不宜細；對下面的工作，只准細，不許粗。領導用食指點著水坑批示說，一定要把這裡，建設成精神文明的窗口。領導放鬆了語氣，拿目光找校長，指示說，預算一下，擬個報告來。在場的領導和被領導都鼓了掌。

特事特辦，說動說動。四十八個小時過後電動水泵把水坑裡的臭水抽乾了。乾底後學校裡又鬧了一點小轟動，誰也料不到臭坑裡居然有魚。老師和同學們都說「沒想到」。大家在一塊抓魚，又有說又有笑，「某些具體的事情」所造成的緊張態勢一下就鬆動了。修理工程開工了，學校隨即恢復了常態，正像校領導在學校的喇叭裡要求的那樣，同學們又把「主要精力」花在「學習」上了。

溟池

臭水坑被修理一新，做了石頭河工。水泥沿著石頭的縫隙抹出了勾勒，又整齊又變動。四周種了花卉，每隔十五米就設一張水磨石凳。根據教導主任的提議，水坑的西北——東南對角線分別安裝了兩盞路燈。池內重新貯上自來水，一到晚上路燈的倒影就在池子底下炯炯有神，說不出的幽靜與坦蕩。

要不要種荷花？這時候提出這個問題顯然是順理成章的。只要有問題，當然就會有贊成派與反對派，這也是順理成章的。工會的申主席是荷花派。種荷花沒有什麼不妥，可以找出一千個相應的理由。但申主席贊成的事，辦公室主任就要反對。這就有了反荷花派，有了第三種力量——非荷花派。不種荷花也可以找出相應的一千個理由。幾千個理由一對壘，事情便僵住了。但辦公室主任最後攤牌了：「再種荷花，擋住了視線。水池邊上再出現事情誰負責？」這一巴掌擊中了荷花派的天靈蓋。荷花派負不起這個責。非荷花派同樣負不起這個責。非荷花派很快改變了初衷，立即加入到反荷花派的行列中來。人們看到了辦公室主任眼睛裡頭的嚴重神情，那裡頭不僅有「某些具體的事情」，甚至還有某些「不具體」的事情。這樣的大責任誰負得起來？

申主席拂袖而去，臨走前丟下了句沒用的狠話：「我不管了，你們看著辦。」

辦公室主任陷在沙發裡，開始擺動他的小腿。他的小腿是他的旗幟，一遇上勝利就會在陣地的前沿呼啦啦飄揚。辦公室主任說：「不種荷花，也就不能再叫荷塘。集思廣益，大家一起想個名字。」有人提議。天鵝湖好，詩情畫意。有人說桃花源更好些，聽上去雅。但立即就有人反對了，說俗，雅名被用得通常了，比俗的更俗，一個年輕的老師大聲說，乾脆叫釣魚臺吧。大夥聽了便哄笑，主任說：「嚴肅點！」為了配合表情的嚴肅，他把嘴抿上了。但抿完之後有一顆門牙還露在外面，就翹起上唇，又抿了一回。

主任最後請語文組的老師倪老師談談。倪老師不拿主意，一上來竟背誦了一段古文，是《莊子》裡的〈逍遙遊〉。倪老師從「北溟有魚」一段背誦到「不知其幾千里也」。倪老師解釋說，這是學校，造就人才的，人才就是《莊子》裡頭的鯤鵬，既然鯤鵬來自「北溟」，臭水坑當然叫「溟池」最好了。大夥都說切，可以這麼定的。但語文組的另一位老師荀老先生突然發話了。他摁掉菸頭，笑著說：「怎麼能叫『池』呢，古語說，方為池，圓為塘。倪老師不會不知道吧？臭水坑不上規矩。不見方圓，怎麼能叫『溟池』？不通。」倪老師一臉尷尬，說：「本來就是打個比喻，是個意思。」荀老師正色說：「這是師範，一字一句講究的是師範性，馬馬虎虎那怎麼行？」主任接過話，說：「這要什麼緊，過去不圓可以叫荷塘，現在不方稱作溟池，這不是將錯就錯？三十年河西，三十年河東嘛。就這麼定了。叫溟池。」

接下來就是立碑，立碑是一件大事，誰來書寫就成了大問題。自古人因碑傳，碑因人傳。雖說寥寥數字，好歹也有「立言」的意思，那可是「三不朽」的要義，草率不得的。倪老師的行書不錯，但「溟池」的名字是他起的，再讓他書寫，有點獨吞了，擺不平。荀老師有一手好歐字，可是荀老師堅持「不通」，不肯命筆。其他能寫毛筆字的都知道這點過節，一起不肯「獻醜」了。辦公室主任當機立斷，請電腦打字員在微型計算機上做了「溟池」兩個字，圓頭體，一身的和氣生財，兩個字被刻在了石碑上，說不出的彆扭。立碑時許多人都說，其實也不錯，滿有新意的。荀老師那天微笑了一個下午，直到晚上關上了房門，荀老師才把臉拉下來，對他的妻子說出了四個字：狗屁不通。

溟池裝上了路燈，裝上了石凳。立了碑。溟池的故事全部結束。

君子協定

故事的終端一般來說總會出現一些枝杈，植物都是以這種格局生長的，故事就沒有理由不這樣。

立碑的當天晚上數學組的白老師敲響了工會申主席的大門。申主席一點都沒有料到，溟池的後續故事已經冒出青芽了。申主席給白老師泡了一杯雨前茶，隨後一起觀看了趙本山的小品。小品很逗人，一有笑料申主席就瞇起眼睛，喜孜孜地說：「娘的。」申主席的愛人不喜歡丈夫當著客人的面說粗話，就提醒他：「老申！」老申分不開神，全神貫注等待趙本山下一個「娘的」。白老師聽出女主人的意思，只當不知道，跟著申主席笑，笑一回便說一個「他媽的」。這麼一罵申主席的愛人也就不回頭說「老申」了。小品播完之後電視螢幕上跳出來一個小姐，穿得晶晶亮亮的，戴了一副大耳環。小姐在舞臺的中央紮成馬步，腦袋像母雞那樣一愣一愣地左右擺動，接下來就唱，唱得太快，聽不清，意思是老百姓手裡有錢了，卻不知道怎麼花：「哎排骨烏雞甲魚海鰻基圍蝦，還有那四季常綠的菜，可急壞了老太太。」老申關上電視，對白老師說：「就好像老百姓有福不會享了，娘的。」老申的愛人加重了語氣說：「老申！」白老師忙說：「誰他媽有福不會享！」

關上電視申主席和白老師正式開始了聊天，茶不住地進，話不住地出。白老師的思路又嚴密又跳躍，一會兒工夫就縱橫了八萬里，上下了五千年。申主席跟著他的話題轉，腦子裡塞滿了全球觀念，嘴裡吐出來的也全是人類話題。但白老師的這次來訪目的卻是務實的、具體的，他的話鋒一轉就切回到現實事務上來了。白老師說：「水池子修好了吧？」申主席還沒有回過神，眨巴著眼皮說：「是啊，好了。」白老師說：「水池子空在那兒，可惜了。」申主席以為白老師又要說荷花的事，很大度地敷衍說：「這樣也好。」但白老師卻冷不丁地冒出一句：「可以養魚嘛。」申主席的表情很有政策性，說：「那怎麼可以？」白老師立即搶過話，把準備好的臺詞往外背：「怎麼不可以？魚又不會坐到石凳上來，能惹上誰？誰還能管得了水底下的事。」申主席耐著性子說：「那裡是精神文明的窗口嘛。」白老師笑起來，通情達理地說：「精神文明總不能建設到水下去，魚吃草，吃蚯蚓，還能吃精神文明？」申主席不敢答應，一下子卻也找不到服人的理由，只是說：「那怎麼行。那種地方怎麼能有商業行為？」白老師看到了好苗頭，趁熱打鐵，陪上笑說：「怎麼會是商業行為？養幾條魚自己吃，又不賣的。」申主席不高興地說：「能省幾個錢？傳出去還當我們當教師的窮成什麼樣呢。」白老師極認真地說：「錢倒是小事。那麼大的一塊水資源，不利用太浪費了。」申主席的愛人插上來一句話，說：「白老師也真是太頂真了，你把魚苗養進去，你不說，我不說，魚還能到校長家裡去告你？就算告了，你不認帳，總不能到魚身上查指紋。——又能怎麼樣？」申主席皺上眉頭，說：「你摻和什麼？」申主席的愛人把兩隻胳膊抱在懷裡，說：「就當我沒說。」她把眼神丟到白老師那邊，話裡有話了：「你也權當沒說——權當今天沒來。」白老師看到了這個女人目光裡頭的輔助線，連忙推出兩隻巴掌，附和道：「我什麼也沒說，申主席什麼也沒聽見。」便端起茶杯，把話題岔開去了。他誇獎申主席的茶，越誇越覺得水下的茶葉像魚了，在杯子的底部款款浮動、閒游，栩栩如生呢。

購買魚苗和投放魚苗，進行得相當詭祕，全校沒有一個人知道這個祕密。深夜之時，白老師悄悄下了床，沒有開燈，只是打開了手電筒。他把魚苗從浴缸裡撈出來，裝進事先準備好的塑膠口袋，然後，白老師關上手電筒，傾聽了片刻，打開門出去。

樓梯的過道一片漆黑，昨天晚上「晚間新聞」過後白老師就關掉了樓道裡的所有路燈。天上有月亮，有烏雲。月亮的光線十分黯淡，隨烏雲的位移時隱時現。天上人間無不體現出事態的危險性與殘酷性。白老師手提著魚袋，迅疾地貼牆而行。他的腳上是一雙黑色膠底運動鞋，步履無聲無息，像一陣風，像機靈的貓科動物。白老師來到池邊，他看到了路燈底下自己的身影，有些怕。白老師偵察了一遍，沒有動靜，立即跑到水邊，把魚袋浸進了池中，魚袋入水之後白老師鬆開了手。水溶於水，所有的魚苗在想像裡頭四處紛飛，真是如魚得水呵！但是沒有一點聲音，這一點很關鍵。這一點從根本上保證了這次偉大的行動真正做到了人不知、鬼不覺。白老師沒有逗留，說撤就撤。到家的時候他的妻子早就坐在客廳裡等候他了。這位食堂白案組的女勤雜工壓低了聲音問：「成了？」

白老師呼出一口氣，說：「成了。」

白案組女勤雜工楊春妹開始了她的地下工作。地下工作有一種暗處窺視生活的刺激性，讓膽小的膽大，膽大的心細。依照楊春妹與白老師的周密部署，楊春妹每天至少往魚塘，也就是溟池裡頭投食一次，根據就地取材這個原則，魚食的主要原料是食堂裡的剩飯、剩饅頭和新鮮的蔬菜葉。楊春妹是一個熱衷於說笑的女人，但魚苗下了魚塘之後楊春妹寡言多了。人就是這樣，有了自己的事業言行上就莊重起來了，自從楊春妹的心裡有了魚，她的臉上就如同溟池的水面，又周密又亮麗了。

食堂裡魚飼料很多，怎麼把飼料倒下溟池裡去，這一點，讓白老師和楊春妹頭疼了一陣。天黑了是行不通的，天黑了之後隱蔽性是強了，但隱蔽性強可疑性就增大了，平平常常的事情鬼鬼崇崇地去做幹什麼？這就顯得欲蓋彌彰。最後是白老師定下了方案，就在光天化日之下！楊春妹照辦了。她在正午時分把大米飯和碎菜葉都堆在案板上，而後擼到圍裙的下襬裡去，走到池邊，撩起下襬。「呼」地一下掀出去。撣一撣。多平常？多隱蔽？屁大的事都稱不出三錢，萬事難在頭，就如同蛇鑽老鼠洞，頭過得去，身子就過得去。

當天夜裡白老師和楊春妹很愉快地做了一回房事，兩個人都捨得花力氣。這對窮夫妻終於有了自己的產業了。一切順利的話年底少說也有幾千塊。那些閃閃亮亮的鱗片可全是現錢呢！貧賤夫妻百事哀，哀到極處好事來，古人不就是這麼說的嗎？

錦標賽

水捂得住魚，但是紙包不住火。工會的阮副主席在暑假裡的某一個大熱天發現了溟池裡的祕密，他透過九百度的近視鏡片看到了煙，他敏銳地斷定煙的底下可能有火。

作為學校的一名中層幹部，阮副主席在八月十一日這一天擔任暑期的總值班。阮副主席從傳達室取過當天的日報，來到值班室，把報紙罩在臉上，開始了他的艱苦閱讀。阮副主席的眼睛從去年開始步入了老花，這樣一來他在閱讀的時候只能把近視眼鏡摘下來。但老花歸老花，近視總歸還是近視，只好把腦袋埋到報紙裡去，目光的長度差不多等同於鼻梁的高度。「鼠目寸光」說的就是這麼一回事。他的裸眼凸在外面像螃蟹的棍狀眼球，伸到眼眶的前部，十分滯緩地左顧右盼。阮副主席看完報紙的頭版，差不多用去一個小時。爾後阮副主席戴上了眼鏡，在校園裡頭四處察看。阮副主席特意留心了草長樹茂的敏感地帶，沒有找到易開罐、瓜子和粉色衛生紙團。阮副主席最後來到了溟池。阮副主席遠遠地看見溟池的對面站了一個人，一身白，看不真切。阮副主席提起嗓門客客氣氣地招呼說：「是誰呀？」這一聲招呼惹了麻煩，對岸的白色身影似乎受到了巨大的驚嚇，慌忙掀起圍裙往溟池裡頭倒下一些東西，隨後就逃走了。阮副主席認不出那人是誰，但是感覺到了異樣。阮副主席繞堤走到對面去，看見水泥池邊上散落了一些米粒和切碎的蔬菜葉片。阮副主席蹲下身子，拾起一片菜葉，仔細端詳菜葉邊沿，看到了相當精細的人為切痕。阮副主席扶了扶眼鏡，預感到池水的底部潛藏著一些故事。

那個逃走的人到底是誰，這是一個問題。

那個逃走的人是誰？溟池裡頭到底發生了什麼？這兩個懸念在阮副主席的腦海裡掛了半個暑期。事情的關鍵就在申主席知不知道。他要是不知道，阮副主席可以睜一隻眼，閉一隻眼；他若是知道，想從中悄悄撈點腥味，這件事情就必須水落而石出了。阮副主席在半個暑期裡想出了兩套方案：一、先偵察申主席；二、把水底下的故事全撈上來。當然，申主席住校，而阮副主席不住校，所有的方案只能在九月一日之後才能實施。學校就這樣，寒假和暑假先編好故事，一旦開學，所有的故事將悉數登場。

八月二十九日，即正式開學的前兩天，食堂裡突然爆發了一場戰爭。交戰的雙方是兩名女將：一、白案組組長楊春妹，二、白案組臨時女工陳阿美。戰爭開始之前楊春妹正在清理案板。她往案板上灑上水，然後雙手握住菜刀，很努力地用刀口在案板上刮面垢。這時候陳阿美進來了，喊了一聲「楊姐」，楊春妹抬起頭，叫了聲「阿美」。一切都客客氣氣的，洋溢出久別重逢的祥和氣氛。陳阿美上去接楊春妹手裡的活，楊春妹不讓，叫阿美先把食堂的旮裡旮旯掃一遍。陳阿美很用心地掃出來一大堆髒東西，裝進簸箕，出去倒掉，一眨眼的工夫就提了空簸箕回到食堂裡來了。楊春妹隨便問了一句：「怎麼這麼快？」陳阿美丟下簸箕，隨口說：「倒進池子裡去了。」楊春妹停下手，口氣一下子就嚴重了，說：「怎麼能倒進池子裡頭，那麼髒的東西！」陳阿美笑嘻嘻地說：「誰還管這個，——你以前不也是倒進池子裡的嘛。」楊春妹聽了這話一下子便失態了，她把菜刀一把拍在案板上，「噹」的一聲，嚇了所有的人一大跳。「誰倒進去了？」楊春妹破口罵道：「瞎了你的眼，誰倒進去了？」陳阿美在了無防範之際遭受到這個突然襲擊，有些無措，又叫了一聲「楊姐」。這時候走上來幾個人，楊春妹回過神來，斂住自己，重新拾起菜刀。陳阿美有些下不了臺，僵住一臉的笑，望著來人解釋說：「我是看見楊姐倒了，要不我怎麼敢？」這句話使得即將好轉的態勢急轉直下。楊春妹提了菜刀衝上來，大聲說：「你看見了？我還看見你不要臉呢！——你憑什麼一個月多拿十塊錢？別以為大夥不知道。」紅案組的大肚子康師傅上來說：「楊師傅，能有多大的事，你怎麼說這麼傷人的話。」楊春妹放下刀。「哼」了一聲，說：「我就知道有人要幫她。我故意找個話茬試探試探，果然就跳出來了。——姓陳的，你狠，你在這兒腳跟站得穩！我搬不動你的腿，有人搬得動。」這話一出口旁邊的幾個女臨時工一起綳住笑。她的腿有人「搬得動」可是有一些隱祕出處的。大夥故意不看陳阿美，陳阿美汪了一眼的淚，說不出話，突然大聲叫道：「你偷過兩條豬大腿！我看見的。」楊春妹不動聲色，反而笑了，說：「兩條大腿讓人偷了，你不清楚，還有誰清楚。」陳阿美大聲說：「白老師和你一起偷了，狗屁老師，就是的，狗屁老師，就是的！」

工會的申主席準備到食堂裡要一點沙拉油，沒有進門便撞上了這場戰爭。申主席把碗放在窗臺上，虎著臉進去。申主席指住楊春妹，厲聲說：「你別瞎說，這種話要吃官司的，說這些沒影子的氣話！」又把指頭轉移到陳阿美這頭，同樣厲聲說：「說這些沒影子的氣話！」陳阿美受了委屈，卻又無從辯起。這個老實的女人，就會閉上眼睛尖叫：「就是的！」申主席大聲喝住。威脅說：「你們這種話都要吃官司的！」申主席問道：「現在是什麼時候了？」申主席斬釘截鐵地自答說：「現在是法律時代！」申主席把「法律時代」的回音留在食堂的牆面上，背了手出去。回頭看看窗臺上的碗，這時候去取免不了瓜田李下，反正也是食堂的，狠狠心也就作罷了。

申主席的話威震食堂達一個月之久，只要有人問起現在是什麼時候了，那些青年人就會神色莊重地回答：

現在是法律時代！

楊春妹與陳阿美的戰爭很快傳播開來了。人們喜愛漫天紛飛的硝煙氣味，喜愛大腿與大腿之間的美好傳說。阮副主席全聽說了。阮副主席對傳說歷來注重去粗取精，去蕪存菁。他開始了調查與研究，觀察與思考。他找來了在場者，以「逆推理」這種科學的方法追根溯源。談話進行了二十分鐘。「怎麼就吵起來了呢？」阮副主席最後問。

「阿美往溟池裡倒了垃圾，回來就吵起來了。」

阮副主席的眼鏡片立刻像電爐一樣一圈一圈放出了光芒。他看清楚了，全清楚了，溟池底下的故事、線索、人物關係在阮副主席的眼前昭然若揭了。

阮副主席站起身，長吁了一口氣，對在場者說：「你去吧，都知道了。」

在場者看著阮副主席的臉色，有些不放心，試探著問了一句：「不會鬧出什麼大事來吧？」

阮副主席摘下眼鏡，用前襟的下襬擦擦鏡片，瞇起眼睛，目光像一團霧。阮副主席很沉痛地說：「很複雜。」

阮副主席來到工會辦公室，申主席正在辦公室裡清點不鏽鋼保溫茶杯。這是作為教師節的禮物將在九月九日下午發到教職員工的手上去的。申主席實在聰明，他總是能弄到包裝精美的偽劣產品，把廣大教職員工哄得興高采烈。教師天生就是窮胚子，買上偽劣產品當然傷心，但是「發」一個則另當別論了。「又不花錢」，「看看也是好的」。正因為如此，申主席什麼權力都可以放，但「送溫暖」這個積德聚財的權力不肯丟。正因為有這一層，申主席不允許阮副主席把辦公桌搬到工會來。申主席沒有專業，而阮副主席是教政治的，所以申主席的辦公桌在工會，而阮副主席的辦公桌只能在政治教研室。這是申主席的成功處，也是阮副主席的傷心處。

阮副主席幫申主席清點了茶杯，聊了好半天閒話和淡話。阮副主席選擇了最靠近申主席的上好時機，說：「食堂裡怎麼弄的？聽說吵起來了？」申主席聽了笑笑說：「女人吵嘴，能罵出什麼好聽的話，全是七葷八素。」阮副主席的近視眼一直聚在申主席的臉上，注視他臉上的風吹草動。申主席抬起眼，卻不接阮副主席的目光，只看他的耳朵。阮副主席便有了一二分。申主席批評楊春妹說：「老白那老婆，也不是東西，今天欺侮他，明天欺侮你，太放肆。」申主席點名道姓罵一個人是不同尋常的，依照常態，他罵誰，便是護了誰。阮副主席心裡的數便陡增到七八分了。申主席說：「你怎麼看？」他這麼一問阮副主席就全有數了，他姓申的和溟池底下的故事血脈相連呢。阮副主席避實就虛，笑著說：「校長都不管，我們管它做什麼？」

時隔兩週，阮副主席在學校例會上突然宣佈了一個好消息：他聯繫了一家養魚場，為了迎國慶，工會決定舉辦「國慶盃」釣魚錦標賽，有車來校。阮副主席補充說，魚場老闆是他的老同學，人太多不好意思，每個教研室最多兩人，比賽只設個人獎不設團體獎，只計單尾數量不計重量，請各工會小組積極準備。

天下的好消息都有一個共同特徵：有便宜藏在底下。人民教師不輕易討便宜，但是對那些名目正當的便宜卻不肯隨手放過。他們要求放寬名額，要求有更多的人投入到迎國慶的偉大行列中去。阮副主席打了四次電話，允諾說：「下一次，下一次。」

比賽的當天下午隊員們拿了自製的漁具，集中在行政樓廣場。「車子」一點半來接人，但是一點鐘不到所有的隊員就站齊了。帶了老婆、帶了孩子，一位女教師爭來了名額，卻讓給了父親，為此招來一些非議。

一點零七分「找老阮」的電話打來了。老阮在教務處的辦公室裡拿起了黃色的耳機，電話打了很久，所有的老師都聽到阮副主席在大聲說話，是一種焦慮的電話語言，夾雜了「喂」和「聽我說」之類的插入語。阮副主席後來放下了電話，面色嚴峻。阮副主席來到廣場，傷心地說：「老同學的愛人出車禍了。」阮副主席詢問大家：「怎麼辦？」沒有人開口，沒有人知道怎麼辦。阮副主席沉思片刻，當機立斷：「不能掃各位老師的興，比賽還是要搞的。」阮副主席大聲說：「大家到溟池去玩玩，只要能釣上來一個會動的東西，哪怕是魚孫子，哪怕是癩蛤蟆，工會都認帳。冠軍一臺應急燈，參賽選手一人一塊夏士蓮香皂。」大夥遂轉悲為喜，一起往溟池去。先把夏士蓮拿到手再說。

故事的高潮發生在當天下午。白老師投進去的魚苗使溟池再一次成為焦點。魚的雪亮身影在半空劃出一道又一道弧線，鮮活而又炫目。圍過來許多老師，圍過來許多學生。人們喜不自禁，為每一條小魚而驚呼，而雀躍。魚不算大，但是取之不盡，釣之不竭。在這樣的喜慶氣氛裡誰也沒有留意白老師的表情。他的表情早就成了一條死魚，十分蒼白地漂浮在喜慶之外。釣魚選手忘記了應急燈和夏士蓮。他們一邊往魚簍裡裝魚，一邊神情莊嚴地演講奧林匹克精神：重要的不是取勝，而在參與。

當天晚上教工住家樓燈火分外通明了，整幢大樓籠罩了紅燒魚的好聞氣味。老師們關上門，很幸福地吃魚。倪老師晚飯過後完成了一張條幅書法「魚，我所欲也，青菜，亦我所欲也，二者若能得兼，取魚而復取青菜者也」。作品不錯，一筆一劃都有魚的氣韻，水靈活現的。

世界上怕就怕認真二字，而老師們就最講認真。一清早學校的起身鈴還沒有響，溟池邊上的老師們早就坐得整整齊齊了。一共有十三個。他們的樣子是一絲不苟的，像給池裡的魚做思想政治工作，勸牠們上鉤。勸牠們只咬自己的鉤，咬住了就不放鬆。這個上午對所有的老師來說都是一次豐收，每個人的收成在一點五公斤不等。倪老師和荀老師坐在一起。為了一個共同的幸福目標，他們坐到一起來了。今天清早他們一見面就很客氣，倪老師敬了荀老師一支香煙，而荀老師在十分鐘之後也回敬了倪老師。他們的臉上都有微笑，眼角的魚尾紋都起來了，真的像魚的尾巴在欣喜裡頭款款游動。荀老師說，取魚要比吃魚樂，真的不假。其實釣魚有什麼意思，養性才是真，孤舟蓑笠翁，獨釣寒江雪，要的不就是那麼一個意思？倪老師不住地點頭，表示認可。倪老師說，這些日子又犯失眠了，醫生再三關照，最好是釣魚，昨日小試，真的多睡了三個小時。這麼說著話教化學的印老師扛著魚竿打著哈欠過來，隨便找個地方插進隊伍，倪老師說：「小印老師，難得見你起這麼早。」印老師又打了一個哈欠，嘟噥說：「都是我老婆，硬逼我來釣魚，——你說我山區裡長大的，怎麼會釣這種東西？」荀老師笑笑，接了話茬說：「早睡早起，總是沒有壞處。」印老師昨天夜裡和朋友摸了八圈，輸了錢，正提不起精神，沒料到釣魚的手氣卻是一等，鉤一下水便是槓後開花。印老師高興得了不得，大聲說：「有意思，和自摸一種感覺。」說時遲那時快，就在說話的工夫印老師的魚竿子連和了三把，活蹦亂跳地釣上來三條，印老師把魚摔死了，齊齊地攤在一邊，頭靠頭尾碰尾。一位穿著運動衫的學生剛跑完步，喘著大氣走過來看熱鬧。這位學生看一眼印老師的魚，說：「池子裡的魚是養的吧，怎麼全一樣長？」不遠處回過一張臉，是這位學生的班主任，班主任厲聲說：「馬長河，回教室早讀去！就你聰明！多話。」這一聲呵斥所有的人都聽得見。大家都默不作聲，很專心地低著頭。

工會申主席打完一套陳式太極拳，來到溟池邊上看風景，申主席背著手，面帶微笑。往池裡吐一口痰，說：「真是靠水吃水啊。」沒有人抬頭和他說話。申主席獨自點一根菸，有點像監考，在考生的身後轉悠，再伸出脖子看上幾眼。申主席一邊走動一邊想事情，工會的改選無論如何該提前進行了。姓阮的必須弄走。這一回一定要把姓阮的弄走。這樣的人不吃點苦頭是不行的。申主席回頭看一眼教工宿舍樓，一扇窗戶突然就關上了。申主席心裡頭數一數樓層，是白老師的家。老白這一回是虧了。老白的心裡頭這一回是十五個教師釣魚，肯定是七上八下了。

作為這次釣魚錦標賽的發起者，阮副主席突然就病倒了，兩天沒有上班，而整個學校裡的老師似乎也病了，沒有人對這件事情評論什麼，批評什麼。以往可不是這樣的。校領導心裡有數，但是教工不提，他們也就只能不知道。「不知道」，事情就好辦多了。整座學校籠罩在理性的寧靜之中。養魚的人不敢站出來禁止垂釣，釣魚的人也就沒有必要迴避什麼。抬頭上課，低頭吃魚，還有什麼好說的？還有什麼好抱怨的？學校如同水一樣寂靜，老師們全像水下的魚，叼著香菸暢游過來又暢游過去。香菸從他們的嘴裡冒出來，彷彿唇邊泛起了一連串的水泡泡，悠悠然呢。

但是，這天下午事情就鬧大了，全校最老實的圖書管理員參與到故事裡來了，有時候老實人一出現故事反而會往高潮那邊跑。

雙雌會

下午的放學鈴聲是在四點三十分正點響起來的。圖書館的圖書管理員黃溫柔在四點三十一分鎖上了圖書館的大門。黃溫柔脾氣很溫，說話的聲音又柔，老師們都叫他黃溫柔。黃溫柔遇事總要讓三分，吃虧的時候當然多。誰也不曾想到黃溫柔這一回膽大得包了天，居然弄來一只漁網，和他的老婆一起來到溟池。黃溫柔的肩上掛著網，他的老婆手裡提著兩塑膠桶。他們來到池邊，滿臉都是殺氣。

早早就有兩個老師在水裡下了魚鉤。黃溫柔誰也不看，一來到池邊就開始料理漁網，剛理完，「呼」的一下，網舉目張，漁網在空中張開了一道漂亮的圓圈，一直罩到池的底部去。黃溫柔扶了扶眼鏡，老漁夫那樣十分沉穩地收網，第一網就有收成。黃溫柔的老婆把幾條魚撿到水桶裡去，微笑著說：「真的有魚。」黃溫柔認真地說：「真的，真的有魚。」

年輕的數學教師高老師剛剛打好魚窩。他在中午才把魚鉤和魚竿備齊，都向女兒保證了，今天晚上也吃魚。眼前這樣大的打擊高老師實在是承受不起的。高老師放下魚竿，走到黃溫柔面前，說：「黃溫柔，動靜大了點吧？」

黃溫柔的老婆客客氣氣地說：「高老師，你釣你的，不礙事的。」

高老師說：「我是不礙事。你礙我的事呢。」

黃溫柔的老婆笑著說：「我們在這兒，你在那兒，怎麼就礙著你的事了？」

高老師說：「一起來玩玩的嘛。怎麼真的做起漁民來了，你這樣凶猛，魚哪有心思咬鉤？」

黃溫柔的老婆說：「捕魚就是捕魚，假斯文做什麼——玩玩的，這麼多年了怎麼現在才來玩？你能玩我們家老黃為什麼不能玩？」

高老師雙手扠著腰，深歎一口氣，說不出話。這時黃溫柔的第二網又出水了，黃溫柔抓了兩條魚，塞到高老師面前，說：「高老師你拿著，就算你釣的。」

高老師瞪起眼，大聲說：「我要你的魚做什麼？」

黃溫柔說：「拿著吧，我有網，來得快。」

高老師說：「把溟池搬到你們家冰箱裡好了。」

這時候釣魚的大軍都來齊了。老師們扛著魚竿，像揭竿而起的農民義軍。十幾個老師一起圍在黃溫柔的身邊，斜著目光做譴責狀。黃溫柔的老婆高聲喊道：「怕什麼？有什麼好怕的？他們都有職稱，你呢？他們都上課堂，你呢？他們到了寒假都有課時費、年終獎，你呢？——不能什麼事都吃虧，撒，給我撒，天上飛的水裡游的全給我撈上來！」

群男鬥不過好女。老師們怒目而視，不過，能做的好像也就是這麼多了。他們有職稱，能上課堂，年終有課時費，可不能對一個女人太過分了。

食堂白案組組長楊春妹就是在這個時候殺將出來的。楊春妹一出場便英姿颯爽。楊春妹走上來，不說一句話，提了黃溫柔老婆的魚桶就丟到池子裡去。楊春妹說：「老師們釣釣魚也是為了休息更好地工作，你怎麼能這樣？——我姓楊的眼裡揉不得沙！回家去吧你！」周圍的老師們一起鼓起掌。掌聲響完了黃溫柔的老婆才回過神來。她把雙手抱在胸前，平心靜氣地說：「把魚還給我。」

楊春妹說：「你算了，我治不了別人還治不了你？」

「你還不還？」

楊春妹抱起胳膊一聲冷笑。

楊春妹還是得意得太早了。黃溫柔的老婆可不溫柔，低下頭對準楊春妹的胸脯就衝了過去。楊春妹倒了身子，栽進了溟池，「咚」的一聲，濺起好大一塊水花。黃溫柔的老婆對準溟池「呸」了一口，拉起黃溫柔，對老師們說：「釣吧，誰釣到這條母魚就歸誰。」

當天晚上校長在電話裡聽到了事態的最新報告。校長大聲罵道：「不像話！哪裡有一點為人師表的樣子嘛？」校長當即指示，「明天」必須把溟池裡的魚「一網打盡」，絕不允許「留有後患」！

第二天是一個打魚的日子。溟池裡的魚經過這一天的劫難差不多全部滅絕。魚的故事暫此打住，溟池的故事告一段落。

承包

故事過了高潮就會往反處去。溟池幾經波折，終於風靜浪止了。生活中大事情總是不斷地來，一個替代另一個，也是很正常的事。老師們的注意力很快遷移到住房改革上去了。溟池只好閒在那兒，天氣好的時候把教學樓的倒影映照出來給大夥看，那些倒影軟軟綿綿的，像海藻，一直垂懸到很深的地方去。

不過惦記溟池的人總還是有的。政治組的邢老師就是。邢老師不喜歡趕熱鬧。邢老師對付熱鬧的事情有一個十六字原則：「敵進我退，敵疲我擾，敵困我打，敵退我追。」現在，老師們關心房改，邢老師當機立斷：插手溟池。

從任何一個角度說，溟池終究是上等的自然資源，養魚可，種荷亦可；養蝦可，植蚌亦可。這些都不是關鍵。關鍵是必須從法律上得到溟池的所有權。數學組的白老師之所以把事情弄成了一齣鬧劇，說到底就是沒有掌握溟池的命脈。在所有權這個大問題上，白老師的數學精明敗給了白老師的農民心態。撈油水和討便宜是幹不成大事的。邢老師有前車之鑒，經過充分可行性論證，向校方遞交了一份書面報告。報告稱：他願意從衛生、管理、維修等諸方面全面負責溟池，在此期間可以相應地成為溟池的使用者，若使用得當，偶有贏利，每年可向校方繳納紅利若干，他人未經許可不得侵犯使用權。

這依然是撈溟池的油水討溟池的便宜，但性質就不一樣了，一舉一動合情合理又合法。說得大一點，這不就是改革嗎？不就是市場經濟投向教育戰線的一抹陽光與一縷微笑嗎？溟池的波濤不就是時代的心律與脈搏嗎？

邢老師敲響了學校黨支部書記的大門。

這次談判邢老師是有備而來的。他從宏觀與微觀論證了承包管理的外部態勢與內部可能；他盡可能地迴避「承包之後用溟池養什麼」這個要害問題，他「還沒有想好」，「沒有想那麼細」，他只是想「承包管理」，和校領導一起把「溟池建設成精神文明，同時也是物質文明的窗口」，把溟池建設成「政治教育的第二課堂」。邢老師不急、不躁，沒有強烈的取勝欲望。邢老師娓娓而談，口齒清晰，夾敘夾議，邏輯嚴密，但是不抒情、不咋唬，不搞字字血與聲聲淚。一步一個腳印，一步一個臺階。爾後，書記點頭了。書記答應在星期三的例會上「鄭重地提出這個問題」。邢老師點到即止，不寒暄，不重複，不追憶似水年華，不憧憬光明未來，不枝不蔓，不卑不亢，起身告退。書記送到門口，關上門。書記關上門之後開始回味邢老師的話，喟然長歎：「人才，新型的管理人才。」

溟池的「承包管理」在星期三的例會上得到了全面肯定。書記意猶未盡，又在週五的教職工大會上全面介紹了邢老師的承包方案，書記說，不僅是溟池，行政樓、教學樓、食堂、體育館、音樂樓、美術樓都歡迎廣大教職工全方位地進行承包管理。

白老師坐在會議室的最後一排，叼著菸，很突然地大聲說：「說了那麼多，我看就是一句話，自己養魚，不讓別人釣！」

大夥便哄笑。

邢老師站起身，也笑。邢老師說：「有這個意思，但也不全是。機會均等，溟池現在歸誰還說不上呢，大家都可以投標嘛。」

白老師取下香菸，說：「你出多少？」

邢老師瞟了一眼書記。書記有些茫然，至今為止，他們並沒討論價格問題。邢老師很平靜地一口報出了價格：「兩百。」

「我兩百二。」白老師說。

「兩百四十七。」邢老師不急不慢地說，一副很在行的樣子。誰也想不到他會報出這麼一個古怪的數字來。教政治的就是比教數學的更會玩數字。

白老師往前排看了看，他的老婆正坐在第四排的偏左部位。白老師有點猶豫，說：「兩百五。」

邢老師故意不開口。他不急於報價。邢老師把臉上的微笑弄得相當勻，點起香菸漫不經心地四處觀察。姓白的他摸得透。真正的數學腦袋只會算抽象的帳，一遇上具體的帳目，他們都不靈。自老師的額頭上出現了反光。那是汗。額頭上的汗是智力的排泄物，同樣也是沉著和鎮定的腐爛劑。溟池給姓白的帶來的驚恐太巨大了，至今沒有能夠平復。姓白的報完價就往四處看，目光裡頭有了緊張。他在找。找人買他的「二百五」，姓邢的萬一真的撒手，他把二百五十塊現金扔到臭水坑裡做什麼？這不是冤大頭又是什麼？

邢老師靜了好半天，小聲說：「二百五十一。」語氣裡頭全是四兩撥千斤。邢老師低著頭，一副奉陪到底的自得樣子。

兩百五十一。溟池。成交。

然而當天晚上老師們就算過帳來了。兩百五十一，按鯽魚價七塊錢一斤算，再往細處摳，也就是三十六斤七兩的鯽魚。這不是白送又是什麼？這個便宜他姓邢的可是討大了。溟池是人民的財產，人民拋頭顱，灑熱血，換回了這江山一片，他姓邢的憑什麼只用三十六斤七兩的鯽魚就承包了？

人民不答應。

「人民」是誰？人民就是除去當事人之外的所有的人。

「人民」有了冤就要申冤。

「人民」當天晚上就找到了黨，具體一點說，生物組的江老師和音樂組的史老師當天晚上就給支部書記打去了電話。電話開門見山，一上來就有了火藥味，有人說對下午的拍賣，群眾有想法。書記擷其要害，問曰：「誰？」人民避實就虛，答道：「群眾。」書記嚴正相告：「會上已經產生決定了。」但「人民」不依不饒：「公證了沒有？」書記說：「法律問題，你們找校長，他是法人代表。」書記在掛斷電話之前重複了黨的辦事原則，書記厲聲說：「黨的原則是說話算數，取信於民。」

故事就陷入了僵局。僵局意味著故事既不肯往甲方發展，同樣也不肯往乙方發展。一宿無話。

傷心的插曲

年輕的女教師葉雅林是生活在滇池故事之中的客人。這位學歷史的佳人在大學一年級就匆匆戀愛了。她後來嫁給了那位中文系的才子，詩人哈桑。詩人哈桑在學生時代發表過三十七首詩，畢業之後卻不行了，一首詩都寫不出。然而哈桑走到哪裡都不說自己的真實姓名，他總是這樣介紹自己：「我是哈桑。」但是沒有人知道哈桑是誰，這是一個令人傷心的現實。哈桑對此很不滿意。他在一首詩裡寫道：

流鼻血的時代沒有人認識哈桑
哈桑流下了傷心的鼻血
哈桑說
這是哈桑的鼻血呵
哈桑的血甚至哈桑自己都認不出來
……

下面便寫不下去了。

更要命的事情還不在詩寫不出來，而是哈桑沒有工作。哈桑大學並沒有畢業。他在實習期間把詩歌都寫到女中學生的肚子裡去了，女中學生的肚子又藏不住事。事情就大了。哈桑是在臨畢業不足一個月的時候讓校方開除的。葉雅林就是讓鬼迷了心竅，剛剛畢業便和哈桑結婚了。新婚之夜才子哈桑用天藍色簽字筆在葉佳人的胸脯上寫下了兩行詩：

年輕人的錯誤總有上帝原諒
我的錯誤因為你而越發芬芳

哈桑流淚了，葉雅林也流了淚。

結婚後哈桑依附在葉雅林的身邊生活，決心靜下心來好好寫詩。後來寫出毛病來了，寫之前總要喝酒，酒不下肚子身體就找不到感覺。然而每次哈桑總要喝到大醉，醉了之後腦子裡的詩「永遠不屬於哈桑的手」，很難辦。後來哈桑說，決定親自去干預生活了。先炒股，忙了好幾天都沒有能夠弄到錢，罷了。後來哈桑結交了一批朋友，開始做起了生意，先是電腦，再是裝潢，最後總算開了一家小麵館。每一次都像哈桑寫詩，尚未落筆胸中的激情便呼啦啦洶湧，但是兩行之後便不行了，浪峰與浪谷一平均，即刻如止水一般平整。好歹麵條店是開起來了，哈桑只做了四十天，四十天之後哈桑十分憂傷地離開了。他忍受不了「中國人的吃相」。他撕下一張備課紙，向葉雅林交代了辭職不幹的全部原因：

中國人，你的吃相總是那麼惡！

啃包子，啃鍋貼。

尤其是吃麵條！

葉雅林望著丈夫的新作，傷心地說：「我晚幾年生孩子。供你，養你，養到你能自立的那一天！」

葉雅林流淚了。哈桑也流了淚。哈桑擦完淚水便給他的愛妻獻上了半首詩：

給Y．L

儘管我是你的丈夫

但女人終究是人類的母親

……

每天晚上葉雅林老師都要到校外兼課。不是上歷史，而是講童話。一個老闆的七歲兒子患上了失眠症，沒有童話是睡不進去的，老闆的童話講完了，老闆太太的童話也講完了，講完了就得找人，葉雅林老師是老闆家第七位童話敘述者，她的童話都是歷史故事改編的，孩子愛聽，大人也愛聽。孩子很快就喜歡上葉雅林老師了，賞給她一百元人民幣，葉老師不好意思要，孩子他媽就說：「孩子給你，你就拿著。」葉老師就拿著。

星期一的晚上葉老師準時去上班，哈桑一個人在家裡喝悶酒，把心情給喝壞掉了，哈桑從抽屜裡搜索了一些碎錢，一個人騎著自行車到生活裡頭找點意思。哈桑來到電子遊戲室，遠遠地看見一個女人坐在角子機前，她叼著菸，穿了一件很短的裙子，兩條腿分得很開，叉著蹺在那裡。一條大腿上放著菸缸，一條大腿上放著角子，哈桑走到她的身後去，替她觀察角子機裡的局勢。哈桑只看了兩眼就把手伸到角子盒裡去了，替她投進去一枚。女人還沒有回過頭來，角子機便響了，哐叮哐噹吐出來一串。女人取下香菸，彈掉菸灰，歪著下唇對哈桑笑起來，說：「手氣不錯嘛。」哈桑也笑了笑，說：「要看摸到什麼了。」女人一聽這話就開始認真打量哈桑，不像生意人，不是數票子的主，便開始往文人上猜。教書匠也不像，沒那膽。哈桑往四周瞟了兩眼，欠一欠身子，說：「換個地方玩玩。」女人話裡有話地說：「你賭得起吧？」哈桑沒有正面回答，說：「賭的意思不在錢，賭的是膽子。」女人知道不是跑碼頭的老客，老客只管價錢，不生事。這年頭只有小文人還在學孔雀，交尾之前抖弄幾下屁股後頭的幾根騷毛。他們是不嫖的，要弄花樣，以愛的方式做嫖的事情。真是少花錢，多辦事。哈桑看了看錶。十分誇張地說：「你瞧你，天都快亮了。」女人很疲憊地笑一笑，眨巴眼睛。想努力著臉紅，沒紅起來。女人和一個東北壯漢子在床上「整」了一下午，卻沒有撈到什麼票子，心情正不好，想在星期一晚上好好玩玩的，放鬆一下，就遇上哈桑這麼一個「冤大頭」。女人咬住下唇，對自己說，我他媽的先消遣消遣你這個窮酸娃子再說。女人低下頭，傷心地說：「你走吧，別拿我們開心，我知道你有老婆孩子的。」哈桑盯住女人，無聲地搖頭，似乎在怪她不曉事理，好半天才說：「俗了。兩碼子事。」

「什麼兩碼子事嘛。」

「兩碼子事。俗了。」

但女人還是帶哈桑走了。女人叫了一輛出租車，把哈桑帶到了一幢樓的四樓上去。哈桑一進門就聞到了一股內分泌的燠雜氣味。哈桑走到窗前，這座大樓居然就在幼兒師範學校的後身，站在四樓還能看見溟池呢，溟池的再那邊不就是詩人哈桑的家嗎，這一刻的溟池真是漂亮，墨黑墨黑的像抒情詩人的瞳孔，眨都不眨一下。女人關上門，身子貼在門板上，兩隻手背在身後，不動，看他的手段。無聊的時候捕魚是一樂，做一條小銀魚讓傻瓜去捕也是一樂，的確是很好玩的，就是貼上一回生意又能有什麼，反正也虧不掉什麼的。哈桑拉上窗簾，回過頭來，走到她的面前，兩隻手支在門上，把女人關在懷裡了。女人說：「君子動口不動手。」哈桑吻她一口，說：「君子先動口，再動手。」這麼說著竟把她抱起來，十分孟浪地丟在席夢思上，女人在席夢思上顛了幾下，生氣了，很不高興地說：「怎麼這樣？」哈桑用身子壓住她，十分熟稔地把她扒了，臉上的贅疣閃耀出白色的油光，看上去無比地淫邪與下流。女人突然生出一股厭惡，就是給錢姑奶奶也不肯和他幹的，女人厲聲說：「放開，你怎麼這樣？」哈桑說：「裝淑女有什麼勁，我一眼就看出你了。」

女人推了他一把，說：「你一眼看出什麼了，你他媽的買雙鞋還得問問價！」哈桑摁住她的手，又吻了一回，說：「告訴我，你是什麼鞋？」女人的掙扎就是在這個時候開始的，女人正色道：「放開，你下來！」哈桑不下來，說進去就進去了，真的是說時遲，那時快。女人原想逗他解解悶的，沒料到居然栽在這種東西的手上。哈桑開始動，女人想收住身子，但收不住，只好跟著他動，一邊動一邊罵：「下作，下作，下作。」

哈桑弄完了，躺下來，長長地一聲歎息。女人躺在一邊大口大口地換氣。哈桑拍拍她的腿，說：「知足吧。你知道你和誰上過床了？——你和著名詩人在床上共過事呢，我的名字可是上過世界名人錄的。」女人不說話，她嚥不下這口氣，女人坐起身子，說：「你少廢話。給錢，一千五。」哈桑說：「又俗了。」女人說：「嫌俗你給三千，——你給錢。」哈桑拽過上衣，點上菸，平靜地說：「錢我是不能給的，——那成什麼了？我從不做那種事的。做你們這種事的女人，不和名人廝守能有什麼大出息？自古就有娼妓成了大明星的，名垂青史呢，憑什麼？馬湘蘭身後有王稚登，柳如是身後是錢謙益，董小宛有冒辟疆，李香君有侯方域，卞玉京有吳偉業，侯慧卿有馮夢龍，而你呢？——有我。你總不會不想成名罷？」女人踹了他一腳，有些氣急敗壞，說：「我要成名做什麼？——給錢！你他媽給不給錢？」哈桑搖搖頭，開始套衣服，憂傷地說：「俗。錢我是不能給的，再說我也沒有，要錢沒有，要詩我可以送你一首。」

詩人哈桑在回家的路上忽略了一個重要細節，那個女人跟蹤他了。戰爭年代大部分女間諜都是娼妓，而和平時期娼妓們都能成為間諜，這真是詩人哈桑的大不幸。那個女人一直跟到哈桑的樓下，一直看見哈桑進門，一直看見哈桑的窗口亮起燈光。女人從幼兒師範學校退出來，打了兩個訊息，把哈桑家的準確地址留到朋友的漢顯呼叫器上去，隨後叫了一輛出租，到電子遊藝廳去繼續她的角子遊戲。葉雅林老師從校外歸來的時候教工樓的空地上圍了好幾圈師生，有人正在樓上大叫，伴隨著一陣打砸，好像是在自己的家裡。接下來三四個男人真的從她的家門口出來了，他們一路走一路罵，罵得極難聽，但卻是打完了、砸過了的解氣口吻。葉雅林老師聽出了災難種種，她從那些罵人的話裡聽出來了，災難就在她的家裡，伴隨著窗口的燈光呈現出生存的癔態，呈現出夜間的駭人的局面。葉雅林老師沒有敢露面。她躲在暗處。葉雅林老師感謝上帝留給她一塊黑暗。這塊溫柔仁慈的黑暗挽救了她。至少，在某一個時刻黑暗幫助了這個辛苦與癡情的古典女人。

哈桑醒來的時候已經是上午十點半鐘，昨天晚上他被揍得不輕，嘴裡頭出了很多血。客廳裡躺了許多器皿的碎片。整個家像農貿市場上的生豬，被解構得面目全非。哈桑坐起來，吸了一支煙，突然記起來葉雅林到現在還沒有回來，哈桑胡亂吃了幾塊餅乾，倒下頭又睡了。這個回頭覺一直睡到下午兩點。下午兩點詩人哈桑真的餓空了，就叫了幾聲妻子的名字，沒人應。哈桑下了樓，打算到門口吃一碗陽春麵。剛走了兩步聽到滇池那邊響起了紛亂的腳步聲，有人尖叫說「漂上來了」。哈桑不關心溟池裡的事，那些都是小市民的混雜故事，和詩人永遠沾不上邊的。哈桑坐在小店裡頭吃了一碗麵條外加十只鍋貼。飽了。這時候有人從校門口出來，說，葉雅林老師的屍體從溟池底下漂上來了。

無人承包

葉雅林老師的屍體被人撈了上來，平放在溟池邊的水磨石凳面上。她的上衣口袋裡有一條小魚，活的，張大了嘴巴正在毫無意義地呼吸。葉老師的兩隻手攥成了拳頭，拳頭裡全是黑色的淤泥。哈桑走到池邊的時候所有師生全散去了，人們的目光裡頭有了許多浮動的東西，如受驚的小魚，晶晶亮亮地疾速飛竄。

最早對葉老師之死做出反應的是邢老師。邢老師趕在下班之前找到了學校的支部書記，明確表示，由於「突發的不可抗力之因素」溟池他是不想再承包了。書記正和校長一起悶著腦袋抽煙，好半天回不過神來，但書記表示「理解」。邢老師把自己的話複述過一遍，書記無力地抬起手，朝手背的方向撣了撣，沒有再說話。邢老師看見一截長長的菸灰掉落在地上，很快退著腳步出去。

溟池再一次成為熱點，但是溟池第一次不是作為事態的中心，而是作為事態的背景被人們所關注、所談論。在這次談論中「承包」這個話題被人們捨棄了，人們開始追蹤詩人哈桑與他的妻子葉雅林之間的隱祕生活，即隱私。人們傳播、創造、補充、發揮，故事的脈絡比生活自身還要清晰、完整、因果相聯、合縫合榫。死去的人是不朽的，他們的生命一定會在人們的猜測和設定中重新生活一次，乃至於重新輝煌一次。人們用氣聲、耳語以及投入的激情描述和重複死者的往事，所有的人都是當局者，只有死者自身在冥冥之中悄然旁觀。這個熱門話題被持續了兩個星期，是語文組的倪老師為這個熱門話題作了最後總結。倪老師遠遠地望著溟池，這個昔日的荷塘，深情地說：「寒塘渡鶴影，冷月葬詩魂。」這是《紅樓夢》裡頭的句子，湘雲和黛玉聯出來的五言詩，又淒清又陰冷，聽得老師們心裡頭凜凜的。人們也意識到似乎說得太多了，要招惹上葉老師的靈魂的。於是緘口，不提。

池水就這麼靜臥在溟池裡，好幾個月波瀾不驚，水外面走的是人，水下面游的是魚，互不干涉。故事就這麼又完了一個段落。

繼續承包

一九九五年的春光開始明媚了。時光就這樣，轉一圈之後又會過來的。春光可以回歸，故事當然也就有了回歸的可能。開春後不久溟池的故事就讓人續上了。

過老師承包溟池幾乎沒有花力氣，原因有二：一、葉老師事發之後溟池的水越發陰森了，一到晚上水的底部彷彿長出許多手來，稍不留神就會抓上來的。師生們避之唯恐不及，承包便沒有任何競爭者。二、承包幾經周折，幾經失敗，為後人留下甚為豐盛的戰鬥遺產。過老師膽小，近乎猥瑣，類似於鼠科動物，整天伸頭伸腦，舉手投足裡頭都有防範和撤退的後繼準備，這樣的人或動物不參與捕殺，但他（牠）們有一種本能，總是在事態的末尾參與進來，正好坐收利益。

過老師用一百五十元人民幣承包了溟池。溟池到手得異常順當，粗人的屁一樣唾手可得。過老師交了錢就到溟池的岸邊來了，背著手，款款漫步。過老師產生了首長的感覺，產生了地主的感覺。這兩種感覺都很好，感覺一好過老師就要笑，忍不住。過老師伸出頭看一眼水裡的倒影，水底下他的笑相很醜。人一得意了笑起來往往會沒有分寸，笑得撕開來了。過老師往池裡頭踢了一塊小磚頭，用波浪把自己的倒影抹掉，不笑了。

過老師通過學生的家長弄來了魚苗，放到溟池裡去。過老師發動學生砍了許多樹枝，在溟池四周圍起了一道柵欄。這樣一來就有老師向學校反映了，說像什麼？都像小富農的兩畝三分地了。書記只好把過老師叫過來，讓他注意「影響」。過老師不說話，一雙眼就紅了，噙了兩朵淚，逼不回去，也淌不下來。書記只好作罷，關照一句「注意影響」兀自先走人了。

過老師自製了一副魚竿，很悠然地坐到溟池邊上開始釣魚了。釣魚是假，看塘是真。過老師出門之前關照他的老婆，他「釣魚」去了。關照釣魚是假，逃避家務是真。溟池裡頭還有舊時的魚，個子已經很不小了。過老師一個傍晚釣了六條，高高興興地回家去了。老婆送上晚飯，問：

「釣了幾條？」

過老師說：「六條。」

老婆說：「魚呢？」

過老師說：「放到我們家魚塘裡了。」

老婆把筷子拍在餐桌上，罵道：「你多大出息！」

過老師說：「肉爛在自家鍋裡，魚養在自家塘裡，怎麼了？」

過老師的課餘時間差不多都用在溟池了。蹲在那裡閒也是閒著，就長肉。幾十天下來人胖了十多斤，肉全長在臉上，加上整天日曬，眼看著就成了黑胖子了。因為有了肉，過老師的笑容變得緩慢又持久了，好不容易笑出來，就不容易消散。過老師的臉上終日懸掛著微笑了。胖胖的，微黑的微笑。

故事懷上的故事胎

溟池的四周圍上柵欄，過老師終日廝守，故事的格局就這樣形成了。總務處的花副主任偶爾也過去看看，和過老師說幾句話，問幾句水下面的情形，別的便再也沒有什麼了。

在故事的平穩階段花副主任的出現是饒有趣味的。這裡頭就有「善者不來，來者不善」這一層古意。相當長的一段時間內花副主任都沒有介入故事，現在，花副主任登場了。

過老師正式向溟池投放魚苗不久，花副主任悄悄投進了蟹苗。當然，投放是極為保密的，投放前的偵察和論證工作也是極為嚴格的。溟池的池岸直上直下，又是水泥結構，這樣一來螃蟹就比魚苗更為隱蔽。魚高興了還會打幾個水漂，但螃蟹不會，螃蟹生氣了可以欺侮欺侮魚苗，但魚苗總是不會欺侮螃蟹的。就算有人偷著垂釣，螃蟹又不會吃鉤。這樣的借雞下蛋神也不知鬼也不覺，又不吃虧，除了花副主任誰還能做得出這樣的便宜買賣？從技術上說，唯一的難處就在乾塘收穫的那一天，水落螃蟹出，事情總要公開的。不過，魔高一丈就為了應付道高一尺，辦法總是會有的。花副主任好歹也是個官，對付一個姓過的辦法總是有。

花副主任把所有的有利因素和不利因素全想過了，過老師天天替他看著塘，只等著秋風起螃蟹肥了。花副主任就是沒能想到車隊的司機耿老二會插上一槓，當然，那是後話了。耿師傅的出現把溟池的故事推向了高潮。

而現在，故事懷上了故事胎。過老師正小心翼翼，像一個孕婦，腆著他的「大肚子」。花副主任則消受著過老師的悉心照料，也可以這麼說，花副主任正以局外人的閒散心態注視著過老師的十月懷胎。花副主任過一些日子就會到溟池那裡轉悠的，看望或者說監督過老師漫長的養魚生涯。

但是過老師很開心。

過老師開心花副主任自然也就很開心。

溟池裡的魚苗使溟池的故事風靜浪止了。用三年級一位學生作文中的話說：「溟池在藍的天白的雲下面，如美人春睡，一雙渴睡的眼欲開還閉，滇池，靜靜的滇池唷！」

就是在這樣的平安無事裡司機耿師傅捲了進來。耿師傅捲進來之後滇池無風就是三尺浪。耿師傅大頭，大手，大眼睛，大嗓門，屬於好話也要粗聲惡氣的那種好漢。耿師傅有一句偉大的口頭禪，叫做「煩不了那麼多」。耿師傅說這句話的時候慣於先吐口唾沫，而後吊起左眼的眉梢，做出財大氣粗，或者說，做出「我是你爸爸」那樣的神氣，嘟噥一句：「煩不了那麼多。」這樣的人容易被人激將，這樣的人骨子裡也喜歡被人激將。反正是一樂，反正他做什麼也不會有什麼顧忌或後遺症。誰也奈何不得的。「煩不了那麼多」。

這一天後勤人員一起擠在會議室開會。開完了大夥便軋成一堆神聊。食堂白案組的楊春妹老是把話題往魚上引導，誰也沒有留意。後來楊春妹說，春節前白老師的學生送過來一條鯉魚。七八斤呢，用網養在池塘裡居然讓牠逃了。這麼一說幾個愛釣魚的就起鬨，耿師傅說：「是鯉魚啵？是鯉魚我肯定能釣得出來。」楊春妹瞟了他一眼，說：「算了吧你，鯉魚又不是桑塔納，能聽你擺弄。你要能釣上來，魚歸你，我貼你一條紅塔山。」耿師傅被這麼一激身上的汽油味全飄出來了，吊起左眉梢說：「還真有一條魚？」楊春妹便不耐煩，嘎著嗓子說：「騙你做什麼？我又不缺你做女婿。」大夥就笑。耿師傅說：「只要有，十天之內我不給你釣上來，你拿我的屁眼做氣缸！」

這個賭打下來耿師傅就拿了釣魚當事業做了。耿師傅提上茶杯，把香菸丟在石凳上，把火機壓在菸盒上，端著魚竿，像電影裡站哨的二皇軍。這麼站了兩天，釣上來的小魚全讓他砸出水來了。過老師把這一切全看在眼裡，心裡頭上了一把鉤，拽得疼。過老師終於走上來，輕聲說：

「耿師傅釣魚呢？」

耿師傅支吾了一聲。

過老師說：「我已經承包了。」

耿師傅就又支吾一聲。

過老師說：「我是說，我已經承包下來了。」

耿師傅回過頭，斜著眼睛，卻不支吾了。

耿師傅不支吾過老師心裡便沒底，伸出一隻巴掌，說：「你釣。」

這麼說著話耿師傅又釣上來一條，耿師傅卸了鉤，順手就把魚扔在地上。過老師走上去，重新把魚丟在水裡去。

耿師傅說：「你煩不煩？扔下去牠又要吃鉤，煩不煩？」

「我承包了。」

「承包就承包了，我又沒弄你的池子，我是把水弄破了還是把水弄舊了。煩不煩！」

「我真的承包了。」

「你嚕囌什麼？你他媽的嚕囌什麼？」

「你講不講道理？」

「再嚕囌我叫你下池子喝魚湯，——你他媽酸不酸，你是教師，我是工人，我在乎你？奶奶個毬，嚕嘛！煩不了那麼多！」

好的故事

過老師是不該為這點小事找書記去的，書記也就更不該為這點小事找耿師傅了。書記語重心長，但書記的語重心長恰恰是一個致命的錯誤。書記要是這樣就好了：先遞上一根煙，然後破口就罵，既口氣嚴厲，又親切熱乎，讓人覺得書記和司機是一對仗義的兄弟，罵得，打得。可是書記就是語重心長了。書記剛剛語重心長耿師傅的臉便拉了下來。語重心長是什麼鳥東西？耿師傅不吃這一套。

耿師傅的壞脾氣在這個時候已經躥出去了藍色火苗。他的壞脾氣真是爐火純青。耿師傅正找不到機會了結楊春妹的那個賭，真他媽的天賜良機了。耿師傅沒有聽完書記的話，罵了一聲「姓過的小赤佬」，轉過身子就走了。耿師傅來到卡車的車庫，打開鎖，扔掉鐵鍊子，轟隆隆地拉開大鐵門，迎面撲過來一陣濃烈的柴油味。耿師傅提起柴油桶，桶內的柴油足足的三十升。耿師傅帶上柴油，開始發動汽車。耿師傅把汽車開到溟池邊，車子「嘎吱」一聲便剎住了。耿師傅提了油桶站到溟池的岸上去，擰開螺口鐵蓋，把三十升柴油一股腦兒全倒進去了。耿師傅扔開油桶，大聲說：「我讓你吃魚，我讓你泛泡泡，吃魚屁！」

春光正融融。豔陽正當頭。三十升柴油長滿了腳，像一群蜈蚣爬滿了溟池的水平面，一點空隙都沒有留下來。柴油覆蓋在池水的表面，陽光的七種組合色彩在水池裡的油面上分解了、液化了，汪了一大攤。風乍起，吹皺一池斑孄。柴油在陽光下展示出一種漂浮的豔麗和癔態的聚散，又陸離又喧囂，又詭異又妖冶；變動不居，油蕩光漾，彷彿隱匿和溶解了一個好的故事，這故事很美麗，有趣。許多美麗的人和美麗的事錯綜起來，像一天雲錦，而且萬顆奔星似的飛動著，同時又展開去，以至於無窮。故事裡的諸影諸物無不解散而且搖動，擴大，互相融和，剛一融和，卻又退縮，復近於原形。耿師傅對走過來的學生揮了揮胳膊，大聲說：「過來。好看。」

溟池裡的繽紛景象沒有能夠久長，離盛夏尚遠，溟池的水便黑掉了，發出豐富與肥沃的腐臭。溟池裡沒有一隻蚊子，沒有一隻蒼蠅，甚至沒有一隻水馬。麻雀在天上飛，牠們飛過溟池的時候都要在溟池的上空繞過一道巨大的弧線。沒有人再提及溟池了。除了學校裡的官方公告。公告說：

> 溟池乃國家資源，在任何時候任何人均不得以個人名義佔有、租賃、轉讓、使用，如有覬覦，則任何個人之權利將得不到國法及校規之保護。特此通告。

溟池的故事便終止於臭氣烘烘了。

蚰蚰，蚰蚰

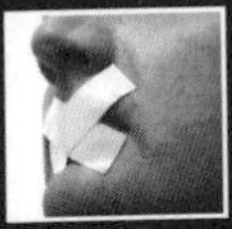

誰不想擁有一隻上好的蛐蛐呢。但是，要想得到一隻好蛐蛐，光靠努力是不夠的，你得有亡靈的護佑。道理很簡單，天下所有的蛐蛐都是死人變的。人活在世上的時候，不是你革我的命，就是我偷你的老婆，但我們還能微笑，握手，乾杯。人一死所有的怨毒就順著靈魂飄出來了。這時候人就成了蛐蛐，誰都不能見誰，一見面就咬。要麼留下翅膀，要麼留下大腿。蛐蛐就是人們的來世，在牙齒與牙齒之間，一個都不寬恕。活著的人顯然看到了這一點，他們點著燈籠，在墳墓與墳墓之間捕捉亡靈，再把它們放到一只小盆子裡去。這樣一來前世的恩怨就成了現世的娛樂活動。人們看見了亡靈的廝咬。人們徹底看清了人死之後又幹了些什麼。所以，你要想得到一隻好蛐蛐，光提著燈籠是不夠的，光在墳墓與墳墓之間轉悠是不夠的。它取決於你與亡靈的關係。你的耳朵必須聽到亡魂的吟唱。

基於此，城裡的人玩蛐蛐是玩不出什麼頭緒來的。他們把蛐蛐當成了一副麻將，拿蛐蛐賭輸贏，拿蛐蛐來決定金錢、汽車、樓房的歸屬。他們聽不出蛐蛐的吟唱意味著什麼，城裡人玩蛐蛐，充其量也就是自摸，或槓後開花。

鄉下就不大一樣了。在炎熱的夏夜你到鄉村的墓地看一看吧，黑的夜空下面，一團一團的磷光在亂葬崗間閃閃爍爍，它們被微風吹起來，像節日的氣球那樣左右搖晃，只有光，只有飄蕩。沒有熱，沒有重量。而每一團磷光都有每一團磷光的蛐蛐聲。盛夏過後，秋天就來臨了。這時候村子裡的人們就會提著燈籠來到亂葬崗，他們找到金環蛇或蟾蜍的洞穴，匍匐在地上，傾聽蛐蛐的嘹亮歌唱。他們從蛐蛐的叫聲裡頭立即就能斷定誰是死去的屠夫阿三，誰是赤腳醫生花狗，誰是村支書迫擊炮，誰是大隊會計無聲手槍。至於其他人，他們永遠是小蛐蛐，它們的生前與死後永遠不會有什麼兩樣。

說起蛐蛐就不能不提起二呆。二呆沒有爹，沒有娘，沒有兄弟，沒有姐妹。村子裡的人說，二呆的腦袋裡頭不是豬大腸就是豬大糞，提起來是一根，倒出來是一堆。如果說，豬是大呆，那麼，他就只能是二呆，一句話。他比豬還說不出來路，比豬還不如。但是，二呆在蛐蛐面前有驚人的智慧，每年秋天，二呆的蛐蛐來之能戰，戰無不勝。二呆是村子裡人見人欺的貨，然而，只要二呆和蛐蛐在一起，蛐蛐是體面的，而二呆就更體面了。一個人的體面如果帶上了季節性，那麼毫無疑問，他就必然只為那個季節而活著。

一到秋季二呆就神氣了。其實二呆並不呆，甚至還有些聰明，就是一根筋，就是髒，懶，嘎，愣，蹲在牆角底下比破損的磚頭還要死皮賴臉。他在開春之後像一隻狗，整天用鼻尖找吃的。夏季來臨的日子他又成了一條蛇，懶懶地臥在螃蟹的洞穴裡頭，只在黃昏時分出來走走，伸頭伸腦的，歪歪扭扭的，走也沒有走相，一旦碰上青蛙，這條蛇的上半身就會連同嘴巴一同衝出去，然後閉著眼睛慢慢地嚥。可是，秋風一過，二呆說變就變。秋季來臨之後二呆再也不是一隻狗或一條蛇，變得人模人樣的。這時的二呆就會提著他的燈籠，在夜幕降臨的時候出現在墳墓與墳墓之間。亂葬崗裡有數不清的亡魂。有多少亡魂就有多少蛐蛐。二呆總能找到最傑出的蛐蛐，那些亡靈中的梟雄。二呆把它們捕捉回來，讓那些梟雄上演他們活著時的故事。曾經有人這樣問二呆：「你怎麼總能逮到最凶的蛐蛐呢？」二呆回答說：「盯著每一個活著的人。」

現在秋天真的來臨了。所有的人都關注著二呆，關注二呆今年秋天到底能捕獲一隻什麼樣的蛐蛐。依照常規，二呆一定會到「九次」的墳頭上轉悠的。「九次」活著的時候是第五生產隊的隊長，這傢伙有一嘴的黑牙，個頭大，力氣足，心又狠，手又黑。你只要看他收拾自己的兒子你就知道這傢伙下手有多毒。他的兒子要是惹他不高興了，他會捏著兒子的耳朵提起來就往天井外面扔。「九次」活著的時候威風八面，是一個人見人怕的凶猛角色。誰也沒有料到他在四十開外的時候說死就死。「九次」死去的那個早晨村子裡蓋著厚厚的雪，那真是一個不祥的日子，一大早村子裡就出現了凶兆。天剛亮，皚皚的雪地上就出現了一根鬼裡鬼氣的扁擔，這根扁擔在一人高的高空四處狂奔。扁擔還長了一頭紛亂的長髮，隨扁擔的一上一下張牙舞爪。人們望著這根扁擔，無不心驚肉跳。十幾個烏黑的男人提著鐵鍬圍向了神祕的飛行物。可他們逮住的不是扁擔，卻是代課的女知青。女知青光著屁股，嘴裡塞著抹布，兩條胳膊平舉著，被麻繩捆在一條扁擔上。女知青的皮膚實在是太白了，她雪白的皮膚在茫茫的雪地上造成了一種致命的錯覺。人們把女知青摁住，從她的嘴裡抽出抹布，他們還從女知青的嘴裡抽出一句更加嚇人的話：「死人了，死人了！」死去的人是第五生產隊的隊長，他躺在女知青的床上，已經冷了。女知青被一件軍大衣裹著，坐在大隊部的長凳上。女知青的嘴唇和目光更像一個死人，然而，她管不住自己的嘴巴。目光雖然散了，可她烏黑色的嘴唇卻有一種瘋狂的說話欲望，像沼氣池裡的氣泡，咕嚕咕嚕地往外冒，你想堵都堵不住。女知青見人就說。你問一句她說一句；你問什麼細節她說什麼細節；你重複問幾遍她重複答幾遍。一個上午她把夜裡發生的事說了一千遍，說隊長如何把她的嘴巴用抹布塞上，說隊長如何在扁擔上把她綁成一個「大」字，說隊長一共睡了她「九次」，說隊長後來捂了一下胸口，歪到一邊嘴裡吐起了白沫。村裡人都知道了，都知道隊長把女知青睡了九次，都知道他歪到一邊嘴裡吐起了白沫。人們都聽膩了，不再問女知青任何問題，女知青就望著軍大衣上的第三只鈕釦，一個勁地對鈕釦說。後來民兵排長實在不耐煩了，對她大吼一聲，說：「好了！知道了！你了不起，九次九次的，人都讓你睡死了，還九次九次的——再說，再說我給你來十次！」女知青的目光總算聚焦了，她用聚焦的目光望著民兵排長，臉上突然出現了一陣極其古怪的表情，嘴角好像是歪了一下，笑了一下。她脫色的臉上布滿了寒冷、饑渴和絕望，絕對是一個死人。這次古怪的笑容彷彿使她一下子復活了，復活的臉上流露出最後的一絲羞愧難當。

第五生產隊的隊長就此背上了「九次」這個費力費神的綽號。如果隊長不是死了，誰也沒有這個膽子給他起上這樣的綽號的。「九次」人雖下土，但是，他凶猛的陰魂不會立即散去，每到黑夜時分，人們依然能聽見他蠻橫的腳步聲。這樣的人變成了蛐蛐，一定是隻絕世精品，體態雄健，威風凜凜，金頂，藍項，渾身起絨，遍體紫亮，俗稱「金頂紫三色」，這樣的蛐蛐一進盆子肯定就是戲臺上的銅錘金剛，隨便一站便氣吞萬里。毫無疑問，二呆這些日子絕對到「九次」的墓地旁邊轉悠了。除了二呆，誰也沒那個賊膽靠近「九次」那隻蛐蛐。

不過，沒有人知道二呆這些日子到底在忙些什麼。到了秋天他身上就會像蛐蛐那樣，平白無故地長滿爪子，神出鬼沒，出入於陰森的洞穴。可沒有人知道二呆到底喜歡什麼樣的洞。有人注意過二呆的影子，說二呆的影子上有毛，說二呆的影子從你的身上拖過的時候，你的皮膚就會像狐狸的尾巴掃過一樣癢戳戳的。那是亡魂的不甘，要借你的陽壽迴光返照。所以，你和二呆說話的時候，首先要看好陽光的角度，否則，你會被招惹的。這樣的傳說孤立了二呆，但是，反過來也說明了這樣一個問題，二呆的雙腳的確踩著陰陽兩界。一個人一旦被孤立，他不是鬼就是神，或者說，他既是鬼又是神。你聽二呆笑過沒有？沒有。他笑起來就是一隻蛐蛐在叫。他一笑天就黑了。

有一點可以肯定，今年秋天二呆還沒有逮到他中意的蛐蛐。人們都還記得去年秋天二呆的那隻「一錘子買賣」，「一錘子買賣」有極好的品相，體型渾圓，方臉闊面，六爪高昂，入盆之後如雄雞報曉，一對凶惡的牙齒又紫又黑。俗話說，嫩不鬥老，長不鬥圓，圓不鬥方，低不鬥高。老，圓，方，高，「一錘子買賣」四美俱全。去年秋天的那一場惡鬥人們至今記憶猶新，在瑟瑟秋風中，「一錘子買賣」與「豹子頭」、「青頭將軍」、「座山雕」、「鳩山小隊長」和「紅牙青」展開了一場喋血大戰，戰況慘烈空前，決戰是你死我活的，不是請客吃飯。「一錘子買賣」上騰下挪，左閃右撇，不「噴夾」，不「滾夾」，不「搖夾」。只捉「豬玀」，甩「背包」，統統只有「夾單」，也就是一口下陣，「一錘子買賣」就是憑著牠的一張嘴，一路霸道縱橫。口到之處，「咔嚓」之聲不絕。「一錘子買賣」玩的就是一錘子買賣。沒有第二次，沒有第二回。「豹子頭」與「青頭將軍」們翅、腿、牙、口非斷即斜，牠們沿著盆角四處鼠竄，無不膽戰心寒。「一錘子買賣」越戰越勇，追著那些殘兵遊勇往死裡咬，有一種打不盡豺狼絕不下戰場的肅殺鐵血。烽煙消盡，茫茫大地剩下「青頭將軍」們的殘肢斷腿。入夜之後，村子裡風輕月黑，萬籟俱寂，天下所有的蛐蛐們一起沉默了，只有「一錘子買賣」振動牠的金玉翅膀，宣佈唯一勝利者的唯一勝利，宣佈所有失敗者的最後滅亡。

「一錘子買賣」後來進城了。城裡的人帶走了「一錘子買賣」。而二呆得到了一身嶄新的軍服和一把雪亮的手電筒。那可是方圓十里之中唯一的一把手電。二呆穿著嶄新的軍服，在無月的夜間，二呆把他的手電筒照向了天空。夜空被二呆的手電筒戳了一萬個窟窿。

今年秋天二呆至今沒有收穫。二呆一定在打「九次」的主意。可是，「九次」哪裡能是一隻容易得手的蛐蛐？

二呆沒有料到六斤老太會在這個秋季主動找他搭訕。二呆這樣的二流子六斤老太過去看也不會看他一眼的。然而，六斤老太今年死了女兒，這一來情形就大不一樣了。六斤老太的女兒么妹四月二十三日那天葬身長江了，直到現在屍體都沒有找到。正因為屍體沒有找到，六斤老太始終確信她的女兒依然活著。死不見屍，應該看成另外一種意義上的活著。么妹所用過的東西至今還在家裡，她的鞋，梳子，碗，筷，每一樣都在運動著，就像被么妹的手腳牽扯著一樣。當然，移動那些的不是么妹的手腳，而是六斤老太超乎尋常的固執與仿生描摹。六斤老太每天都要坐在門前說話，她的眼睛永遠盯著一個並不存在的東西，那個並不存在的東西當然就是么妹。六斤老太就那麼一問一答，一說就是一個上午，要不就是一個下午。六斤老太的執拗舉動讓所有路過的人心裡都不踏實，就好像他們生存的不是人世，而是和么妹一起，來到了冥間；就好像么妹真的就在你的面前，你看不見她，只是么妹在給你捉迷藏。要不然六斤老太和么妹的聊天怎麼就那麼像真的呢，要不然六斤老太怎麼會那麼氣閒神定的呢，要不然六斤老太怎麼會那麼心曠神怡的呢。村子裡的人們勸過六斤老太，說：「六斤，你就別傷心了。」六斤老太反過來安慰勸解她的人。六斤老太說：「我傷心什麼？我不傷心，么妹過幾天就回來了，她親口告訴我的。」六斤老太說這句話的時候臉上洋溢著知足的笑容，幸福得要命。她一笑勸她的人就心如刀絞，還毛骨悚然。後來村子裡的人就再也不勸六斤老太了。人們見了她就躲，人們見了六斤老太比見了二呆躲得還要快。

這一天六斤老太堵住了二呆。一把抓住了二呆的手，遞給他兩只現烤的山芋。六斤老太等她的么妹實在是等得太久了，么妹就是不回來，六斤老太顯然失去耐心了。六斤老太極不放心地問二呆說：「二呆，你見過雙眼皮的蛐蛐沒有？」二呆的心口凜了一下，立即就懂了六斤老太的意思。二呆掙開六斤老太的手，說：「所有的蛐蛐都長了一雙三角眼。」

六斤老太說：「二呆，見到雙眼皮的蛐蛐給我看一眼。你賣給我，我給你錢。」

二呆把手上的燙山芋摁回六斤老太的手上，說：「雙眼皮的是魚，我從不抓魚。我只逮蛐蛐。」

六斤老太說：「二呆……」

二呆已經像風那樣消失在牆的拐角。

么妹是四月二十三日那天葬身長江的，那一天么妹參加了地區舉辦的「渡江戰役」。這是為紀念渡江勝利二十五周年而舉辦的模擬戰爭。儘管只是模擬，可是，這場戰役在氣勢和場面上充分體現了人民戰爭的恢弘與壯闊。二十三日凌晨，數萬只農船載著數十萬戰士浩浩蕩蕩地向想像中的蔣家王朝發動了最後攻擊。就像歷史曾經顯示過的那樣，戰爭取得了預料之中的勝利。勝利如期來臨。唯一的意外是么妹掉進了長江。因為事故發生在凌晨，江面上能見度極低，么妹的溺水完全被鋪天蓋地的殺聲掩蓋了。要奮鬥就要有犧牲，所以，么妹走的時候是么妹，回來的時候已經是革命烈士了。么妹沒有屍體，只在烈士證書上留下了姓名。

村裡的人還記得去年夏天么妹從鎮上中學返村時的情景。么妹留著很短的運動頭，後背上背著一頂金燦燦的新草帽，那是用當年的麥秸稈編織的勞保用品，寬寬的邊沿上寫著鮮紅的八個大字：廣闊天地大有作為。么妹有一雙很大的眼睛，雙眼皮，在她眨巴眼睛的時候，透出一股英姿颯爽的巾幗豪氣。但是，么妹的颯爽英姿沒有能夠持久。沒有人知道它們現在在哪裡。二呆也不知道，只有魚知道。然而水裡的魚其實是天上的星星所說的謊話，二呆怎麼會明白呢？二呆就知道人間的生死，不知道天上的謊言。

這些夜晚二呆一直生活在亂葬崗。現在的蛐蛐和以前真是不一樣了，個個都狠，個個都凶，叫出來的聲音全都透出一股殺氣。二呆就是弄不明白，現在的蛐蛐怎麼就有那麼毒的怨仇，那麼急於廝咬，那麼急於刺刀見紅。可是，個個都狠，其實也就失去了意義。想要良中取優，優中拔尖，反而更不容易了。二呆蹲在墳墓與墳墓之間，極其仔細地用心諦聽。二呆不敢輕舉妄動，更不敢輕易打開手電筒。你一有動靜，那些蛐蛐立即就會閉嘴。人即使死了，變成了蛐蛐，亡靈懼怕的其實還是活人。活人與亡靈之間依舊存在一種捕捉與防範的關係，否則蛐蛐不會那麼躲避活人，蛐蛐對活人的風吹草動不會那樣地分外警覺。想想看，蛐蛐的腦袋上長了兩根觸鬚，而屁股上同樣長了兩根觸鬚，四根觸鬚其實就是四個雷達，對前、後、左、右保持著高度的警惕。這種狀況只能說明一個問題，人們對自己的死後有一種深切的憂慮。人在變成蛐蛐的剎那始終不忘告誡自己：提高警惕，保衛自己。

在眾多的蛐蛐聲中，有一個聲音引起了二呆的高度注意。和大部分凶猛的蛐蛐一樣，這個蛐蛐難得叫一聲。但是，牠的聲音嘶啞、蒼涼、壓抑，有一種金屬感。二呆的兩隻耳朵當即就豎起來了。二呆慢慢地靠近過去，而剛一出腳，蛐蛐立即停止了振翅。二呆站在原處，足足等了兩頓飯的工夫。後來那隻蛐蛐又叫了一聲，二呆還沒有來得及挪窩，蛐蛐的叫聲突然戛然而止了。二呆決定等。為了這隻蛐蛐，二呆可以等到天亮。然而，二呆的等待沒有能夠繼續，他在濃黑的夜色之中看到一塊更黑的影子移向了自己。二呆不知道那是誰，可以肯定的是，那是另一個逮蛐蛐的人。二呆不想讓人知道自己又發現了一隻上好的蛐蛐。二呆決定撤。二呆記住了這個墓。二呆吃驚地發現，這個墳墓居然是學校裡敲鐘的小老頭的。

敲鐘的小老頭一九五八年冬天就來到村裡了，來的時候就一個人。說起來也十來年了。小老頭精瘦精瘦的，一年四季有三個季節穿著中山裝，中山裝筆挺，沒有一處馬虎，沒有一處褶皺。而小老頭的走路就更加特別了。他的步子邁得嚴肅而又認真，每一步都像他的頭髮那樣一絲不苟。聽人說，小老頭是城裡的，見過大世面。至於小老頭為什麼要到鄉下來，那就複雜得要了命。沒人知道。但是，有人聽學校的校長說，小老頭的嘴裡長了五根舌頭，一根說上海話，一根說高音喇叭裡的普通話，一根說英格里希，也就是英語，剩下來的兩根舌頭一根說法格里希，一根說日格里希。村子裡的人一直想弄清五根舌頭是怎麼長的，就是弄不清楚。因為小老頭從來不開口，從來不說話。其實村子裡的人並不在乎小老頭的舌頭到底會說什麼，人們感興趣的是，小老頭年輕的時候是怎麼和女人親嘴的。女人們可是討了大便宜了。你想想，五根舌頭攪來攪去，還不把女人快活瘋了？不過神話很快就破滅了。那一年的春節前後，小老頭從城裡收到了一摞子信，還有一瓶酒。小老頭先是看完了信，後是喝了酒。酒後的小老頭連著冷笑了好幾聲，居然把所有的斯文都丟在了一邊，張大了嘴巴號哭了起來。村子裡的人奔相走告，人們說，小老頭開口了，小老頭開口了！一個村子的人都圍在了小老頭的四周。人們看見小老頭的皺臉紅得像一個燈籠辣椒，一臉的酒，一臉的淚。小老頭傷心至極，旁若無人，閉著眼睛，把嘴裡的舌、牙，以及心中的痛全部露在了全村的百姓面前。人們失望地發現，小老頭只有一根舌頭。這就沒有意思了。人們離開了小老頭，把小老頭一個人留在冬天的風裡。

小老頭在學校裡敲鐘。平心而論，小老頭的鐘敲得不錯。學校裡的老師們說，他的鐘聲分秒不差。要知道，村子裡的人們過去都是依靠高音喇叭裡的「最後一響」來判定時間的，但是，那是「北京時間」，你說說看，村裡人要知道北京的時間做什麼？這不是沒事找事嗎？現在，小老頭的鐘聲終於使村裡人有了自己的時間了。小老頭就是村子裡的一只鐘，他幽靈一樣的雙腿就是鬧鐘上的時針與分針。寂寞是小老頭自己的，只要他別停下來。基於此，人們原諒了小老頭嘴裡唯一的一根舌頭。

小老頭死在今年的夏天，這一點可以肯定。然而，小老頭死於哪一天，怎麼死的，至今還是個謎。小老頭活著的時候就是一個謎，死得神祕一點也就順理成章了。有些人的一生天生就神神道道，他們就那個命。來無影，去無蹤，像樹梢上的風。

暑假來臨之後學校裡頭就空蕩了。整個校園只剩下鋪天蓋地的陽光和鋪天蓋地的知了聲，與之相伴的是小老頭幽靈一樣的身影。然而，老槐樹上的鐘聲每天照樣響起，校長的老婆關照過的，他們家的鬧鐘壞了——不管學校裡有沒有學生，鐘還是天天敲。「是公雞你就得打鳴。」

就在八月中旬，離開學不遠的日子，學校院牆外面的幾戶人家聞到了肉類的腐臭氣味。氣味越來越濃，越來越凶，姜家的瞎老太太賭氣地說，怎麼這麼臭？小老頭爛在床上了吧！這一說把所有人的眼睛都說亮了，人們想起來了，老槐樹上的鐘聲的確有四五天不響了。他們翻過圍牆，一腳踹開小老頭的房門，「嗡」一地一下。黑壓壓的蒼蠅騰空而起，像旋轉著身軀的龍捲風。密密麻麻的紅頭蒼蠅們奪門而出的時候，成千上萬顆紅色的腦袋撞上了八月的陽光，眨眼間，小老頭的房門口血光如注。蒼蠅在飛舞，而小老頭躺在床上。蛆在他的鼻孔、眼眶、耳朵上面進進出出。牠們肥碩的身軀油亮油亮的，因為笨拙和慵懶，牠們的蠕動越發顯得爭先恐後與激情澎湃。蛆的大軍在小老頭的腹部洶湧，牠們以群體作戰這種戰無不勝的方式回報了死神的召喚。牠們在偵察，深挖，你拱著我，我擠著你。牠們在死神的召喚之下懷著一種強烈的信念上下折騰、歡欣鼓舞。

而小老頭的屍體是那樣地孤寂。孤寂的死亡是可恥的，因為這種死亡時常會構成別人的噩夢。然而，孤寂的亡靈有可能成為最凶惡的蛐蛐。中冤在我，有冤必報。一生的怨恨最終變成的只能是鋒利的牙。

一大早村子裡傳出了好消息，說知青馬國慶捉了一隻絕品蛐蛐。根據這隻蛐蛐的狠毒的出手，人們猜測，「九次」有可能被馬國慶捉住了。馬國慶是一個南京知青，一個瘋狂的領袖像章迷。他收藏的像章多得數不過來，最大的有大海碗那麼大，而最小的只有指甲蓋那麼小。不僅如此，馬國慶的收藏裡頭還有兩樣稀世珍品，號稱「夜光像章」。夜光像章白天看上去沒有任何異常，而一到了深夜，像章就會像貓頭鷹的眼睛那樣，兀自發出毛茸茸的綠光。這就決定了像章在二十四小時當中都能夠光芒萬丈。據說，在黑夜降臨之後，馬國慶有時候會把夜光像章一左一右地別在自己胸前，我們的領袖會無中生有地綠亮起來，對著黑洞洞的夜色親切地微笑。誰能想到馬國慶會迷上蛐蛐呢？他在百無聊賴的日子裡頭說迷上就迷上了。不光是迷上了，由於馬國慶不相信蛐蛐是死人變的，他在玩蛐蛐的過程當中還不停地宣講唯物主義蛐蛐論。二呆一聽到馬國慶說話就煩。二呆拒絕與他交手。二呆說：「他知道個屁！」

馬國慶把他新捉的蛐蛐取名為「暴風驟雨」。不過私下裡頭，人們還是把「暴風驟雨」習慣性地稱作「九次」。「九次」身手不凡，一個上午已經擊退了四隻蛐蛐。有人把這個消息告訴了二呆，二呆躺在床上，側過身子又睡了。二呆根本不信。二呆不相信一夜和女人幹了九次的男人死後能變成有出息的蛐蛐。九次那樣的人，活著的時候凶，死了之後肯定是一條軟腿。二呆現在就盼著天黑，天黑之後到小老頭的墳頭上轉悠。二呆堅信，那一隻孤寂的蛐蛐才是其他蛐蛐的奪命鬼、喪門星。

這個夜晚黑得有點過分。天上沒有月亮，連一顆星星都看不見。真是伸手不見五指。二呆的嘴裡銜著一根黃狼草，胳肢窩裡夾著手電筒，一個人往亂葬崗走去。走到村口的時候，二呆聽見漆黑的巷尾傳出了四五個人的腳步聲。他們肯定是搭起伴來到亂葬崗逮蛐蛐去的，這一點瞞不過二呆。二呆決定攔住他們。今夜除了自己，二呆不允許亂葬崗上有任何一個人。二呆站立在暗處，不動。就在腳步聲走到面前的剎那，二呆把手電筒對準自己的下巴，用力摁下了開關。黑咕隆咚的空中突然出現了一張雪亮的臉，無聲無息，像一張紙那樣上下不掛，四邊不靠，帶著一種極為古怪的明暗關係。四五個人釘在那裡，還沒有來得及尖叫，二呆眨巴了一下眼睛，這就是說，畫在一張紙上的眼睛突然眨巴了，而手電筒說閉就閉。濃黑之中二呆聽見他們轉過了身去，一路呼嘯狂奔。他們跑一路叫一路：「有鬼，有鬼！九次回來啦！九次回來啦！」整個村子乒乒乓乓響起了慌亂的關門聲。二呆站在那兒，知道今晚不會有第二個人到亂葬崗去了。二呆無聲地笑了笑，慢悠悠地往亂葬崗晃去。

走進亂葬崗之後二呆找到了小老頭的墳墓。天實在是太黑了，所有的樹木只是一些更黑的影子。二呆小心地匍匐在小老頭的墓前，用盡全力去諦聽、分辨。可是。那個嘶啞和蒼老的聲音始終沒有出現。二呆知道好蛐蛐是不會輕易挪窩的，乾脆躺了下來，閉上眼睛，睜開了耳朵。二呆不知道自己躺了多久。似乎是睡著了。二呆一點都沒注意到知青馬國慶已經站在他的面前了。這些夜晚馬國慶一直尾隨在二呆的身後，這個熱愛像章的知青癡迷蛐蛐已經達到了不思茶飯的程度。二呆走到哪兒，馬國慶就跟到哪兒。

一覺醒來之後二呆睜開了眼睛。夜還是那麼黑。還是那樣伸手不見五指。但是睜開眼睛的二呆覺察到濃黑當中有了點異樣。二呆發現一塊比黑夜更黑的影子站立在自己的身前，有些像人，直挺挺的。二呆的頭皮有些發毛，終於不放心了，對著人影打開了手電筒。二呆的手電筒剛一打開對面的影子卻伸出了一隻手來。二呆的胳膊一軟，手電筒掉在地上。滅了。亂葬崗重新墜入了陰森森的黑。讓二呆靈魂出竅的事情就在這個時候發生了。在強光的刺激下，夜光像章放亮了。比黑夜更黑的影子胸脯上突然睜開了一雙圓圓的眼睛，發出駭人的綠光。兩眼離得很遠，每一隻都有張開的嘴巴那麼大，咄咄逼人，炯炯有神。整個漆黑的天地之間就這一雙綠眼睛。二呆身上所有的汗毛立即豎了起來。而那一對巨大的瞳孔死死地盯著二呆，目不轉睛，虎視眈眈。馬國慶往前跨了一步。二呆甚至都沒有來得及喊救命，他的靈魂就出竅了，當場變成了一隻蛐蛐。二呆在亂葬崗裡走了一夜。第二天凌晨二呆回到村子裡的時候，人們意外地發現，二呆不一樣了。現在的二呆既是一隻蛐蛐又是一個人，或者說，他既不是一隻蛐蛐也不是一個人。一句話，他的雙腳一隻腳踩著陽界，另一隻腳徹底踏進了冥府。

地球上的王家莊

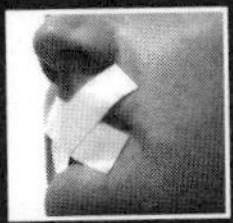

我還是更喜歡鴨子，牠們一共有八十六隻。隊長把這些鴨子統統交給了我。隊長強調說：「八十六，你數好了，只許多，不許少。」我沒法數。並不是我不識數，如果有時間，我可以從一數到一千。但是我數不清這群鴨子。牠們不停地動，沒有一隻鴨子肯老老實實地待上一分鐘。我數過一次，八十六隻鴨子被我數到了一百零二。數字是不可靠的。數字是死的，但鴨是活的。所以數字永遠大於鴨子。

每天天一亮我就要去放鴨子。我把八十六隻也可能是一百零二隻鴨子趕到河裡，再沿河趕到烏金蕩。烏金蕩是一個好地方，它就在我們村子的最東邊，那是一片特別闊大的水面，可是水很淺，水底長滿了水韭菜。因為水淺，烏金蕩的水面波瀾不驚，水韭菜長長的葉子安安靜靜地豎在那兒，一條一條的，借助於水的浮力亭亭玉立。水下沒有風，風不吹，所以草不動。

水下的世界是鴨子的天堂。水底下有數不清的草蝦、羅漢魚。那都是一覽無遺的。鴨子們一到烏金蕩就迫不及待了，牠們的屁股對著天，脖子伸得很長，全力以赴，在水的下面狼吞虎嚥。為什麼鴨子要長一隻長長的脖子？原因就在這裡。魚就沒有脖子，螃蟹沒有，蝦也沒有。水底下的動物沒有一樣用得著脖子，張著嘴就可以了。最極端的例子要數河蚌，牠們的身體就是一張嘴，上嘴唇、下嘴唇、舌頭，沒了。水下的世界是一個飯來張口的世界。

烏金蕩同樣也是我的天堂。我划著一條小舢板，滑行在水面上。水的上面有一個完整的世界。無聊的時候我會像鴨子一樣，一個猛子扎到水的下面去，睜開眼睛，在水韭菜的中間魚翔淺底。那個世界是水做的，空氣一樣清澈，空氣一樣透明。我們在空氣中呼吸，而那些魚在水中呼吸，牠們吸進去的是水，呼出來的同樣是水。不過有一點是不一樣的，如果我們哭了，我們的悲傷會變成淚水，順著我們的面頰向下流淌。可是魚蝦們不一樣，牠們的淚水是一串又一串的氣泡，由下往上，在水平面上變成一個又一個水花。當我停留於水面上的時候，我覺得我飄浮在遙不可及的高空。我是一隻光禿禿的鳥，我還是一朵皮包骨頭的雲。

我已經八週歲了。按理說我不應當在這個時候放鴨子。我應當坐在教室裡，聽老師們講劉胡蘭的故事、雷鋒的故事。可是我不能。我要等到十週歲才能夠走進學校。我們公社有規定，孩子們十歲上學，十五歲畢業，一畢業就是一個壯勞力。公社的書記說了，學制「縮短」了，教育「革命」了。革命是不能拖的，要快，最好比鍘刀還要快，「咔嚓」一下就見分曉。

但是父親對黑夜的興趣越來越濃了。父親每天都在等待，他在等待天黑。那些日子父親突然迷上了宇宙了。夜深人靜的時候，他喜歡黑咕隆咚地和那些遠方的星星們待在一起。父親站在田埂上，一手拿著手電筒，一手拿著書，那本《宇宙裡有些什麼》是他前些日子從縣城裡帶回來的。整個晚上父親都要仰著他的脖子，獨自面對那些星空。看到要緊的地方，父親便低下腦袋，打開手電筒，翻幾頁書，父親的舉動充滿了神祕性，他的行動使我相信，宇宙只存在於夜間。天一亮，東方紅、太陽升，這時候宇宙其實就沒了。只剩下滿世界的豬與豬、狗與狗、人與人。

父親是一個寡言的人。我們很難聽到他說出一個完整的句子。父親說得最多的只有兩句話，「是」，或者「不是」。對父親來說，他需要回答的其實也只有兩個問題，是，或者不是。其餘的時間他都沉默。父親在沉默的夏夜迷戀上了宇宙，可能也就是那些星星。星空浩瀚無邊，滿天的星光卻沒有能夠照亮大地。它們是銀灰色的，熠熠生輝，宇宙卻是一片漆黑。我從來不認為那些星星是有用的。即使有少數的幾顆稍微偏紅，可我堅持它們百無一用。宇宙只是太陽，在太陽面前，宇宙永遠是附帶的、次要的、黑燈瞎火的。

父親在夜裡把眼睛睜得很大，一到了白天，父親全蔫了。除了吃飯，他的嘴永遠緊閉著。當然，還有吸菸。父親吸的是菸鍋。父親光著背脊蹲在田埂上吸旱菸的時候，看上去完全就是一個莊稼人了。然而，父親偶爾也會吸一根紙菸。父親吸紙菸的時候十分陌生，反而更像他自己。他端端正正地坐在天井裡，蹺著腿，指頭又長又白，紙菸被他的指頭夾在中間，安安靜靜地冒著藍煙，煙霧散開了，繚繞在他的額頭上方。父親的手真是一個奇蹟，曬不黑，透過皮膚我可以看見天藍色的血管。父親全身的皮膚都是黑糊糊的。然而，他手上的皮膚拒絕了陽光。相同的狀況還有他的屁股。在父親洗澡的時候，他的屁股是那樣地醒目，呈現出褲衩的模樣，白而發亮，傲岸得很，洋溢出一種冥頑不化的氣質。父親的身上永遠有兩塊異己的部分，手，還有屁股。

父親的眼睛在大白天裡蔫得很，偶爾睜大了，那也是白的多，黑的少。北京的一位女詩人有一首詩，她說：「黑夜給了你一雙黑色的眼睛，你卻用它來翻白眼。」我覺得女詩人說得好。我有一千個理由相信，她描述的是我的父親。

父親是從縣城帶回了《宇宙裡有些什麼》，同時還帶回了一張「世界地圖」。「世界地圖」被父親貼在堂屋的山牆上。誰也沒有料到，這張「世界地圖」在王家莊鬧起了相當大的動靜。大約在吃過晚飯之後，我的家裡擠滿了人，主要是年輕人，一起看世界來了。人們不說話，我也不說話。但是，這一點都不妨礙我們對這個世界的基本認識：世界是沿著「中國」這個中心輻射開去的，宛如一個麵疙瘩，有人用擀麵杖把它壓扁了，它只能花花綠綠地向四周延伸，由此派生出七個大洲、四個大洋。中國對世界所做出的貢獻，「世界地圖」上已經是一覽無遺。

「世界地圖」同時修正了我們關於世界的一個錯誤看法，關於世界，王家莊的人們一直認為，世界是一個正方形的平面，以王家莊作為中心，朝著東南西北四個方向縱情延伸。現在看起來不對。世界的開闊程度遠遠超出了我們的預知，也不呈正方，而是橢圓形的。地圖上左右兩側的巨大括弧徹底說明了這個問題。

看完了地圖我們就一起離開了我們的家。我們來到了大隊部的門口，按照年齡段很自然地分成了幾個不同的小組。我們開始討論。概括起來說有這樣的幾點：第一，世界究竟有多大？到底有幾個王家莊大？地圖上什麼都有，甚至連美帝、蘇修都有，為什麼反而沒有我們王家莊？王家莊所有的人都知道王家莊在哪兒，地圖它憑什麼忽視了我們？這個問題我們完全有必要向大隊的黨支部反映一下。第二，這一點是王愛國提出來的，王愛國說，如果我們像挖井那樣不停地往下挖，不停地挖，我們會挖到什麼地方呢？世界一定有一個基礎，這個是肯定的。可它在哪裡呢？是什麼托起了我們？是什麼支撐了我們？如果支撐我們的那個東西沒有了，我們會掉到什麼地方去？這個問題吸引了所有的人。人們聚攏在一起，顯然，開始擔憂了。我們不能不對這個問題表示我們深切的關注。當然，答案是沒有的。因為沒有答案，我們的臉龐才格外地凝重，可以說暮色蒼茫。還是王愛國首先打破了沉默，提出了一個更令人害怕的問題：第三，如果我們出門，一直往前走，一定會走到世界的盡頭，白天還好，萬一是夜裡，一腳下去，我們肯定會掉進無底的深淵。那個深淵無疑是一個無底洞，這就是說，我們掉下去之後，既不會被摔死，也不會被淹死，我們只能不停地墜落，一直墜落，永遠墜落。王愛國的話深深吸引了我們，我們感受到了恐懼，無邊的恐懼，無盡無止的恐懼。因為恐懼，我們緊緊地挨在一起。但是，王愛國的話立即受到了質疑。王愛貧馬上說，這是不可能的。王愛貧說，他看地圖看得非常仔細，世界的盡頭並不是在陸地，只不過是海洋，並沒有路，我們是不會走到那裡去的。王愛貧補充說，地圖上清清楚楚，世界的左邊是大西洋，右邊也是大西洋，我們怎麼能走到大西洋裡去呢？王愛貧言之有理。聽了他的話我們都鬆了一口氣，同時心存感激。然而，王愛國立即反駁了。王愛國說，假如我們坐的是船呢？王愛國的話又把我們甩進了無底的深淵。形勢相當嚴峻，可以說危在旦夕。是啊，假如我們坐的是船呢。假如我們坐的是船，永遠墜落的將不只是我們，還得加上一條小舢板。這個損失將是無法彌補的。我們幾個歲數小的一起低下了腦袋。說實話，我們已經不敢再聽了。就在這個最緊要的關頭，還是王愛貧挺身而出了。王愛貧沒有正面反擊王愛國，而是直接給了我們一個結論：「這是不可能的！」王愛國說：「為什麼不可能？」王愛貧笑了笑，說，如果船掉下去了，「那麼請問，滿世界的水都淌到了哪裡？」

滿世界的水都淌到了哪裡？

我們看了看身後的鯉魚河。水依然在河裡，並沒有插上翅膀，並沒有咆哮而去，安靜得像口井。我們看到了希望，心安理得。我們堅信，有水在，就有我們在。王愛貧挽救了我們，同時挽救了世界。我們都一起看著王愛貧，心中充滿愛戴與崇敬。他為這個世界立下了不朽的功勳。

但是，我還是不放心。或者說，我還是有疑問。在大西洋的邊緣，滿世界的水怎麼就沒有淌走呢？究竟是什麼力量維護了大西洋？我突然想起了「世界地圖」。可以肯定，世界最初的形狀一定還是正正方方的，大西洋的邊沿原來肯定是直線。地圖上的巨大外弧線只能說明一個問題，那是被海水撐的。像一張弓，彎過來了，充滿了張力，充滿了崩潰的危險性。然而，它終究沒有崩潰。這是一種奇異的力量，不可思議的力量，我們不敢承認的力量。然而，是一種存在的力量。

我們完全可以設想，大西洋的邊沿一旦決口了，海水會像天上的流星，消失在無邊的黑暗中。水都是手拉手的，它們只認識缺口，滿世界的水都會被缺口吸光，我們王家莊鯉魚河的水也會奔湧而去。到那時，神祕的河床無疑會袒露在我們的面前，河床上到處都是水草、魚蝦、蟹、河蚌、黃鱔、船、鴨子，也許我們家的碼頭上還會出現我去年掉進河裡的五分錢的硬幣。可是，五分錢能把滿世界的水重新買回來麼？用不了兩天這個世界就臭氣熏天了。我傻在那裡，我的心像夏夜裡的宇宙，一顆星就是一個窟窿。

我沒有回家，直接找到了我的父親。我要在父親那裡找到安全，找到答案。父親站在田埂上，一手拿著書，一手拿著手電筒，仰著頭，一心沒有二用。滿天的星光，交相輝映，全世界只剩下我和我的父親。我說：「爸爸。」父親沒有理我。過了好半天，父親說：「我們來看看大熊座。這是瑤光，這是開陽，依次是玉衡、天權、天璣、天璇、天樞，北斗七星就是它們。兒子，我們現在沿著天璇和天樞五倍遠的距離，喏，這個，最亮的一顆。」父親一邊說一邊打開了他手裡的手電筒，夜空立即出現了一根筆直的光柱，銀灰色的，消失在遙不可及的宇宙邊緣。父親說：「看見了嗎？這就是北斗。」我看不見。我沒有耐心關心這個問題。我說：「王家莊到底在哪裡？」父親說：「我們在地球上。地球也是宇宙裡的一顆星。」我仰起頭，看著夜空。我一定要從宇宙中找到地球，看地球在哪裡閃爍。我從父親的手上接過手電，到處照，到處找。星光燦爛，但沒有一處是手電筒的反光。沒有了反光手電筒也就徹底失去了意義。我急了，說：「地球在哪裡？」父親笑了。父親的笑聲裡有難得的幸福，像星星的光芒，有一點柔弱，有一點勉強。父親摸了摸我的頭，說：「回去睡吧。」我說：「地球在哪裡？」父親說：「地球是不能用眼睛去找的，要用你的腳。」父親對著漆黑的四周看了幾眼，用手撣了撣身邊的螢火蟲，猶豫一半天，說：「我們不說地球上的事。」我把手電筒塞到父親的手上，掉頭就走。走到很遠的地方，對著父親的方向我大罵了一聲：「都說你是神經病！」我坐在小舢板上，八十六隻也可能是一百零二隻鴨子圍繞在我的四周，牠們全力以赴地吃，全力以赴地喝。牠們完全不能理會我內心的擔憂。萬里無雲，宇宙已經沒有了，天上只有一顆太陽。烏金蕩的水把天上的陽光反彈回來了，照耀在我的身上。我的身上布滿了水鏽，水鏽是黑色的，閃閃爍爍。然而，這絲毫不能說明我的內心通體透亮。烏金蕩裡只有我，以及我的八十六隻也可能是一百零二隻鴨子。我承認我有點恐懼。因為我在水裡，我在船上。我非常擔心烏金蕩的水流動起來，我擔心它們向著遠方不要命地呼嘯。對於水，我是知道的，它們一旦流動起來了，眨眼的工夫就會變成一條滑溜溜的黃鱔，你怎麼用力都抓不住它。最後，你只能看著它遠去，兩手空空。

這一切都是「世界地圖」鬧的。可是我不打算抱怨「世界地圖」什麼。即使沒有那張該死的地圖，世界該是什麼樣一定還是什麼樣。危險的確是存在的。我甚至恨起了我的父親，人間的麻煩是如此巨大，你不問不管，你去操宇宙的那份心做什麼？北斗星再亮也只是夜空的一塊疤，它永遠不可能變成集體的財產，永遠不可能變成第八十七隻或第一百零三隻鴨子。甚至不可能變成第八十七或第一百零三粒芝麻。

然而，危險在任何時候都有誘惑力的。它使我陷入了無休無止的想像。我的思緒沿著烏金蕩的水面瘋狂地向前逼近，風馳電掣，一直來到了大西洋。大西洋很大，比烏金蕩和大縱湖還要大，突然，海水拐了一個九十度的彎，筆直地俯衝下去。這時候你當然渴望變成一隻鳥，你沿著大西洋的剖面，也就是世界的邊沿垂直而下，你看見了帶魚、梭子蟹、海豚、劍吻鯊、烏賊、海鰻，牠們在大西洋的深處很自得地沉浮。牠們游弋在世界的邊緣，企圖衝出來。可是，世界的邊沿擋住了牠們。衝進來的魚「噹」地一下，被反彈回去了，就像教室裡的麻雀被玻璃反彈回去一樣。基於此，我發現，世界的邊沿一定是被一種類似於玻璃的物質固定住的。這種物質像玻璃一樣透明，玻璃一樣密不透風。可以肯定，這種物質是冰。是冰擋住了海水的出路。是冰保持了世界的穩固格局。

我拿起竹篙，一把拍在了水面上。水面上「啪」的一聲，鴨子們伸長了脖子，拚命地向前逃竄。我要帶上我的鴨子，一起到世界的邊緣走一走，看一看。

我把鴨子趕出烏金蕩，來到了大縱湖。大縱湖一望無際，我堅信，穿過大縱湖，只要再越過太平洋，我就可以抵達大西洋了。

我沒有能夠穿越大縱湖。事實上，進入大縱湖不久我就徹底迷失了方向。我滿懷鬥志，滿懷激情，就是找不到方向。望著茫茫的湖水，我喘著粗氣，鬥志與激情一落千丈。

我是第二天上午被兩位社員用另外一條小舢板拖回來的。鴨子沒有了。這一次不成功的探險損失慘重，它使我們第二生產隊永遠失去了八十六隻也可能是一百零二隻鴨子。兩位社員沒有把我交給我的父親，直接把我交給了隊長。隊長伸出一隻手，提起我的耳朵，把我拽到了大隊部。大隊書記在那兒，父親也在那兒。父親無比謙卑，正在給所有的人敬菸，給所有的人點菸。父親一看見我立即走了上來，厲聲問：「鴨子呢？」我用力睜開眼，說：「掉下去了。」父親看了看隊長，又看了看大隊支書，大聲說：「掉到哪裡去了？」我說：「掉下去了，還在往下掉。」父親仔細望著我，摸了摸我的腦門。父親的手很白，冰涼的。父親摑了我一個大嘴巴。我在倒地的同時就睡著了。聽村子裡的人說，倒地之後我的父親還在我的身上踢了一腳，告訴大隊支書說我有神經病。後來王家莊的人一直喊我神經病。「神經病」從此成了我的名字。我非常高興。它至少說明了一點，我八歲的那一年就和我的父親平起平坐了。

家事

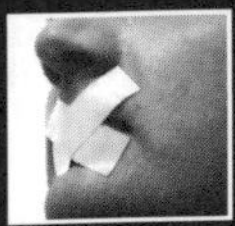

一大早，老婆就給老公發了一條簡訊。簡訊說，老公，兒子似乎不太好，你能不能抽空和他談談？

老公回話了，似乎無動於衷：還是你談吧，你是當媽的嘛。

老公喬韋是一個高中一年級的學生，他的老婆小艾則是他的同班。說起來他們做夫妻的時間倒也不長，也就是十來天。這件事複雜了，一直可以追溯到高中一年級的上學期。用喬韋的話來說，在一個「靜中有動」的時刻，喬韋就被小艾「點」著了——拚了命地追。可是小艾的那一頭一點意思也沒有，「怎麼敢消費你的感情呢？」小艾如斯說。為了「可憐的」（喬韋語）小艾，喬韋一腳就把油門踩到了底，飆上了。喬韋鄭重地告誡小艾，「你這種可憐的女人沒有我可不行！」他是動了真心了，這一點小艾也不是看不出來，為了追她，喬韋的GDP已經從年級第九下滑到一百開外了，恐怖啊。面對這麼一種慘烈而又悲壯的景象，小艾哪裡還好意思對喬韋說「一點也不愛你」，說不出口了。買賣不成情義在嘛！可是，態度卻愈加堅定，死死咬住了「不想在中學階段戀愛」這句話不放。經歷了一個火深水熱的冬季，喬韋單邊主義的愛情已經到了瘋魔的邊緣，眼見得就扛不住了。兩個星期前，就在寧海路和頤和路的路口，喬韋一把揪住了小艾的手腕，什麼也不說，眼睛閉上了，嘴巴卻張了開來，不停地喘息。小艾不動。等喬韋睜開了眼睛，小艾採用了張愛玲女士的辦法，微笑著，搖頭，再搖頭。喬韋氣急敗壞，命令說：「那你也不許和別人戀愛！」不講理了。小艾「不想在中學階段戀愛」，其實倒不是搪塞的話，是真的。

小艾痛快地答應了，前提是喬韋你首先把自己打理好，把你的GDP拉上來，要不然，「如此重大的歷史責任，我這樣美麗瘦小的弱女子如何能承擔得起。」小艾的話都說到這一步了，可以說聲情並茂，喬韋還能怎麼著？這不是一百三十七的智商能夠解決得了的。喬韋在馬路邊上坐了下來，歎了一口氣，說：「老婆啊，你怎麼就不能和我戀愛呢？」這個小潑皮，求愛不成，反倒把小艾叫做「老婆」了，哪有這樣的。小艾的腦細胞劈里啪啦一陣撞擊，明白了，反而放心了。喬韋說這話的意思無非是兩點，A：給自己找個臺階，不再在「戀愛」這個問題上糾纏她，都是「老婆」了嘛！B：心畢竟沒死透，怕她和別人好，搶先「註冊」了再說——只要「註冊」了，別人就再也沒法下手了。小艾笑笑，默認了「老婆」這麼一個光榮的稱號。學校裡的「夫妻」多著呢，也不多他們這一家子。只要能把眼前的這一陣扛過去，老婆就老婆唄，老公就老公唄，打掃衛生的時候還多一個藍領呢。小艾拍拍喬韋的膝蓋，真心誠意地說：「難得我老公是個明白的人。」小艾這麼一誇，喬韋更絕望了，他抱住了自己的腦袋，埋到兩隻膝蓋的中央，好半天都沒有抬起頭來。只能這樣了。可是，分手的時候喬韋還是提出了一個特別的要求，他拉著小艾的手，要求「吻別」。這一回小艾一點也不像張愛玲了，她推出自己的另一隻巴掌，攔在中間，大聲說：「你見過你媽和你爸接吻沒有？——喬韋，你要說實話！不說實話咱們就離婚！」喬韋拚了命地眨巴眼睛，誠實地說：「那倒是沒有。」小艾說：「還是啊。」當然，小艾最後還是獎勵了他一個擁抱，樸素而又漫長。喬韋的表現很不錯，雖說力量大了一些，收得緊了一些，但到底是規定動作，臉部和唇部都沒有任何不良的傾向。在這一點上小艾對喬韋的評價一直都是比較高的。喬韋在骨子裡很紳士。紳士總是不喜歡離婚的。

只做「夫妻」，不談戀愛，小艾和喬韋的關係相對來說反而簡單了，只不過在「單位」裡頭改變了稱呼而已。看起來這個小小的改變對喬韋來說還真的是個安慰，不少壞小子都衝著小艾喊「嫂子」了。小艾抿著嘴，笑納了。小艾是有分寸的，拿捏得相當好，在神態和舉止上斷不至於讓「同事」們誤解。「夫妻」和「夫妻」是不一樣的。這裡頭的區分，怎麼說呢，嗨，除了老師，誰還看不出來呀。哪對「夫妻」呈陰性，哪對「夫妻」呈陽性，目光裡頭的PH值就不一樣。能一樣嗎？小艾和喬韋一直保持著革命伴侶的本色，無非就是利用「下班的工夫」在頤和路上走走，頂多也就是在寧海路上吃一頓肯德基。名分罷了。作為老公，喬韋的這個單是要買的。喬韋很豪闊，笑起來爽歪歪。但是，私下裡，喬韋對「夫妻生活」的本質算是看透了，往簡單裡說，也就是買個單。悲哀啊，蒼涼啊。這就是婚姻嗎？這就是了。——過吧。

可婚姻也不像喬韋所感歎的那樣簡單。家家都有一本難念的經。事情的複雜性就在於，做了夫妻喬韋才知道，他和小艾的婚姻裡頭還夾著另外的一個男人。

——小艾有兒子。田滿。高一（九）班那個著名的大個子。身高足足有一米九九。田滿做小艾的兒子已經有些日子了，比喬韋「靜中有動」的時候還要早。事情不是發生在別的地方，就在寧海路上的那家肯德基。

小艾和田滿其實是邂逅，田滿端著他的大盤子，晃晃悠悠，晃晃悠悠，最後坐到小艾的對面來了。小艾叼著雞翅，仰起頭，吃驚地說：「這不是田滿嗎？」田滿頂著他標誌性的雞窩頭，涼颼颼的，繃著臉。田滿說：「你怎麼認識我？」小艾說：「誰還不認識田滿哪，咱們的11號嘛！」11號是田滿在籃球場上的號碼，也是YAO（姚明）在休斯頓火箭隊的號碼，它象徵著雙份的獨一無二。田滿面無表情，坐下來，兩條巨大的長腿分得很開，像鐵達尼號的船頭。田滿傲孜孜地說：「——你是誰？」小艾的下巴朝著他們學校的方向送了送，說：「十七班的。」田滿說：「難怪呢。」聽田滿這麼一說，小艾很自豪，十七班是高中一年級的龍鳳班，教育部門不讓辦的。心照不宣吧。這會兒小艾就覺得「十七班」是她的臉上的一顆美人痣，足可以畫龍點睛了。小艾咄咄逼人了，說：「難怪什麼？」田滿歪著嘴，冰冷地說：「你很蔻。」「蔻」是一個十分鬼魅的概念，沒有解。如果一定要解釋，坊間是這樣定義的：它比漂亮豔麗，比豔麗端莊，比端莊性感，比性感智慧，比智慧凌厲，總之，是高中女人（女生）的至尊榮譽。小艾說：「扮相倒酷，其實是馬屁精。」

田滿的臉頓時紅了。這是他沒有預備的。嘴巴動了動，想說什麼，沒跟得上來。小艾再也沒有料到大明星也會窘迫成這樣，多好玩哦！大明星害起羞來真的是很感動人的。小艾這才注意起田滿的眼睛來，眼眶的四周全是毛，很長，很烏，很密，還挑，有那麼一點姑娘氣，當然，絕不是娘娘腔——這裡頭有質的區分。目光潮濕，明亮，卻茫然，像一匹小馬駒子。小艾已經有數了，他的巨大是假的，他的巍峨是假的，骨子裡是菜鳥。他能考到這所中學裡來，不是因為考分，而是因為個子。智商不高，膽子小，羞怯，除了在籃球場上逞能，下了場就沒用了，還喜歡裝，故意把自己搞得晶晶亮、透心涼。這個人多好玩哦，這個人多可愛哦。小艾喜歡死了。當然，不是那種。田滿這種人怎麼說也不是她小艾的款。可小艾也不打算放棄，上身湊過去了，小聲說：「商量個事。」田滿放下手裡的漢堡，舔了舔中指，舔了舔食指，吮了吮大拇指。他把上身靠在靠背上，抱起雙臂，做出一副電視劇裡的「男一號」最常見的甩樣，說：「說。」

小艾瞇起了眼睛，有點勾人了，說：「做我兒子吧。」

田滿的大拇指還含在嘴裡，不動了。肯德基裡的空氣寂靜下來。一開口小艾就知道自己過分了，再怎麼說她小艾也不配擁有這麼一個頂天立地的兒子嘛！還是大明星呢。可話已經說出來了，橡皮也擦不掉。那就等著人家狂毆唄。活該了。小艾只好端起可樂，叼著吸管，咬住了，慢慢地吸。田滿的臉又紅了，也叼住了吸管，用他潮濕的、明亮的、同時也是羞怯的目光盯著小艾，輕聲說：「這我要想想。」

小艾頓時就鬆了一口氣，不敢動。田滿放下可樂，說：「我在班裡頭還有兩個哥哥，四個弟弟。七班有兩個姐姐。十二班有三個妹妹。十五班還有一個舅舅。舅媽是兩個，大舅媽在高二（六），小舅媽在高一（十）。」

「單位」裡的人事複雜，小艾是知道的，然而，複雜到田滿這樣的地步，還是少有。這種複雜的局面是從什麼時候開始的呢，小艾不知道，想來已經有些日子了。小艾就知道一進入這所最著名的中學，他們這群小公雞和小母雞就不行了，表面上安安靜靜的，私底下癲瘋得很，迅速開始了「新生活運動」。什麼叫「新生活運動」呢？往簡單裡說，就是「恢復人際」。——既然未來的人生註定了清湯寡水，那麼，現在就必須讓它七葷八素。他們結成了兄弟、姐妹、兄妹、姐弟。他們得聯盟，必須進行兄弟、姐妹的大串聯。這還不夠，接下來又添上了夫妻、姑嫂、叔嫂、連襟、妯娌和子舅等諸多複雜的關係。舉一個例子，一個小男生，只要他願意，平白無故的，他在校園裡就有了哥哥、弟弟、嫂子、弟媳、姐姐、妹妹、姐夫、妹婿、老婆、兒子、女兒、兒媳、女婿、伯伯、叔叔、姑姑、嬸嬸、舅舅、舅媽、姨母、姨夫、丈母娘、丈母爹、小姨子和舅老爺。這是奇蹟。溫馨哪，迷人哪。亂了套了。嗨，亂吧。

田滿望著小艾，打定主意了，神態莊重起來。田滿說：「你首先要保證，你只能有我一個兒子。」

這一回輪到小艾愣住了。她在愣住了的同時如釋重負。然而，有一點小艾又弄不明白了，他田滿正忙於「新生活運動」，吼巴巴地在「單位」裡結識了那麼多的兄弟、姐妹，怎麼事到了臨頭，他反過來又要當「獨子」了？

小艾說：「那當然。基本國策嘛！」

深夜零點，小艾意外地收到了一封簡訊，田滿發來的。簡訊說：「媽，我休息了，你也早點睡。兒子。」這孩子，這就孝順了。小艾合上物理課本，在夜深人靜的時分端詳起田滿的簡訊，想笑。不過小艾立即就摩拳擦掌，進入角色了。順手摁了一行：「乖，好好睡，做個好夢。媽。」打好了，小艾凝視著「媽」這個字，多少有點不好意思。還是不發了吧。就這麼猶豫著，手指頭卻已經撳下去了。小艾還沒有來得及後悔，兒子的簡訊又來了，十分露骨、十分直白地就是兩個字：

「吻你。」

小艾望著彩屏，不高興了。決定給田滿一點顏色看看。小艾在彩屏上寫道：「我對你可是一腔的母～愛哦」，後面是九個驚嘆號，一排，是皇家的儀仗，也是不可僭越的柵欄。

出乎小艾的意料，田滿的回答很乖。田滿說：「謝謝媽。」

小艾原打算再補回去一句的，卻不知道如何下手了。她再也沒有想到九尺身高的田滿居然會是這麼一個纏綿的東西。可這件事到底是她挑起來的，也不好過分。看起來她這個媽是當定了。她就把兩個人的簡訊翻過來看，一遍又一遍的，心裡頭有點怪怪的了。有些難為情，有些惱，有些感動，也生氣，還溫馨。不知道怎麼說才好。

田滿的扣籃是整個籃球場上最為壯麗的動態，小艾想到了一個詞，叫「呼嘯」。田滿每一次扣籃都是呼嘯著把籃球灌進籃框的。他能生風。必須承認，一踏上球場，害羞的菜鳥無堅不摧。這是田滿最為迷人的地方，這同樣也是小艾作為一個母親最為自豪的地方。其實小艾並沒有認認真真地看過校籃球隊打球，但是，現在不一樣了，兒子在籃球館裡一柱擎天，她不能不過來看看。看起來喜歡兒子的女生還真是不少，只要田滿一得分，丫頭們就尖叫，誇張極了。小艾看出來了，她們如此尖叫，目的只有一個，就是想讓兒子注意她們。兒子一定是聽到了，卻聽而不見。他誰也不看。在球場上，兒子的驕傲與酷已經到了驚天地、泣鬼神的地步，絕對是巨星的風采。這就對了嘛！可不能讓這些瘋丫頭鬼迷了心竅。小艾的心裡湧上了說不出來的滿足和驕傲，故意瞇起了眼睛。沿著電視劇的思路，小艾想像著自己有了很深的魚尾紋，想像著自己穿著小開領的春秋衫，頂著蒼蒼的白髮，剪得短短的，齊耳，想像著自己一個人把田滿拉扯到這麼大，不容易了。突然有些心酸，更多的當然還是自得。悲喜交加的感覺原來不錯，像優酪乳，酸而甜。難怪電視一到這個時候音樂就起來了。音樂是勢利的，它就會鑽空子，然後，推波助瀾。

小艾沒有尖叫。她不能尖叫，得有當媽的樣子。小艾站得遠遠的，瞇著眼睛，不停地捋頭髮，盡情享受著一個孤寡的（為什麼是孤寡的呢？小艾自己也很詫異）中年婦女對待獨子的款款深情。你們就叫吧，叫得再響也輪不到你做我的兒媳婦，咱們家田滿可看不上你們這些瘋丫頭。

「媽，我休息了，你也早點睡。兒子。」

「乖，好好睡。做個好夢。媽。」

「吻你。」

「我也吻你。」

「謝謝媽。」

每天深夜的零點，在一個日子結束的時分，在另外一個日子開始的時分，這五條簡訊一定會飛揚在城市的夜空。在時光的邊緣，它們繞過了摩天大樓、行道樹，它們繞過了孤寂的、同時又還是斑斕的燈火，最終，成了母與子虛擬的擁抱。它們是重複的，家常了，卻更是儀式。這儀式是張開的臂膀，一頭是昨天，一頭是今天；一頭是兒子，一頭是母親。絕密。

小艾當然不可能把她和田滿的事告訴喬韋。然而，小艾忽略了一點，一個人如果患上了單相思，他的鼻子就擁有上天入地的敏銳，這是任何高科技都不能破解的偉大祕笈。就在寧海路和頤和路的交界處，喬韋把他的自行車架在了路口，他的表情用四個字就可以概括了，面無人色。原來嫉妒是可以改變一個人的長相的，喬韋今天的長相就很成問題，很愚昧。他很猙獰。

小艾剛到，喬韋就把小艾堵住了。小艾架好自行車，還沒有來得及說話，就看見喬韋突然弓了腰，用鏈條鎖把兩輛自行車的後輪捆在了一起。喬韋很激動。他的手指與胳膊特別地激動。鏈條被他套了一圈又一圈，最後，套牢了。

兩個人都是絕頂聰明的，一起望著自行車，心知肚明了。

這時候走過來一個交警，他繞過了自行車，歪著腦袋問喬韋：「這個好玩嗎？這樣有用嗎？」

小艾抱起了胳膊，拉下臉來。「關你什麼事！你們家夫妻不吵架？」

交警望望他倆，又望望自行車，想笑，卻繃住了，十分誠懇地告訴小艾：「吵。可我們不在大街上吵。」

「那你們在哪裡吵？」

「我們只在家裡吵。」

「這個我會。」小艾伸出一隻手，說：「給我鑰匙。——我們現在就到你們家吵去。」交警知道了，撞上祖宗了。她是姑奶奶。交警到底沒繃住，笑了，替他們把綁在一起的自行車挪到一邊，行了一個軍禮，說：「差不多就行了哈，咱們家夫妻吵架也就兩三分鐘。快點吵，哈！馬上就高峰了。」

下午第二節課的課後，小艾收到了田滿的簡訊，他想在放學之後「和媽媽一起共進早餐」。你瞧這孩子，什麼事都粗枝大葉，「晚飯」硬是給他打成「早飯」了，將來高考的時候怎麼得了哦。愁人哪！見面之後要好好說說他。說歸說，吃飯的事小艾一口回絕了。小艾是一個把金錢看得比鮮血還要瑰麗的女人，她是當媽的，和兒子吃飯總不能Go Dutch（ＡＡ制）吧，只能放血。放血的事小艾不做。打死也不做。

不過小艾最終還是去了。說起來極不體面，是被兩個小女生騙過去的。她們假裝在放學的路上巧遇小艾，然後就「久仰久仰」了。「久仰」過了就是「崇敬」，「崇敬」完了就想「請她吃頓飯」，主要是想「親耳聆聽」一下她的「教誨」。小艾喜孜孜的，十分矜持地來到肯德基，田滿已經安安穩穩地等在那裡了。小艾一到，兩個小嘍囉把小艾丟在田滿的面前，走人。小艾氣瘋了，非常非常地生氣。這麼一個小小的伎倆她都沒有識破，利令智昏哪！就為了一點可憐的虛榮，當然，還有一份可憐的漢堡，丟人了。但是，再丟人小艾也不能批評自己，她厲聲責問田滿，為什麼要採用這種「下三濫的手段」？！田滿什麼也不說，卻從口袋裡掏出一樣東西，放在了桌面上。他用他的長胳膊一直推到小艾的面前，是一張面值一百元的行動電話充值卡。田滿小聲說：「這是兒子孝敬媽的。」小艾拿起充值卡，刮出密碼，劈里啪啦就往手機上摁。手機最後說：「您已成功充值一百元！」小艾的臉上立即蕩漾起了春天的風，她把腦袋伸到田滿的跟前，慈祥了，嫵媚了，問：「想吃什麼呢兒子，媽給你買。」

「我又有了一個妹妹。」田滿小聲說。

噢——，又有妹妹了。春風還在小艾的臉上，卻已經不再蕩漾。他又有了一個妹妹了，他這樣的「哥哥」一輩子也缺不了「妹妹」的。不過小艾還是從田滿的臉上看出來了，這個「妹妹」不同尋常，絕對不是通常意義上的「妹妹」。小艾突然就感到自己有些不自然，雖說是「當媽的」，小艾自己也知道，她吃醋了。也許還有些後悔。當初如果不給他「當媽」，田滿會不會追自己呢？難說了。如果追了，拒絕他是一定的。可是，拒絕是一個問題，沒能拒絕成卻是一個更加嚴峻的問題。

小艾還沒有練就「臉不變色」的功夫，乾脆就把臉上的春風趕走了。小艾板起面孔，問：「叫什麼？」

「Monika。」

——Monika。到底是大明星，「找妹妹」也要走國際化的道路。「恭喜你了。」

田滿想說什麼，小艾哪裡還有聽的心思，掉頭就走。排隊的時候小艾回頭瞄了一眼田滿，田滿托住了下巴，失落得很，一臉的憂鬱。看起來十有八九是單相思了。小艾想，不知道Monika是怎樣的人物，能讓田滿失魂落魄到這樣的地步，不是一般的蔻。

吃薯條的時候田滿又把話題引到「妹妹」那兒去了。他一邊蘸著番茄醬，一邊慢悠悠地說：「我妹妹——」小艾立即用她的巴掌把田滿的話打斷了。小艾說：「田滿，不說這個好不好？媽不想聽這些事。」

田滿就不說了。「悶」在了那裡。小艾承認，田滿憂戚的面容實在是動人的，教人心疼。小艾伸出手去撫摸的心思都有了。

「Monika——」

「田滿！不聽話是不是？」

喬韋就在這個時候闖進來了，一進來就坐在了小艾的身邊。是劍膽琴心的架勢。田滿丟下薯條，吮過指頭，剎那之間就恢復了大明星的本色。田滿慢悠悠地合上眼皮，再一次打開的時候附帶掃了一趟喬韋。那神情不屑了。田滿問小艾：「誰呀？」

小艾的心情已經糟透了，喬韋這麼一攪，氣就更不打一處來。小艾沒好氣地說：

「你爹。」

田滿右邊的嘴角緩緩地調上去了。他的不屑很歪。田滿說：「我和我媽吃飯，沒你的事，給我馬上走人。」

喬韋是「爹」，理直而又氣壯。喬韋說：「我和我老婆說話，沒你的事，你給我馬上走人。」

田滿站起來了。喬韋也站起來了。

小艾也只好站起來。小艾說：「你們打吧。什麼時候打好了什麼時候出來。」

也就是兩三分鐘，田滿和喬韋出來了。他們是一起走出來的，肩並著肩。小艾坐在肯德基門前的臺階上，這刻兒已是說不出的沮喪。她不想再聽到任何動靜，已經用MP3把耳朵塞緊了。她在聽張韶涵。〈隱形的翅膀〉還沒有聽完，田滿已經坐在她的左側，而喬韋也坐在了她的右側。小艾拔出耳機，說：「怎麼不打呢？多威風哪剛才。」

「不存在。」喬韋說，「我是你老公，他是你兒子。」

田滿說：「我們是兄弟。」

兩個男人夾著一個女人，就在肯德基門前的階梯上並排坐著了，一側是夫妻，一側是母子，兩頭還夾著一對兄弟。誰也不說一句話。無論如何，今天的局面混亂了，有一種理不出頭緒的蒼茫。田滿，小艾，還有喬韋，三個人各是各的心思，傻坐著，一起望著馬路的對面。馬路的對面是一塊工地，是一幢尚未竣工的摩天樓。雖未竣工，卻已經拔地而起了。鷹架把摩天樓捆得結結實實的，無數把焊槍正在焊接，一串一串的焊花從黃昏的頂端飛流直下。焊花稍縱即逝，卻又前仆後繼，照亮了摩天大樓的內部，擁擠、錯綜，說到底又還是空洞的景象。像迷宮。

當天夜裡小艾的手機再也沒有收到田滿的簡訊。小艾措手不及，可以說猝不及防。小艾的手機一直就放在枕頭的旁邊，在等。可是，直到凌晨兩點，枕頭也沒有顫動一下。小艾只好翻個身，又睡了。其實在上床之前小艾想把簡訊發過去的，都打好了，想了想，沒發。他又有妹妹了，還要她這個老娘做什麼？說小艾有多麼傷心倒也不至於，但小艾的寥落和寡歡還是顯而易見的了，一連串的夢也都是恍恍惚惚的，就好像昨天一直都沒有過去，而今天也一直還沒有開始。可是，天亮了。小艾醒來之後從枕頭的下面掏出手機，手機空空蕩蕩。天亮了，像說破了的謊。

小艾一廂情願地認為，田滿在「三．八」婦女節這天會和她聯繫。就算他戀愛了，對老媽的這點孝心他應該有。但是，直到放學回家，手機也沒有出現任何有價值的消息——看起來她和田滿的事就這樣了。「三．八」節是所有高中女人最為重大的節日，不少女人都能在這一天收到男士們的獻花。說到底獻花和「三．八」沒有一點關係，它是情人節的延續，也可以說是情人節的一個變種。一個高中女人如果在情人節的這一天收到鮮花，它的動靜太大，老師們，尤其是家長們，少不了會有一番盤問。「三．八」節就不同了，手捧著鮮花回家，父親問：「哪來的？」答：「男生送的！」問：「送花做什麼？」答：「——嗨，『三．八』節嘛！」做父親的這時候就釋然了：「你看看現在的孩子！」完了。還有一點也格外重要，情人節送花會把事態弄得過於死板，它的主題思想或段落大意太明確、太直露了，反而會教人猶豫：送不送呢？人家要不要呢？這些都是問題。選擇「三．八」節這一天向婦女們出手，來來往往都大大方方。

小艾的「三．八」節平淡無奇，就這麼過去了。依照小艾的眼光看來，「三．八」節是她和田滿最後的期限，如果過去了，那就一定過去了。吃晚飯的時候小艾和她的父母坐在一張飯桌上，突然想起了田滿，一家子三口頓時就成了茫茫人海。Monika厲害，厲害啊！

過去吧，就讓它過去吧，小艾對自己說。對高中的女人們來說，日子是空的，說到底也還是實的，每一個小時都有它匹配的學科。課堂，課堂，課堂。作業，作業，作業。考試，考試，考試。兒子，再見了。但是，一到深夜，在一個日子結束的「那個」時刻，在另外一個日子開始的「那個」時分，小艾還是清清楚楚地看見了時光的裂痕。這裂痕有的時候比手機寬一點，有的時候比手機窄一點，需要「咔嚓」一下才能過得去。不過，說過去也就過去了。兒子，媽其實是喜歡你的。乖，睡吧。做個好夢。Over。

後來的日子裡小艾只在上學的路上見過一次田滿，一大早，田滿和籃球隊的隊員正在田徑場上跑圈。小艾猶豫再三，還是立住了，遠遠的，站了十幾秒鐘。田滿的樣子很不好，耷拉著腦袋，垂頭喪氣的樣子，晃晃悠悠地落在隊伍的最後。小艾意外地發現，在田滿晃悠的時候，他漫長的身軀是那樣地空洞，只有兩條沒有內容的衣袖，還有兩條沒有內容的褲管。就在跑道拐彎的地方，田滿意外地抬起頭來，他們相遇了。相隔了起碼有一百米的距離。他們彼此都看不見對方的眼睛，但是，一定是看見了，田滿在彎道上轉過來的腦袋說明了這個問題。田滿並沒有揮手，小艾也就沒有揮手。到了彎道與直道的連接處，田滿的脖子已經轉到了極限，只好回過頭去了。田滿這一次的回頭給小艾留下了極其難忘的印象，是一去不復返的樣子，更是難捨難分的樣子。小艾記住了他的這個回頭，他的看不見的目光比他的身軀還要空洞。孩子瘦了。即使相隔了一百米，小艾也能看見田滿的眼窩瘦成了兩個黑色的窟窿。再不是失戀了吧。不會吧。小艾望著田滿遠去的背影，漲滿了風。小艾牽掛了。小艾捋了捋頭髮，早晨的空氣又冷又潮。兒行千里母擔憂啊。

小艾掏出了手機，想給他發個簡訊，問問。想了想，最終還是她的驕傲佔據了上風。卻把她的簡訊發到喬韋那邊去了：老公，兒子似乎不太好，你能不能抽空和他談談？

就在進教室的時候，喬韋的回話來了：還是你談吧，你是當媽的嘛！

小艾走到座位上去，把門外的冷空氣全帶進來了。她關上手機，附帶看了一眼喬韋。喬韋在眨眼睛，在背單詞。小艾的這一眼被不少小叔子看在了眼裡。小叔子們知道了，女人在離婚之前的目光原來是這樣的。只有喬韋還蒙在鼓裡。你還眨什麼眼睛噢，你還背什麼單詞噢，嫂子馬上就要回到人民的懷抱啦！

田滿的出現相當突兀，是四月的第一個星期三。夜間零點十七分，小艾已經上床了，手機突然蠕動起來，嚇了小艾一大跳。小艾一摁鍵，「哐噹」一聲就是一封簡訊，是一道行動指令：「噓——走到窗前，把腦袋伸出來，朝樓下看。」

小艾走到窗前，伸出了腦袋，一看，路燈下面孤零零的就是一個雞窩頭。那不是田滿又是誰呢？田滿並沒有抬頭，似乎還在寫信。田滿最終舉起了手機，使用遙控器一樣，對準小艾家的窗戶把他的簡訊發出去了。小艾一看，很撒嬌的三個字：媽，過來。

小艾喜出望外，躡手躡腳的，下樓了，一直走到路燈底下。田滿的上身就靠在了路燈的杆子上，兩隻手都放在身後。他望著小艾，在笑。小艾背著手，也笑。也許是因為路燈的關係，田滿的臉色糟糕得很，近乎土灰，人也分外的疲憊，的確是瘦了。小艾猜出來了，她的乖兒子十有八九被Monika甩了，深更半夜的，一定是到老媽這裡尋求安慰來了。好吧，那就安慰安慰吧，孩子沒爹了，怎麼說也得有個媽。不過田滿的心情似乎還不錯，變戲法似的，手一抬，突然從背後抽出了一束花，有點蔫，一直遞到了小艾的跟前。小艾笑笑，猶豫了片刻，接過來了。放在鼻子的下面，清一色是康乃馨。

「你怎麼知道我住在這兒？」小艾問。

「我昨天就派人跟蹤了。」

小艾歎了一口氣，唉，這孩子，改不了他的「下三濫」。

「近來好不好？」小艾問。

「好。」

「Monika呢？」小艾問，「你的，Monika妹妹，好不好？」

「好。」田滿說。田滿這個晚上真是變戲法來了，手一抬，居然又掏出一張相片來了，是一個嬰兒，混血，額頭鼓到了不可思議的地步。

「誰呀這是？」小艾不解地問。

「Monika。我媽剛生的，才四十來天。」

「——你媽在哪兒？」

田滿用腳後跟點了點地面，說：「那邊。」世界「嘩啦」一下遼闊了，循環往復，無邊無垠。田滿猶豫了片刻，說：「我四歲的時候她就跟過去了。」

小艾望著田滿，知道了。「是這樣。」小艾自言自語說，「原來是這樣。」小艾望著手裡的康乃馨，不停地點頭，不知道說什麼好了。小艾說——「花很好。媽喜歡。」

小艾就是在說完「媽喜歡」之後被田滿攬入懷中的，很猛，十分地莽撞。小艾一點準備都沒有。小艾一個踉蹌，已經被田滿的胸膛裹住了。田滿埋下腦袋，把他的鼻尖埋在小艾的頭髮窩裡，狗一樣，不停地嗅。田滿的舉動太冒失了，小艾想把他推開。但是，小艾沒有。就在田滿對著小艾的頭髮做深呼吸的時候，小艾心窩子裡頭晃動了一下，軟了，是疼，反過來就把田滿抱住了，摟緊了。小艾的心中湧上來一股浩大的願望，就想把兒子的腦袋摟在自己的懷裡，就想讓自己的胸脯好好地貼住自己的孩子。可田滿實在是太高了，他該死的腦袋遙不可及。

深夜的擁抱無比的漫長，直到小艾的後背被一隻手揪住了。小艾的身體最終是從田滿的身上被撕開的。是小艾的父親。小艾不敢相信父親能有這樣驚人的力氣，她的身體幾乎是被父親「提」到了樓上。「尹國強，你放開我！」小艾在樓道裡尖聲喊道，「尹國強，你放不放開我？！」小艾的尖叫在寂靜的夜間嚇人了，「——他是我兒子！——我是他媽！」

相愛的日子

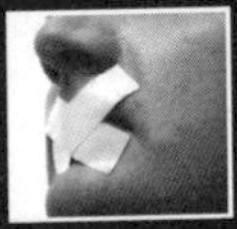

嗨，原來是老鄉，還是大學的校友，居然不認識。像模像樣地握過手，交換過手機的號碼，他們就開始寒暄了。也就是三四分鐘，兩個人卻再也沒什麼好說的了，那就再分開吧。主要還是她不自在。她今天把自己拾掇得不錯，又樸素又得體，可到底不自在。這樣的酒會實在是太鋪張、太奢靡了，弄得她總是像在做夢。其實她是個灰姑娘，蹭飯來的。朋友說得也沒錯，蹭飯是假，蹭機會是真，蹭著蹭著，遇上一個伯樂，或逮著一個大款，都是說不定的。這年頭缺的可不就是機會麼。朋友們早就說了，像「我們這個年紀」的女孩子，最要緊的其實就是兩件事，第一，拋頭，第二，露面。——機會又不是安裝了GPS的遠端導彈，哪能瞄準你的天靈蓋，千萬別把自己弄成賓拉登。

可飯也不好蹭哪，和做賊也沒什麼兩樣。這年頭的人其實已經分出等級了，三五個一群，五六個一堆，他們在一起說說笑笑，哪一堆也沒有她的份。硬湊是湊不上去的。偶爾也有人和她打個照面，都是統一的、禮貌而有分寸的微笑。她只能倉促地微笑，但她的微笑永遠都慢了半拍，剛剛笑起來，人家已擦肩而過了。這一來她的微笑就失去了對象，十分空洞地掛在臉上，一時半會兒還拿不下來。這感覺不好。很不好。她只好端著酒杯，茫然地微笑。心裡頭說，我日你爸爸的！

手機卻響了。只響了兩下，她就把手機送到耳邊去了。沒有找到工作或生活還沒有著落的年輕人都有一個共同的特徵，接手機特別地快。手機的鈴聲就是他們的命——這裡頭有一個不易察覺的幻覺，就好像每一個電話都隱藏著天大的機遇，不容疏忽，一疏忽就耽擱了。「喂——？」她說，手機卻沒有回音。她欠下身，又追問了一遍：「——喂？」

手機慢騰騰地說：「是我。」

「你是誰呀？」

手機裡的聲音更慢了，說：「——貴人多忘事。連我都不認識了。抬起頭，對，向左看，對，衛生間的門口。離你八九米的樣子。」她看見了，是他。幾分鐘之前剛認識的，她的校友兼老鄉。這會兒她的校友兼老鄉正歪在衛生間的門口，低著頭，一手端著酒杯，一手拿著手機，挺幸福的，看上去像是和心上人調情，是情到深處的樣子。

「羨慕你呀，」他說，「畢業還不到一年半，你就混到這家公司裡來了。有一句話是怎麼說的？金領麗人，對，說的就是你了。」

她笑起來，耷拉下眼皮，對著手機說：「你進公司早，還要老兄多關照呢。」手機笑了，說：「我是來蹭飯的。你要多關照小弟才是。」

她一手握住手機，另一隻手抱在了胸前，這是她最喜歡的動作，或者說造型。小臂托在雙乳的下面，使她看上去又豐滿、又佻達，是「麗人」的模樣。她對手機說：

「我也是來蹭飯的。」

兩個人都不說話了，差不多在同時抬起了腦袋，對視了，隔著八九米的樣子。他們的目光穿過了一大堆高級的或幸運的腦袋，彼此都在打量對方，開心了。他們不再寂寞，似乎也恢復了自信。他微笑著低下頭，看著自己的腳尖，有閒情了。說：

「酒挺好的，是吧？」

她把目光放到窗外去，說：「我哪裡懂酒，挑好看的喝唄。」

「怎麼能挑好看的喝呢，」他的口氣顯然是過來人了，托大了，慢悠悠地關照說，「什麼顏色都得嘗一嘗。嘗遍了，再盯著一個牌子喝。放開來，啊，放開來。有大哥呢。」隨即他又補充了一句，「手機就別掛了，聽見沒有？」

「為什麼？」

「和大哥聊聊天嘛！」

「為什麼不能掛？」

「你傻呀？」他說，「掛了機你和誰說話？誰會理你呀，多傷自尊哪！——就這麼打著，這才能挽救我們倆的虛榮心，我們也在日理萬機呢。你知道什麼叫日理萬機？記住了，就是有人陪你說廢話。」

她歪著腦袋，在聽。換了一杯酒，款款地往遠處去。滿臉是含蓄的、忙裡偷閒的微笑。她現在的微笑有對象了，不在這裡，在千里之外。酒會的光線多好，音樂多好，酒當然就更好了，可她就是不能安心地喝，也沒法和別人打招呼。忙啊。她不停地點頭，偶爾抿一口，臉上的笑容抒情了。她堅信自己的微笑千嬌百媚。日你爸爸的。

「謝謝你呀大哥。」

「哪兒的話，我要謝謝你！」

「還是走吧，冒牌貨。」她開開心心地說。

「不能走。」他說，「多好的酒，又不花錢。」

三個小時之後，他們醒來了，酒也醒了。他們做了愛，然後小睡了一會兒。他的被窩和身體都有一股氣味，混雜在酒精和精液的氣息裡。說不上好，也說不上不好，是可以接受的那一類。顯然，無論是被窩還是身體，他都不常洗。但是，他的體溫卻動人、熱烈、蓬勃，近乎燙，有強烈的散發性。因為有了體溫的烘托，這氣味又有了好的那一面。她抱緊了他，貼在了他的後背上，做了一個很深的深呼吸。

他就是在這個時候醒來的，一醒來就轉過了身，看著她，愣了一下，也就是目光愣了一下，在黑暗當中其實是不容易被察覺的，可還是沒能逃出她的眼睛。「認錯人了吧？」她笑著說。他笑笑，老老實實地說：「認錯人了。」

「有女朋友麼？」她問。

「沒有。」他說。

「有過？」

「當然有過。你呢？」

她想了想，說：「被人甩過一次，甩了別人兩次。另外還有幾次小打小鬧。你呢？」

他坐起來，披好衣服，歎了一口氣，說：「說它幹什麼。都是無疾而終。」

兩個人就這麼閒聊著，他已經把燈打開了。日光燈的燈光顛了兩下，一下子把他的臥室全照亮了。說臥室其實並不準確——他的衣物、箱子、書籍、碗筷和電腦都在裡面。他的電腦真髒啊，比那只菸缸也好不到哪裡去。她瞇上眼睛，粗粗地估算了一下，她的「家」比這裡要多出兩三個平方。等她可以睜開眼的時候，她確信了，不是兩三個平方，而是四個平方。大學四年她選修過這個，她的眼光早已經和圖紙一樣精確了。

他突然就覺得有些餓，在酒會上光顧了喝了，還沒吃呢。他套上棉毛衫，說：「出去吃點東西吧，我請客。」她沒有說「好」，也沒有說「不好」。卻把棉被拉緊了，掖在了下巴底下。「再待一會兒吧。」她說，「再做一次吧。」

夜間十一點多鐘，天寒地凍，馬路上的行人和車輛都少了，顯得格外地寥落。卻開闊了，燈火也異樣地明亮。兩側的路燈拉出了浩蕩的透視，華美而又漫長。一直到天邊的樣子。計程車的速度奇快，「呼」地一下就從身邊竄過去了。

他們在路邊的大排檔裡坐了下來。是她的提議。她說她「喜歡大排檔」。他當然是知道的，無非是想替他省一點。他們坐在靠近火爐的地方，要了兩碗炒麵，兩條烤魚，還有兩碗番茄蛋湯。雖說靠近火爐，可到底還是冷，被窩裡的那點熱乎氣這一刻早就散光了。他把大衣的領口立起來，兩隻手也抄到了袖管裡，對著爐膛裡的爐火發愣。湯上來了。在她喝湯的時候，他第一次認真地打量了她，她臉上的紅暈早已經褪盡了，一臉的寒意，有些黃，眼窩子的四周也有些青。說不上好看，是那種極為廣泛的長相。但是，在做愛的過程中，她瘦小而強勁的腰肢實在是誘人。她的腰肢哪裡有那麼大的浮力呢？

一陣冬天的風颳過來了。大排檔的「牆」其實就是一張塑膠薄膜，這會兒被冬天的風吹彎了，脹起來了，像氣球的一個側面。頭頂上的燈泡也跟著晃動，他們的身影就在地面上一左一右地搖擺起來，像在床上，激烈而又糾纏。他望著地上的影子，想起了和她見面之後的細節種種，突然就來了一陣親暱，想把她摟過來，好好地裹在大衣的裡面。這裡頭還有歉意，再怎麼說他也不該在「這樣的時候」把她請到這樣的地方來的。下次吧，下一次一定要把她請到一個像樣的地方去，最起碼，四周有真正的牆。

她的雙手端著湯碗，很投入，嚥下了最後的一大口，上氣不接下氣了。感歎說：「——好喝啊！」他從袖管裡抽出胳膊，用他的手撫住她的腮。她的腮在他的掌心裡蹭了一下，替他完成了這個綿軟的撫摸。「今天好開心哪！」她說。

「是啊，」他說，「今天好開心哪。」他的大拇指滑過了她的眼角。「開心」這個東西真鬼，走的時候說走就走，來的時候卻也慷慨，說來就來。

大排檔的老闆兼廚師似乎得到了感染，也很開心，他用通紅的火鉗點了一根菸，正和他的女幫手耳語什麼，很可能是調笑，女幫手的神情在那兒呢。看起來也是一個鄉下姑娘，爐膛裡的火苗在她開闊的臉龐上直跳。除了他們這「兩對」男女，大排檔裡就再也沒有別的人了。天寒地凍。乘著高興，他和大排檔的老闆說話了：「這麼晚了，又沒人，怎麼還不下班哪？」

「怎麼會沒人呢，」老闆說，「出租車的二駕就要吃飯了，還有最後一撥生意呢。」

「晚飯」過後他們頂住了寒風，在深夜的馬路上又走了一段，也就是四五十米的樣子。在一盞路燈的下面，他用大衣把她裹住了，然後，順勢靠在了電線桿子上。他貼緊她，同時也吻了她。這個吻很好，有炒麵、烤魚和番茄蛋湯的味道。都是免費的。他放開她的兩片嘴唇，說：「──好吃啊！」

她笑了，突然就有些不好意思，把她的腦袋埋在他的胸前，埋了好半天。她拽緊了他的衣領，抬起頭來，說：「真好。都像戀愛了。」

又是一陣風。他的眼睛只好瞇起來。等那陣風過去了，他的眼睛騰出來了，也笑了。「可不是麼，」他說，「都像戀愛了。」

她回吻了他。他拍拍她的屁股蛋子，說：「回去吧，我就不送了，我也該上班了。」

他的「班」在戶部街菜場。在沒有找到對口的、正式的工作之前，他一直在戶部街菜場做接貨。所謂「接貨」，說白了也就是搬運。把瓜、果、蔬、菜、魚、肉、禽、蛋從大卡車上搬下來，過了磅，再分門別類，送到不同的攤位上去。這些事以往都是攤主們自己做的，可是──外人往往就不知道了──那些灰頭土臉的攤主們其實是有錢人。哪有有錢人還做力氣活的。攤主們不做，好，他的機會可就來了。他把他的想法和幾個攤主說了，還讓他們摸了摸他的肌肉。幾個攤主一碰頭，行。工錢本來也不高，攤開來一算，十分地划得來，每一家也就是三個瓜兩個棗。

接貨的勞動量並不大，難就難在時段上。在下半夜。只能是下半夜。第一，大白天卡車進不了城；第二，蔬菜嬌氣，不能「隔天」，一「隔天」品相就不對了。品相是蔬菜的命根子，價碼全在這上頭。關於蔬菜的品相，攤主胡大哥有過十分精闢的論述。胡大哥說，蔬菜就是「小姐」，好價錢也就是二十郎當歲，一旦蔫下來，皮塌塌、皺巴巴的，「價格就別想上得去！」

撇開「小姐」不說，比較下來，他最喜歡「接」的還就是蔬菜。不油，不膩，「接」完了，沖沖手，天一亮就可以上床了。最怕的是該死的禽蛋。不管是雞蛋、鴨蛋還是鵪鶉蛋，手一滑，嘩啦一下，一個都別想撿得起來。只要「嘩啦」一次，他一個月的汗水就不再是汗，而是尿。尿就不值錢啦。

剛開始接貨的時候他有些彆扭，似乎很委屈。現在卻又好了，挺喜歡的。體力活他不怕，夜裡頭耗一耗也好。一身的蠻力氣繃在身上做什麼呢？每天起床的時候褲襠裡的小弟弟沒頭沒腦地架在那裡，還做出瞄準的樣子，又沒有目標。現在好多了，小弟弟是懂道理的，凌晨基本上已經不鬧了。

可話又說回來了，他到底還是不喜歡，主要是不安全。為了糊口，在戶部街菜場臨時過渡一下當然沒問題，可總不能「接」一輩子「小姐」吧。也二十四歲的人了，總要討老婆、總要有家的吧。一想起這個他的心裡總有一股說不上來的落寞，也有些自憐的成分。特別怕看貨架。晨曦裡的貨架琳琅滿目，排滿了韭菜、芹菜、萵苣、大椒、蒜頭、牛肉、羊肉、鳳翅、鴨爪、豬腰子，還有流光滾圓的禽蛋。這些都不屬於他。並不是他買不起，是「買菜」這樣的一種最日常的生活「方式」不屬於他。他就渴望能有這樣的一天，是一個星期天的早晨，很家常的日子，他一覺醒來了，拉著「她」的手，在「戶部街菜場」的貨架前走走停停，然後，和「她」一起挑挑揀揀。哪怕是一塊豆腐，哪怕是一把菠菜——能過上那樣的日子多好啊。會有的吧。總會有的吧。

作為一個「接貨」，他在下班的時候從來都不看貨架。天一亮，掉頭就走，回到「家」，倒頭就睡。

「戶部街菜場」離他的住處有一段距離。他打算在附近租房子的，由於地段的關係，價格卻貴了將近一倍。城裡的生計不容易了。他不是沒有動過回老家的念頭，但是，不能夠，回不去的，不是臉面上的問題。當初他要是考不上大學反而好了，該成家成家，該打工打工——現在呢，他在老家連巴掌大的土地都沒有，又沒有本錢，怎麼能立得住腳呢？能做的只能是外出打工。與其回去，再出來，還不如就待在城裡了。唉，他人生的步調亂了，趕不上城裡的趟，也趕不上鄉下的趟。當年的中學同學都為人父、為人母了，他一個光棍，回家過年的能力都沒有，一聲「叔叔」一百塊，兩聲「舅舅」兩百塊，他還值錢了。他怎麼就「成龍」了呢？他怎麼就考上大學了呢？一個人不能有才到這種地步！

到底年輕，火力旺，和她分手才兩三天，他的身體作怪了，鬧了。「想」她，「想」她瘦小而強勁的腰，「想」她堅忍不拔的浮力。可是，她還肯不肯呢？那一天可是喝了一肚子的酒的——他一點把握也沒有了。試試吧，那就試一試吧。他一手拿起手機，另一隻手卻插進了褲兜，摁住了自己。她沒有接。手機最後說：「對不起，對方的手機無人接聽。」

他合上手機，羞愧難當。這樣的事原本就不可以一而再、再而三的。他站在街頭，望著冬日裡的夕陽，生自己的氣，有股子說不出口的懊惱，還有那麼一點悽惶。他就那麼站著，一手捏著手機，一手握住自己，兩手都在抓，兩手都很軟。不過他到底沒有能夠逃脫肉體的蠱惑，又一次把手機撥過去了。這一回卻通了，喜出望外。

「誰呀？」她說。

「是我。」他說。

「你是誰呀？」她說。她的氣息聽上去非常虛，嗓音也格外地沙啞。像在千里之外。

他的心口一沉。問題不在於她的氣息虛不虛，問題是，她真的沒有聽出他的聲音。不像是裝出來的。

「貴人多忘事啊，」他說，故意把聲調拔得高高的。這一高其實就是滿不在乎的樣子了。「是我——，同學，還有老鄉，你大哥嘛！」他自己也聽出來了，他的腔調油滑了。這樣的時候只有油滑才能保全他弱不禁風的體面。這個電話他說什麼也不該打的。

手機裡沒聲音了。很長很長的一段沉默。他尷尬死了，恨不得把手機扔出去，從南京一直扔回到他的老家。這個電話說什麼也不該打的。

出人意料的事情就在這時發生了。在一大段的沉默過後，手機裡突然傳來了她的哭泣，準確地說，是啜泣。她喊了一聲「哥」，說：「來看看我吧。」

他把手機一直摁在耳邊，直到走進地下室，直到推開她的房門。就在他們四目相對的時候，他們的手機依然摁在耳邊，已經發燙了。可她的額頭比手機還要燙。她正在發高燒，兩隻瞳孔燒得晶亮晶亮的，燒得又好看、又可憐。

「起來呀，」他大聲說，「我帶你到醫院去。」

她剛才還哭的，他一來似乎又好了，臉上都有笑容了。「不用，」她沙啞著嗓子說，「死不了。」

他望著她枕頭上的腦袋，孤零零的，比起那一天來眼窩子已經凹進去一大塊了。她一定是「熬」得太久了，要不然不會是這種樣子。他想起了上個月他「熬」在床上那幾天，突然就是一陣酸楚。「——你就一直躺在這兒？」他說，明知故問了。

「是啊，沒躺在金陵飯店。」她還說笑呢。

「趕緊去醫院去哪——」

「不用。」

「去啊！」

「死不了！」她終於還是衝他發脾氣了。到底上過一次床，又太孤寂，她無緣無故地就拿他當了親人，是「一家子」才有的口氣，「嘮叨死了你！」

「——還是去吧……」

「死不了。」她說，「再挺兩天就過去了——去醫院幹嘛？一趟就是四五百。」

他想說「我替你出」的，嚥下去了。他們這些人都有一個共同的毛病，在錢這個問題上有病態的自尊，弄不好都能反目。他陪上笑，說：「去吧，我請客。」

「我不要你請我生病。」她閉上眼睛，轉過了身去，「我死不了。我再有兩天就好了。」

他不再堅持，手腳卻麻利了，先燒水，然後，料理她的房間。不知道她平日裡是怎樣的，這會兒她的房間已經不能算是房間了，滿地都是擦鼻子的衛生紙、紙杯、板藍根的包裝袋、香蕉皮、襪子，還有兩條皺巴巴的內褲。他一邊收拾一邊抱怨，哪裡還像個女孩子，怎麼嫁得出去，誰會要你？誰把你娶回去誰他媽的傻×！

抱怨完了，他也打掃完了。打掃完了，水也就開了。他給她倒了一杯開水，告訴她「燙」，到「地面」上去了。他買來了感冒藥、體溫表、酒精、藥棉、麵包、速食麵、捲筒紙、水果，還有一盒德芙巧克力。他把買來的東西從塑膠口袋裡掏出來，齊齊整整地碼在桌面上。都妥當了，他坐在了她的床邊，把她半摟在懷裡，拿起杯子給她餵藥，同時也餵了不少的開水。在她喝飽了的時候，她擰起了眉頭，腦袋側過去了。他就開始餵麵包。他把麵包撕成一片一片的，往她的嘴裡塞。吃飽了，她再一次擰起了眉頭，腦袋又側過去了。他就又塞了一只梨。也沒有找到水果刀，他就用牙齒圍繞著梨的表面亂啃了一通，算是削了。

「昨天為什麼不給我打電話？」她說，「前天為什麼不給我打電話？」喝飽了，吃足了，她的精神頭回來了。

這怎麼回答呢，不好回答了。他就不搭理她了。脫了鞋，在床的另外一頭鑽進了被窩。他們就這樣捂在被窩裡，看著，也沒有話。她突然把身子往裡挪了挪，掀起了被窩的一個角。她說：「過來吧，躺到我身邊來。」他笑笑，說：「還是躺在這邊好。躺在你那兒容易想歪了——你生病呢。」

「哥，你就不知道你的腳有多臭嗎？」她踹了他一腳，「你的腳臭死啦！」

大約到初夏，他和她的關係相對穩定了，所謂的穩定，也就是有了一種不再更改的節奏。他們一個星期見一次，一次做兩回愛。通常都是她過來。她趴在了床上，做成一座拱橋，這是他最熱衷的後體位。每一次後體位他的表現都堪稱完美，有兩次她甚至都給他打過一百分。他們倆都喜歡在事後給對方打分，這也是後戲的一個重要部分。前戲是沒有的，也用不著，從打完電話到她趕過來，這裡頭總需要幾十分鐘。這幾十分鐘是迫不及待的，可以說火急火燎。他們的前戲就是他們的等待和想像，等待與想像都火急火燎。

沒有前戲，後戲反過來就格外重要，要不然，幹什麼呢？除非接著再做。從體力上說，雙方都沒有問題。但每一次都是她控制住了，「下次吧，夜裡頭你還有夜班呢」。他們的後戲沒有別的，就是相互打分，兩次加起來，再除以2。他們就把除以2的結果刻在牆面上，牆面寫滿了阿拉伯數字，沒有人知道那是怎樣的一筆糊塗帳。

打了一些日子，他不打了。在打分這個問題上男人總是吃虧的，男人一定有他的硬指標。其實，正是因為這一點，她堅持要打。她說了，在數字化的時代裡，感受是不算數的，一切都要靠數字來說話。

數字的殘酷性終於在那一個午後體現出來了，相當殘酷。原是他和她約好了，下午一點鐘在鼓樓廣場見面，說有好消息要告訴她。沒想到一見面他就蔫了，怎麼問他都不說一句話。回到

「家」，他還是不說，幹什麼呢，還是做吧。第一次他就失敗了。她只好耐著性子，等他。第二次他失敗得更快。她笑死了，對他說：「——零加零除以二還是零哦！」她特地從他的抽屜裡找出了一把圓規，一定要替他把這個什麼也不是的圓圈給他完完整整地劃在牆壁上。她一點也沒有留意這一刻他的臉色有多陰沉，他從她的手裡搶過圓規，「呼嚕」一下就扔出了窗外。他的臉鐵青，氣氛頓時就不對了。

因為他的動作太猛，她的手被圓規劃破了，血口子不算深，但到底有三釐米長，嚇人了。這麼長的日子以來，撇開性，他們其實是像兄妹一樣相處的，她在私下裡已經把他看做哥哥了。他這樣翻臉不認人，她的臉上怎麼掛得住。她捂著傷口，血已經出來了，疼得厲害。這時候要哄的當然是她。可她究竟是知道的，一定是她的玩笑傷了他男人的自尊，反過來哄著他了。沒想到他還不領情了，一巴掌就把她推開了，血都濺在了牆上。這一推真的傷了她的心。你是做哥哥的，妹妹都這樣讓著你、哄著你了，你還想怎麼樣吧你！

她再也顧不得傷口了，拿起衣服就穿。她要走，再也不想見到你。都零分了，你還發脾氣！她的走終於使他冷靜下來了，從她的身後一把抱住了她。他拿起了她的手，他望著她的血，突然就流下了眼淚。他把她的手握在掌心裡，用他的舌頭一遍又一遍地舔。他的表情無比地沮喪，似乎是出血的樣子。她的心軟了，反過來還是心疼他。喊了他一聲「哥」。他最終是用他的蹩腳的領帶幫她裹住傷口的，然後就把她的手捂在了臉上。他在她的掌心裡說：「我是不是真的沒用？我是不是天生就是一個零分的貨？」

「玩笑嘛！你怎麼能拿這個當真呢。我們又不是第一次。」「我是個沒用的東西。」他口氣堅決地說，「我天生就是一個零分的貨。」

「你好的。」她說，「你知道的，我喜歡你在床上的。」

他笑了。眼淚卻一下子奔湧起來。「我當然知道。我也就是這點能耐了。」他說，「我一點自信心也沒有了，我都快扛不住了。」

她明白了。她其實早就明白了，只是不好問罷了。他一大早就出去面試，「試」是「試」過了，「面」子卻沒有留得下來。

「你呀，你這就不如我了。」她哄著他，「我面試了多少回了？你瞧，我的臉面越拭越光亮。你從來也沒說過我越來越漂亮。就我這個長相，一次能值兩百塊錢吧。」

「不是面試不面試的問題！」他對她的逗趣顯然沒有領情，激動起來了，「她怎麼能那樣看我？那個女老闆，她怎麼能那樣看我？就好像我是一堆屎！一泡尿！一個屁！」

她抱住了他。她知道了。她是知道的。為了留在南京，從大三到現在，她遇見過數不清的眼睛。對他們這些人來說，這個世上什麼東西最恐怖？什麼東西最無情？眼睛。有些人的眼睛能扒皮，有些人的眼睛會射精。會射精的眼睛實在是太可怕了，一不小心，它就弄得你一身、一臉，擦換都來不及。目光裡頭的諸種滋味，不是當事人是不能懂得的。

她把他拉到床上去，趴在了他的背脊上，安慰他。她撫摸他的胸，吻他的頭髮，她把他的腦袋撥過來，突然笑了，笑得格外地邪。她盯住他的眼睛，無比俏麗地說：「我就是那個老闆，你就是一攤屎！你能拿我怎麼樣？嗯？你能拿我怎麼樣？」他滿腹的哀傷與絕望就是在這個時候決堤的，成了跛扈的性。他一把就把她反摁在床上，在她的身後插了進去。她尖叫一聲，無與倫比的快感傳遍了每一根頭髮。她喊了，奮不顧身。她終於知道了，他的後體位是如此這般地棒。「輕鬆啊，」她躺在了床上，四仰八叉。她用手撫摸著自己的腹部，歎息說，「這會兒我什麼壓力也沒有了，真輕鬆啊。——你呢？」

「是啊，」他望著頭上的樓板，喘息說，「我也輕鬆多了。」

「相信我，哥，」她說，「只要能輕鬆下來，日子就好打發了——我們怎麼都能扛得過去！」

就這樣了。除去她「不方便的日子」，他們一個星期見一次，一次做兩回。他們沒有同居，但是，兩個人卻是越來越親了，偶爾還說說家鄉話什麼的。他倒是動過一次念頭的，想讓她搬過來住，這對她的開銷絕對是個不小的補助。不過，話到了嘴邊他還是沒敢說出來。她的開銷是壓下來了，他的開銷可要往上升，一天有三頓飯呢。他能不能頂得住？萬一扛不下來，再讓人家搬出去，兩個人就再也沒法處了。還是不動了吧，還是老樣子的好。

可他越來越替她擔憂了，她一個人怎麼弄呢？還是住在一起好，一起買買菜，做愛也方便。性真是一個十分奇怪的東西，它是什麼樣的一種藥，怎麼就教人那麼輕鬆呢。還有一點也是十分奇怪的，做得多了，人就變黏乎了，特別親，就想好好地對待她。可到底怎麼一個「對待」才算好，又說不上來了。不過，他的這麼一點小小的心思在做愛的時候還是體現出來了。最初的時候，剛開始的時候，他是有私心的，一心只想著解決自己的「問題」。現在不同了，他更像一個哥哥，要體貼得多。他對自己盡可能地控制，好讓她更快樂一些。她好了，他也就好了。他就希望她能夠早一點好起來。

秋涼下來之後她回了一趟老家。他其實是想和她一起回去的，一想，不成了。離開「戶部街菜場」兩個星期，這個崗位是不可能等他的。多少比他壯實的人在盯著他的位置呢。他也就沒有客套，只是在臨走的時候給她買了幾個水果，「路上吃吧。就這麼唷，都洗過了。」

都說「小別勝新婚」。新婚的滋味是怎樣的，他們不知道，然而，「小別」是怎樣的勝境，他和她一起領略了。其實也就隔了兩個星期，可這一隔，不一般了。他在呼風，她能喚雨。好死了。這一次她卻沒有給他打分，她露出了她驕橫的、野蠻的和不管不顧的那一面，反反覆覆地要。後來還是他討饒了，可憐兮兮說：「不能了。還有夜班呢。」

「不管。你是哥，你就得對我好一點。」

那就再好一點吧。他們是下午上床的，到深夜十點她還沒有起床的意思。到後來，他實在也「好」不出什麼來了，她就光著身子，躺在他光溜溜的懷裡，不停地說啊，說，還用胳膊反過來勾住他的脖子。兩個人無限地欣喜、無限地纏綿了。她突然「哦」了一聲，想起什麼來了，弓著腰拽過上衣，從上衣的口袋裡面掏出了她的手機。她握住手機，說：「哥，商量個事好不好？」

他的雙手托住了她的乳房，下巴擱在她的肩膀上，腦袋一抬，說：「說吧。」她從手機裡調出一張相片，是一個男人，說：「這個人姓趙，單身，年收入大概在十六萬左右。」她劈里啪啦摁了幾下鍵鈕，又調出了一張相片，卻是另外一個男人，說：「這個呢，姓郝，離過一次，有一個七歲的女兒，年收入在三十萬左右，有房，有車。」介紹完了，她把手機放在自己的大腿上，握住了他的手。她把她的五隻手指全都嵌在了他的指縫裡，慢慢地摩挲。「我就想和你商量商量，——你說，哪一個好呢？」

他把手機拿過來，反覆地比較，反覆地看，最終說：「還是姓郝的吧。」她想了想，說：「其實我也是這麼想的。」他說：「還是收入多一些穩當。」她說：「其實我也是這麼想的。」商量的進程是如此地簡單，結論馬上就出來了。她就特別定心、特別疲憊地躺在了他的懷裡，手牽著手，一遍又一遍地摩挲。後來她說：「哥，給我穿衣裳好不好嘛！」撒嬌了。他就光著屁股給她穿好了衣裳，還替她把衣褲上的褶皺都拽了一遍。他想送送她，她說，還是別送了吧，還是趕緊吃點東西去吧。她說，還有夜班呢。

他就沒送。她走之後他便坐在了床上，點了一根菸，附帶把她掉在床上的頭髮撿起來。這個瘋丫頭，做愛的時候就喜歡晃腦袋，床單上全是她的頭髮。他一根一根地撿，也沒地方放，只好繞在了左手食指的指尖上。抽完菸，掐了菸頭，他就給自己穿。衣服穿好了，他也該下樓吃飯去了。走到過道的時候他突然就覺得左手的食指有點疼，一看，嗨，全是頭髮。他就把頭髮擼了下來，用打火機點著了。人去樓空，可空氣裡全是她。她真香啊！

國家圖書館預行編目資料

是誰在深夜說話／畢飛宇著. --初版. --臺北市:寶瓶文化, 2012.6
面； 公分. --(Island；168)
ISBN 978-986-6249-84-6（平裝）

857.63　　101008815

island 168

是誰在深夜說話

作者／畢飛宇

發行人／張寶琴
社長兼總編輯／朱亞君
主編／張純玲・簡伊玲
編輯／賴逸娟・禹鐘月
美術主編／林慧雯
校對／賴逸娟・劉素芬・陳佩伶
企劃副理／蘇靜玲
業務經理／盧金城
財務主任／歐素琪　業務助理／林裕翔
出版者／寶瓶文化事業有限公司
地址／台北市110信義區基隆路一段180號8樓
電話／(02) 27494988　傳真／(02) 27495072
郵政劃撥／19446403　寶瓶文化事業有限公司
印刷廠／世和印製企業有限公司
總經銷／大和書報圖書股份有限公司　電話／(02) 89902588
地址／新北市五股工業區五工五路2號　傳真／(02) 22997900
E-mail／aquarius@udngroup.com

法律顧問／理律法律事務所陳長文律師、蔣大中律師
如有破損或裝訂錯誤，請寄回本公司更換
著作完成日期／二〇〇七年
初版一刷日期／二〇一二年六月
初版二刷日期／二〇一二年六月五日
ISBN／978-986-6249-84-6
定價／二八〇元

AQUARIUS 寶瓶 文化事業

愛書人卡

感謝您熱心的為我們填寫，
對您的意見，我們會認真的加以參考，
希望寶瓶文化推出的每一本書，都能得到您的肯定與永遠的支持。

系列：Island168 **書名：是誰在深夜說話**

1. 姓名：________ 性別：□男 □女
2. 生日：____年____月____日
3. 教育程度：□大學以上 □大學 □專科 □高中、高職 □高中職以下
4. 職業：________
5. 聯絡地址：________

   聯絡電話：________ 手機：________
6. E-mail信箱：________

   □同意 □不同意 免費獲得寶瓶文化叢書訊息
7. 購買日期：____ 年 ____ 月 ____日
8. 您得知本書的管道：□報紙／雜誌 □電視／電台 □親友介紹 □逛書店 □網路

   □傳單／海報 □廣告 □其他
9. 您在哪裡買到本書：□書店，店名________ □劃撥 □現場活動 □贈書

   □網路購書，網站名稱：________ □其他________
10. 對本書的建議：（請填代號 1. 滿意 2. 尚可 3. 再改進，請提供意見）

    內容：________

    封面：________

    編排：________

    其他：________

    綜合意見：________
11. 希望我們未來出版哪一類的書籍：________

讓文字與書寫的聲音大鳴大放

寶瓶文化事業有限公司

（請沿此虛線剪下）

廣　告　回　函
北區郵政管理局登記
證北台字15345號
免貼郵票

寶瓶文化事業有限公司　收

110台北市信義區基隆路一段180號8樓

8F,180 KEELUNG RD.,SEC.1,

TAIPEI.(110)TAIWAN R.O.C.

（請沿虛線對折後寄回，謝謝）